2015年度
公安文学精选
（网络文学卷）

背后有眼

全国公安文联◎选编

代表本年度中国公安文学最高创作水平

一年一度的**中国公安文学盛宴**

群众出版社·北京

图书在版编目（CIP）数据

背后有眼：网络文学卷／全国公安文联编．—北京：群众出版社，2016.11

（2015 年度公安文学精选）

ISBN 978－7－5014－5595－9

Ⅰ.①背…　Ⅱ.①全…　Ⅲ.①中国文学—当代文学—作品综合集

Ⅳ.①I217.1

中国版本图书馆 CIP 数据核字（2016）第 258446 号

背后有眼

全国公安文联　编

出版发行：群众出版社

地　　址：北京市丰台区方庄芳星园三区 15 号楼

邮政编码：100078

经　　销：新华书店

印　　刷：北京普瑞德印刷厂

版　　次：2017 年 1 月第 1 版

印　　次：2017 年 1 月第 1 次

印　　张：8.375

开　　本：880 毫米×1230 毫米　1/32

字　　数：245 千字

书　　号：ISBN 978－7－5014－5595－9

定　　价：33.00 元

网　　址：www.qzcbs.com

电子邮箱：qzcbs@sohu.com

营销中心电话：010－83903254

读者服务部电话（门市）：010－83903257

警官读者俱乐部电话（网购、邮购）：010－83903253

文艺分社电话：010－83903973

出版说明

由全国公安文联编选的“年度中国公安文学精选”已经出版了十四卷，即《2011年度公安文学精选》（共三卷，含中篇小说卷《特殊任务》、短篇小说卷《结案风波》、纪实文学卷《追捕始于新婚之夜》）、《2012年度公安文学精选》（共四卷，含中篇小说卷《归案》、短篇小说卷《编外神探》、纪实文学卷《亮剑湄公河》、散文诗歌卷《我的贺年卡》）、《2013年度公安文学精选》（共三卷，含中篇小说卷《命运之魅》、短篇小说卷《沙堡》、纪实文学卷《追捕深海“掠食者”》）和《2014年度公安文学精选》（共四卷，含中篇小说卷《派出所长》、短篇小说卷

《无处可逃》、纪实文学卷《“猎狐”行动》、散文诗歌卷《心中有座百草园》)。这十四卷作品出版后，受到了广大读者，特别是全国各级公安机关民警的欢迎和喜爱。为深入学习贯彻党的十八届四中全会精神和习近平总书记在文艺工作座谈会上的讲话精神，积极落实好公安部关于推动公安文化大发展大繁荣的实施方案中提出的“推出更多公安题材优秀文化作品，出版年度公安文学精选”的要求，进一步加强公安队伍思想文化建设，着力打造公安文化品牌，推出公安文学精品，发现和扶持公安文学创作人才，满足新时期公安民警对公安文化的新期待、新需求，推动公安文化大发展大繁荣，同时更好地满足社会广大读者对优秀公安文学作品的阅读需求，全国公安文联和中国人民公安出版社决定继续编选、出版《2015 年度公安文学精选》。

《2015 年度公安文学精选》的入选作品，均为发表后受到读者广泛好评，并产生较好的社会效益的优秀公安文学作品，代表 2015 年度中国公安文学创作在中篇小说、短篇小说、纪实文学、散文、诗歌体裁中的最高创作水平，在思想性和艺术性方面具有突出特色，是奉献给广大关心和热爱公安文学的读者的精神大餐。

这是中国公安文坛第五次举办全国性年度公安文学作品精选的征集选编活动。《2015 年度公安文学精选》已出版四卷，即中篇小说卷、短篇小说卷、纪实文学卷、散文诗歌卷。为了给广大公安文学爱好者提供更广阔的平台，满足广大读者的更多需求，特推出《2015 年度公安文学精选》网络文学卷《背后有眼》。

“年度中国公安文学精选”编委会办公室

2016 年 5 月 16 日

目　录

现代诗歌

古体诗词

散文随笔

微型小说

短篇小说

中篇小说

纪实文学

小说接龙

现代诗歌

那一刻（外一首）

——写给在哈尔滨大火中牺牲的5名消防战士

艾明波

那一刻，一定是黑的
即便白天，暗夜也遮蔽了天空
你向火的深处摸索
却碰到了暴怒的神经
猝不及防地倾斜，塌陷了心
也熏红了人们的眼睛
霎时，泪水与惋惜
弥漫全城
你是不习惯走夜路的
刚刚离开家乡尚不熟悉这里的路径
多么想
是你身旁的一盏灯啊
把你照得通体透明

把天堂的路照得通体透明
而世界，因你辞别
一睡不醒
不要急着赶路了
天堂里没有火情
就这样慢慢地走吧
到一个亮堂的地方
悄然停下，然后欣赏
花的盛开、露的晶莹
还有，晴朗的天空
还有，一场来不及的爱情
那一刻，一定是冷的
水打在冬天
冬天正在结冰
水打在你的身上
你身上正在结冰
而你的身影砸在我的心上
我的心正在结冰
那个地区叫太古
太古的楼层烫伤了你鲜嫩的年龄
多不相称的对比啊
古旧得让人酸楚
新鲜得让人心疼
那是一片刺眼的白色吗
是冰、是雪、是白花吗
怎么就系在了整个大楼的前胸
怎么就成了一片挽幛
直惹得天地动容
从此，我开始害怕冬天
因为，它已不仅仅是冰冷

那一刻，一定是痛的
惋惜比什么都来得真切
时间坐立不安
城市彻夜难宁
世间正在遍地呼喊着
她走丢了的五个孩子
冒火的眼睛
把天边烧得通红
直到泪水结冰
却仍然没有回应
我开始喘不过气来
连写出的文字都有些僵硬
甚至语言也开始失血
又怎能焐热你青春的生命
雪地上，悼念的花朵盛开着
即使有风也不凋零
而那些关于壮烈的故事
已开始流行

离开，是为了赴一次崇高的约会
——写给警察的诗

风风火火的

季节又在岁月的街道上走了一个来回
鸟儿依旧唱歌
花儿依旧很美
还有那小草举着露珠
依旧把身躯伏向大地
悄悄地说：泥土，是我终生的依偎

你，是一名警察
也是这大地上怒放的一束花蕊
和普通人一样
也会有忧愁，也会有泪水
可我看到，你却永远在微笑
为的是，给阳光一个舒心的回馈

这么多年
你遇到了许多不如意的事
可是，你的爱没有变
你的梦没有碎
不曾有过失望
更不曾有过后悔
而是，跟着梦想在一步步追

有过了一次次的磕磕绊绊
经历了一次次的雨打风吹
风雨中
你仍然坚强地面对
尽管，有时候
心里流着血、眼里含着泪
为不让花朵在暴雨中哭泣
在寒风中枯萎
你却将身躯
奉献给了一个故事的结尾
而自己则微笑着说：无所谓
是啊
生命的长短不在于长度而在于厚度
离开，是为了赴一次崇高的约会

好警嫂

石发香

在繁华的城镇
在山乡的小路
有了警察的忙碌
就有警嫂的辛勤付出
善良的情怀照顾着我们父母
如水的莲心
轻轻唱着摇篮小曲
我们守卫着家的大后方
让你为人民全力以赴

在欢乐的节日
在精彩的旅途
警察要维稳安保
警嫂何惧辛苦孤独

脉脉含情的眼神把关爱倾注
可口的饭菜
总是那样热热乎乎
我们既然选择嫁给警察
再多的苦累义无反顾

拥　抱

——追记消防英雄刘洪坤、刘洪魁两位兄弟

楸　立

有一种拥抱叫作死亡
有一种拥抱叫作回响
有一种拥抱叫作担当
有一种拥抱叫作辉煌

兄弟　我们拥抱吧
迎着蛇芯的火焰　顶着坍塌的危墙
嗯　拥抱吧
没什么大不了的
从军旅生涯起
我们兄弟就在等待着
等待　用生命扑灭世间最后的火场

听，风声里战友们在呼唤
那是在为我们鼓舞歌唱
是呀
黄土上
爹娘伸着双手
想挽住我们飞向天堂的翅膀

哥
你说点什么吧
我想告诉我的爱人　苦了她自己
一个人哺育儿女成长
是呢　我也想告诉我的兄弟姐妹
我走了　替我好好孝顺咱们的爹娘

风啊　你拭去娘脸上的泪花吧
让梦在妻子枕边叮嘱她平安健康
你舍不得我们
我们也舍不得这生死离别
儿女情长

为了谁

——致人民公安交警

王　欢

谁最美谁最累
我的同志我的战友
我奋战在暑期一线上的兄弟姐妹
烈日炙烤热浪侵袭
狂风暴雨漫天洗礼
我不知道你是谁
我却知道你为了谁
为了谁，为了夏的绽放
为了谁，为了秋的收获
满腔热血唱出青春无悔
忠心义胆书写爱民情怀

谁最美谁最累

我的同志我的战友
我奋战在暑期一线上的兄弟姐妹
噪音尾气笼罩全身
汗水雨水湿透衣背
我不知道你是谁
我却知道你为了谁
为了谁，为了道路的安全畅通
为了谁，为了你能平安把家回
十字街头尽展公安风采
红绿灯下勇保四方平安

日复一日，年复一年
不畏酷暑，不畏严寒
我不为谁的赞美与荣誉
只为换来你的理解与满意
道路通畅畅通千万家
安全守护护守你我他
这是我们的职责，更是我们无悔的选择
谁最美谁最累
请记得我的同志我的战友
请记得我奋战在暑期一线上的兄弟姐妹
生命没有彩排，青春逝去不再
但愿人长久，一路共平安

你，用憨厚写忠诚（外二首）

——致孙建国

邓醒群

在三水见到你，一米八的身躯
让我仰视，蒙古汉子
正直与憨厚写满你的脸
明净的双眼，放射着爱的光
读着你的淡定从容
穿梭海地的枪林弹雨
你，把中国警察的形象展现给世界
危机四伏的维和，你用生命书写了中国警察的血性光辉

不用豪言，也无须壮语
行动是最好的诠释，誓言无声

十二年的从警生涯，不长也不短
记不清多少次冲入现场
抱起即将爆炸的煤气瓶
与魔鬼抢速度，从死神手里夺生命
危机中，一枪毙命
国徽下，岂容狂徒放纵

记不清多少次失约，不能陪孩子点亮他生日的烛光
不能陪妻子买点年货
“爸爸，你为什么总要值班”
心，装着对亲人的内疚。谁
让我选择了警察
你总是默默地说着
伤着，痛着，忘却着
每每看到万家灯火亮起，欢笑传出
你笑了

在三水，我见到了你
读懂了你，一个没有因荣誉而骄傲的
警察

你，闪着泪花说
荣誉是人民赐予
属于全体战友的
我，只是做了应该做的

你说，没有感恩之心

就没有忠诚的信念

在三水，我见到了你
一个用憨厚写忠诚的
你

等着我

——仅以此诗祭奠薛永清夫妇

一

等着我，亲爱的
怕您在那边孤独。嘘
不要有悲伤和眼泪

至少在这个夏天
我随风在空中舞向您
亲爱的

二

这刻，注定上天也无法自我
悲壮千古与谁同
亲爱的薛兄，亲爱的嫂子
尽管彼此未谋面
这些都不重要，重要的是，今夜
您的痛在我身上重叠

哟，难道真的是，情之深

生死也相连吗

三

哟，瞬间
注定，惊天地，泣鬼神
瞬间，我的泪向天冲
如有来世，当称雄

四

今夜，我在手心为您点亮一支蜡烛
照亮去天堂的路
在遥远的岭南，星空下为您守灵
希冀您的血浸润那些枯死的心
唤醒沉睡的良知
希冀您的血祭起正义的大旗
在共和国的天空
高扬

逆 行

——向战斗在天津“8·12”的英雄致敬

“未曾哭过长夜的人，不足以语人生。”

——鲁迅

1

初秋，行走在法国的街头
听到随风飘落的梧桐叶在风中咽呜。原来它在为
遥远的东方古老国度里，一群用爱

在猛烈的火焰中献出年轻生命
点亮希望之光的人
而哭泣着。此时
剧烈跳动着的手机，如闪电击中我的心
抚摸泪奔的手机，欲对身边的朋友说天津
我曾经走过的塘沽正在遭遇着灾难
却几度失声。在异国他乡的秋风中
我感受到来自千里之外的彻骨寒冷与剧痛
撕心的，裂肺的，直抵我的骨头
泪光中，闪耀着一个个身影
义无反顾地，前赴后继
向死而生的决绝。一如
“风萧萧兮，易水寒，壮士一去兮，不复返”
奔突着，生与死之间来回着
直至坚硬的头颅化为金色的灰烬
在风中闪烁着耀眼的
光芒

2

急促的铃声响起，战斗的号角吹响
硝烟弥漫，危机四伏
没有枪声的战场更可怕。燧火之神
发动战车，披甲逆行
责任所在，铁肩担道义
安危身系，剑胆著琴心
背负重托。前方，虽有万丈深渊
粉身碎骨也不辞。金盾熠熠

冲天的火焰，滚滚的浓烟又何惧
信念的旗帜高扬，理想化为现实
灵魂的血液在沸腾，在凝结
汇集成坚强意志，和无穷的力量
头顶国徽，绑祝融，血染风采
数英雄
当看今朝

3

“我若没有回来，我爸就是你爸，记得给我妈上坟”
这，多么质朴平实的语言
足以泣鬼神，足以让地球停止转动
英雄无言，壮举惊天
你，以我身死报家国
明知前路是死，却以身死酬壮志
明知前面危险重重，却以身死护平安
明知火焰贪婪如虎，却以身死唤良知
偾张的血性，星光下
仰视你逆行的身影
大爱无处不在

4

天无语，我有泪
逆向而行，脚步疾驰
与死神抢时间，与火焰争速度
逆行如此壮烈。生命没有逆行
爱可以如此。矫健的身影在这瞬间定格

历史，浓墨重书，一个个英雄
活灵活现。我的兄弟
在这个季节里，我最终失去了你
从今天开始，你是我
永远的痛

5

此时，不需要有悲伤
此时，不需要有眼泪
此时，不需要有赞歌
更不需要有诅咒。钟声敲响
不是丧钟，也不是凯旋的礼遇
那只是正义的声音。它在
昭示着灾难面前一个大写的人字
直面着天灾与人祸来临时的壮举
诉说着一个不容置疑的故事
任何的非议都是对英雄的不敬
点亮一支蜡烛，照亮无尽的长夜
轻轻地来到，曾经燃烧过你骨头的地方
我想穷尽一生，陪伴你守护着这片土地
既然失去了你们这些兄弟
就不愿意再有兄弟在逆行中消失
八月，不应该成为痛与哀的季节
黑色的火焰可以让生命消失
疾卷的风可以吹散灰色的记忆
却带不走你的名字
大地留下你深深的足迹

警魂永驻

6

在这个肃杀的风中，天津之眼。你
看到了什么。黑色的烟雾笼罩着
一只凤凰逆风穿过
黑色的火苗，浴火重生
天津之眼，你对这些事视而不见吗
或是，习惯了目空一切的你
硕大的瞳孔，不染色
也无物，空空的。无语也无泪
却把“8·12”的伤与痛深藏眼底
化作一江秋水
幽幽呜

春风一枝（外一首）

于国华

一袭牡丹　香气三百里
别笑我春风一枝　未了尘缘

天地之大　悠悠我思
只为携香使者　醉卧阑珊

潇湘红烛　指尖琴声
到头来　空有满腔柔情

饮剑滴血　挑灯夜看
人非草木也只能是酒中英雄

那就打马归山隐没江湖
春来花几支　席间一壶酒

窗前的蝴蝶兰

随第一缕阳光你飘落人间
如前世精灵仙子手提桃花扇

恍如春风迎面携香而来
似动非动之间倾倒无数

我轻舞湘竹引你落花流水
你却淡然神谕江山已定

我听到了你身后千年的马蹄声
未敢忘记手中的剑谱琴书

一杯酒，被风吹成一座古老的亭
（外一首）

甲　戈

今天　这样靠近我才好
从正午开始　从举起酒杯开始
从这座木质的廊桥　桥下的流水开始
一杯酒　被风吹成一座古老的亭
吹成弯曲的山路　葱翠的树木　坚硬的岩石
一杯酒　几碟小菜就是一个不一样的春天
我能感觉到这一刻　风吹着我的热血
整个午后都被对面的山风吹得哗哗作响
我只是听众　听你一声声沉入杯底
今天　不论是来　是走　都要斟满

一片叶子的低唱

听见了　脉络里的流水　正停靠在你的眼角

抬头的瞬间　阳光的波纹荡起我的脸颊
一粒种子　同清澈见底的秋天一样透明
风的气息　最先浸透了这首酸酸甜甜的诗
一朵云飘过头顶　你的名字还是那么洁白
耳边的话语　弯了一枚月亮　浓了一汪夜色
露珠湿了指尖　我看见那件贴身的衣裳
浅吟低唱的秋　一朵又一朵浪花　来到岸边
热带　温带　寒带　大陆　海洋　岛屿
更广阔的区域　也分布着我身体的敏感神经
一枚果实低了又低　琴声或轻或重地吹来
绿了黄了的分分秒秒　起起落落的分分秒秒

残阳，一个血色的伤口

——纪念抗战胜利70周年

陈易辉

残阳，沿着西山
将血红的悲伤铺了开来。

从碗大的伤口　抵达
残阳般的伤口需要多少头颅？

一柄狂舞半个世纪的日式军刀
见证了断颈处喷溅的怒火。

一面嗜血成性的膏药旗
在屠村后旷野的沉寂中剌剌作响……

军刀锈了，日旗烂了。但血色的伤口
仍悬空高挂，日复一日。

冲天火凤凰（叙事朗诵诗）

——诗记山东好兄弟刘洪坤、刘洪魁

许　震

洪坤、洪魁两兄弟牺牲后，昼不安神，夜不能寐，赋诗以祭，愿逝者安息、生者坚强。

——作者题记

一

2013年10月11日2时59分
洪魁兄弟刚刚躺下
响起了叫魂的警报
一分钟集合
二十分钟后
他和中队长朱建国带领30名官兵和5部消防车
风驰电掣般驶向现场

警情就是命令，火场就是战场
男人哪有那么多儿女情长
从当兵到排长，从昆明到空港
再到专管粮草的副中队长
一年三百六十五天，天天这样
养兵千日，用兵一时
我参加过的战斗上百场
多少年来，心中只有水枪和火场

二

2013 年 10 月 11 日 3 时 32 分
北京的夜色那么安详
妻子的呼吸有些漫不经心和懒洋洋
女儿撒娇的模样还在心中徜徉
正在梦中的刘洪坤好像被打了当头一棒
急促的警铃一个劲地响

参谋长的位置在战场
没有火场就没有我这个消防支队的参谋长
不管是男人还是军人
都必须有责任能担当
我要那些弟兄们看我的、跟我上
不能在自己安乐窝里当逃兵
哪怕拽断妻子依依的目光
还有女儿撕心裂肺的呼喊
以及她趴在窗子上的眺望

三

这场大火来得急
还没等消防中队官兵赶到就开始蔓延
喜隆多商场已被大火吞没
这场大火烧得凶
还没等救援力量赶到就浓烟滚滚
烧落的残骸被火球包裹
叫嚣着向四周扑来

心急如焚的刘洪魁，捶胸顿足
见喜隆多购物中心附近只有一处市政消火栓
指挥官兵迅速建立起一条通向火场的水带干线
随后，查看水带接口，保证水源

一条条水带铺开
一支支水枪架起来
12 条供水干线和 24 支怒吼的水枪同时冲锋
灭火集团作战在最短时间内全面打响

喜隆多呀喜隆多，你怎么着这么大的火
你一点也不理解人，到处肆虐
有多少人起早贪黑，提货进货
有多少人在这里开心购物，绽放出酒窝
而你这一把火
烧掉了多少人的血汗
浇灭了多少人的快乐
又可能使多少人从此失去信心，流离失所
作为消防员，我别无选择

哪怕化作干粉，也必须降住火魔

四

总攻，必须总攻
作为带兵打仗的参谋长什么时候也不能当孬种
看我的，跟我上
刘洪坤带领攻坚队打冲锋
一次次进去，又一次次出来
在烈焰和体力近乎透支的逼迫下，满满的氧气瓶不怎么够用
架起云梯，铺设水枪，外围内攻
刘洪坤一马当先，左突右冲
银河消防中队的张广鑫和陈欢事后说
刘参谋长把生的希望留给了他们
而自己却被火苗烤成橘红

这些士兵都还是些孩子呀
离开爹娘，进了军营
为了自己心中的那份崇高，忍受炙烤，奉献忠诚
可是
有哪一个青年人不热爱自己年轻的生命
有哪一个父母希望自己的孩子在烈火中永生
虽然，自己也是从这个时候过来的
但是，现在大部分为独生子女的孩子哪容得这般折腾
喜隆多的火势呀
你小一些，行不行
你让我多受些罪，哪怕是点了天灯
也不要难为我这些可爱的舍生忘死的士兵

五

“洪魁，咱们从东边进入侦察”
刘洪坤在中队当指导员时
就知道刘洪魁是位灭火技术过硬的兵
此时带上他，心中有底，无往而不胜
刘洪坤套上新的呼吸器
命令刘洪魁随自已再次出征
没有挥手，没有告别
背着沉重的氧气瓶，二人匆匆冲入三楼的浓烟中
刘洪坤和刘洪魁留给战友一个辉煌的背影
这背影，永远定格在战友张广鑫、陈欢心中

洪魁呀，兄弟
我对不住你，是我把你带入火坑
咱们当兵的，讲究的是不战而屈人之兵
我这个当参谋长的无能
火还没有完全扑灭，任务没有完成
却毁掉你这样的好弟兄

哥，大哥
让我亲切地喊一声，洪坤大哥
在军营里我避嫌不敢违反条令规定
我们俩从山东到北京当兵
在咱们山东讲究的是为父母尽孝，为祖国尽忠
在咱们消防部队里，我们天天讲奉献和忠诚
虽然我没有和您一起出生、当兵
但是和您一起为保卫人民的生命和财产牺牲
光荣，无限光荣

虽然我说过，当兵就是为打仗，救火就会有牺牲
可是轮到自己的好弟兄，自己的心就会像被挖去一样痛

六

刘洪坤的父亲两天没合眼，眼睛一闭就是儿子的身影
他身材瘦小，皮肤黝黑，垂着头抽泣声声
儿子呀，到今年阳历年就当兵 17 年了
你一共回家三次，为什么次次匆匆
第一次回家，是办事路过，在家只待过一刻钟
几个月前，我断了五根肋骨
你周六天黑进门，周日太阳偏西出门
满打满算，在家待了不到一千五百分钟
这次相见，犹如天打五雷轰
儿子呀，你把你爸爸撂下了
三十五岁就走了，太让人心痛
孩子呀，你活着的时候，很少回家
这次，我背，也要把你背回山东

爸爸，那时我很小
您教我学说“再见”
可今天和你们真“再见”了
您却哭得如此伤心和悲痛

造物主在死亡这件事上最公平
不收受贿赂，不徇私情
车祸、海啸和地震中
有多少无辜的生命丧生
您应当高兴的是

您的儿子，为了更多人的财产和生命
选择了另一种方式永生

再见了，妈妈，不要绝望
再见了，爸爸，不要悲痛
自古忠孝难两全
我们只是短暂分离
就当我再次出门，又一次远行

再见了，妈妈，不要绝望
再见了，爸爸，不要悲痛
请原谅儿子的不孝
如果有来生
我还会出生在山东，来北京当兵
在阴云密布中，有我奋不顾身救灾的身影
在火光冲天的浓烟中，我永远选择一轮又一轮的冲锋

七

刘洪魁的妻子门樾轻轻地抚摸着床沿
就像抚摸刘洪魁被火烤焦的乱发
也像不忍心打搅从火场上归来刚刚睡下的他
小声啜泣，嘤嘤的，泪流向了心里
把留有丈夫气息的军被铺开捋平
细致、精心、轻轻，小心翼翼
生怕惊醒已经缀满眼眶里的泪滴
结婚照，戒指，一身警服的飒爽英姿
说好了，我等你回来
你却是这样不守信用，独自西去

亲爱的，对不起
我说过，这一生只爱你
给你挡风，给你遮雨
让你幸福生活，没有委屈
可是，至今
只让你穿上婚纱，没有举办像样的婚礼

亲爱的，对不起
说好了，等有空了，一定好好陪你
可是，这三百六十五天
我天天战备训练，火急火急
很少搭理你
没有帮你分担忧愁
却把孤独、寂寞和家庭的重担推给了你

亲爱的，对不起
我说过，在你生病的时候
我会在床边细心照料你
我说过，你想我时
我会像梦一样，飞进你的大脑里
你说我，光会贫嘴骗人哩
眼神里含着深深的爱意
我说，亲爱的，请放心
等我有一天离开消防部队
一定努力改造，补偿加倍

亲爱的门樾
对不起，我又一次食言了
自从我们相识，我向你说过一万次对不起
对不起，我知道这三个字你已经听腻

让我再说一次，对不起，这是最后一次
说实话，想想这些，我自己都在笑自己
作为红门卫士，我的海誓山盟、甜言蜜语
是这样的苍白无力
不过，这次，绝对是最后一次

八

1 个小时、2 个小时、3 个小时……
时间一滴滴如血一样流淌
火场被一遍遍如梳发般筛查
可大家，仍愿这样一直持续下去瞎忙
哪怕有一点希望，即使再次赴汤蹈火
9 个小时过去了，废墟深处的一声“找到了!”
让所有的兄弟们，寸断肝肠

兄弟们，不要跪了
跪天跪地跪爹娘
虽是我们战友情深意长
也不允许你们双膝下跪，为我们这样
有骨气的男人一定要挺直脊梁
对待火魔，要一往无前，绝不能退让
要像李进副局长动员的那样
好男人必须擦干眼泪，挺起胸膛
只要有一粒火星存在，就绝不能收场

兄弟们，不要送了
我们已经在几米高的空中，无比轻灵
我们已经离开了烧煳的躯体，有几分庆幸
我们也有了从未有过的轻松

没有战备和训练，更没有了火警
冥河岸边，天国遨游
我和洪魁会像你们看到的一样
紧紧拥抱，时刻相伴，做生死不离的弟兄

兄弟们，别哭了
我们与北京消防有缘，我们的老家在山东
他来自曲阜——东方圣城
我来自墨子的故里，专门拍过电影《墨攻》
百里三圣人，孔子曲阜、墨子滕州和孟子邹城
我们的命是为北京消防而生
我们的祖先鲁班发明了云梯
让我们一次次为北京灭火立功
感谢北京，感恩山东
让我们变成冲天的火凤凰，浴火重生
去为更多的人寻找幸福和光明

法医的晴雨表

徐卫君

深夜的铃声，邹陈华叹了一口气
一个生命与这个世界的最后告别
法医的不眠
搁浅了一个家庭的生离死别
伴随着发不出声的遗言

柳叶刀在说话
邹陈华小心翼翼地
在冰冷的皮肤上追寻罪案的痕迹
死亡的瞳孔里，行凶者的画像
听到了魂灵在照妖镜下的自白

历史的长河里，福尔摩斯
大摇大摆地演绎推理的神迹

火眼金睛般地锁定罪恶
现实中，邹法医的刀
只描述柯南·道尔的寂寞
还有，正义公道的晴雨表

英雄注定孤独

蓝花布

舍我其谁
我不出手何以平天下？
赴汤蹈火
我不牺牲何以伏妖魔？

一个小人物
自从有了天大的宏愿
他的心便满载慈悲
禅定　精进　波若

不惜被钉上十字架
你看那四肢的血还在流淌
他的心却已经被他的爱所融化
化作宽恕的暖

长成橄榄的枝
将犹大虔诚地轻吻

英雄啊
你总是这样孤独吗？
纵然是荆棘铺路
你赤着脚
也还是决绝无悔吗？

你走过的地方
流淌的是心血
是心滴下的血啊
其实你早知道没有帮衬
其实你早知道良心难寻
其实你早知道注定孤独
可你还是特立独行
走万众瞩目却没人肯走的路

你的路通往圣境
那里开满道德的花香
我仔细寻觅着
发现那些花朵的根茎
无一例外
培植在写满孤独的土壤上

英雄注定孤独
孤独成就了英雄
一个小人物
被千万个民众爱戴
或挂于胸前的项链

或比画在每一次祈祷中
上帝保佑
阿门
阿弥陀佛
或合掌
或点划

你看那幽深的甬道两旁
矗立着谦和的英雄们
他们是云端里的耶稣
他们是金光闪耀的耶和华
他们都是孤独的英雄
却在你的慧眼里列队
完胜孤独寂寞
成为那燃指为灯的佛

明天我就要脱下警服

李江渝

明天　我就要脱下警服
一个甲子的岁月
风一般逝去
退休的命令正在路上
像一缕必然降临的晨曦
一定会　伴随明天的太阳升起

昨天　妻早已将
藏青的警裤　雪白的衬衣
熨烫得平平整整
从未佩戴过的军功章
一排排　寂然无语
铭刻下血雨腥风的印迹

曾经高扬起理想的风帆
风餐露宿　栉风沐雨
曾经穿越黑洞般深邃的疑云迷雾
丛林缉凶　深巷出击
曾经在响彻云天的凯歌高奏之后
把酒狂欢　醉卧不起

曾经行进在似乎永无休止的追凶路上
曾经一旦离开值班备勤室就无法进入酣甜的梦里
曾经无数次幻想“天下无贼”是怎样的传奇
曾经雨夜里默默落泪
曾经梦魇中被追赶至悬崖峭壁
曾经坠入虚幻的深渊　仅存呼吸

曾经无数次问自己
为什么当警察？
为什么　只想当个好警察
竟如此不易？
那一个被叫作“正义”的东西
为何如此令人痴迷？

一路上奔跑
一路上风霜血雨
即便历经磨难
即便马革裹尸
那盏被称作“奉献”的不灭心灯
仍然引领着无数兄弟前赴后继

无论是选择还是被选择
踏上从警路
就意味着选择了牺牲
牺牲花前月下　闲暇假日
牺牲侍奉双亲　陪伴妻女
直至　仅有的血肉之躯

没有“远大”理想
亦不曾奢望光宗耀祖
穿上警服
就是一个战士
一个即使是化为尘埃
也粒粒都是忠诚的战士

我们和人民在一起
我们是人民撒下的沙粒
像染绿荒原的
种子
我们走过
走过那些坚强和不变的坚持

于是　我们无怨无悔
就如同藏羚羊
在高高的世界屋脊
自由　骄傲
踏雪无痕
蝴蝶一般美丽

于是　我无怨无悔
即便青春花儿一样萎谢
即便岁月磨蚀了曾经强健挺拔的身躯
警徽闪耀　我依然和兄弟们一起
像点点繁星　密布苍穹
护佑祖国大地

古体诗词

七绝 · 津门勇士

——悼在天津 8 · 12 特大火灾爆炸
事故救援中牺牲的勇士们

刘心莲

秋风泣雨铸悲歌，逆向前行灭火魔。
唯舍铁肩担道义，英魂热血染津河。

水调歌头 · 北戴河感怀

云淡碧空阔，向海听涛声。朝临汀岸亭栏，沙际戏风筝。一览无垠深处，几点银鸥雪鹭，远近自飞停。雪卷倚风处，溅石拍滩轻。

观碣石，衔玉带，共潮生。翔来百鸟，犹如仙境晓心晴。信步闲游碧海，仰卧高吟白浪，自在似闲庭。无尽千秋事，淡看世间情。

警徽赋

——读《国之盾》有感

连芷萱

美哉，巍巍河山。仰珠峰之屹立，凌岱宗之绝顶。拥天山之绮丽，抱五陵之逶迤。古英豪儿女竞折腰，卫山河壮丽。今人民子弟戴警徽，守百姓公安。

壮哉！熠熠警徽，烁日月之内，立天地其外。其上青冥昭昭，其下绿水滔滔。忠魂烈烈，若归墟极之无穷，毅魄归来，若蓬莱极之高藐。

昔中国蓝盔，远征海地，一叶轻舟，凌万顷波涛于其下，风帆二卷，征蓬飘飘于长天。凭轩槛以遥望兮，向东风而开襟，路逶迤而修迥，川既漾而济深。悲沧海之壅隔，涕横坠而弗禁。唯日月之逾迈，俟河清其未极，身既死兮神以灵，待毅魄归之灵旗。

看缉毒前线，彩云之南。凤漂漂其高逝，固自远去，龙腾腾其袭渊，密深潜以隐处。锡华请缨，舍褴褛于而立；占军从戎，慕终军之长风。湄公河案，割慈忍爱，离邦去里，沥泣共诀，拉血相视，驱征马而不顾，见行尘之时起。

夫反恐巾帼，大漠荒原。草木摇落而憭慄，水清收潦而泬寥。雁嗈嗈而南游，鹍啁哳而悲嘶。边境未和，负羽从军，黄沙无极，天山参云。闺中风暖，陌上草薰。曾经春水惊鸿，如今秋尘跃马。惆怅此情难遣，难作女儿诗。羁旅玄发霜摧，心事碧云知。

嗟逆行而上，蹈火而生。三尺之驱，百岁之命，不惧生死，不畏名灭，虐暑熏天，不减坚冰之寒，涸阴凝地，无累陵火之热。而火线刘磊，辅危救亡。张良罹难，英华早陨，天道异色，吞恨者多。

呜呼！人生无常，盛筵难再；英雄已矣，梓泽丘墟。执笔抒怀，幸承学于警院；临表作赋，是所望于同袍。敢竭鄙怀，恭疏短引；一言均赋，四韵俱成。

念奴娇·禁毒礼赞

曲之霖

鸦片战患，百年殇，多少忠贞英烈。舍命修罗，道不尽、昔今书碑留名。化血鸣啼，剖肝滴沥，聚起九州魂。攻艰平难，透山川舞红旗。旦看中国新颜，前辙应为鉴，成法禁毒。全民参与，匡正气、斩除毒魔贻害。旧憾抚平，一樽还慰，把盏凌云志。举国欢庆，悦和谐图兴盛。

古风·消防情

李建东

从容坦荡历盘营，洗礼铅华党育情。
手握钢枪挑大任，胸怀百姓舍身生。
云梯飞架连心海，度曲春秋燕赵行。
抗战旌旗犹励志，消防甘苦乐天惊。
鹅城岁月经年付，麦野楼台灭火星。
堂前挚子军中树，实干严风忘我兵。
一声一号一车笛，汗云水瀑出精英。

交警史话

张文忠

道者蹈也，路者露也，此乃交通之始。横木为轩，直木为辕，此乃车辆之初。黄帝被尊轩辕之时，行道辟于六合。殷商立都安阳之际，车马驰之八荒。经纬环野，纵横交错。路道涂畛，星罗棋布。隋虽卅年，里程已逾数千。贞观大治，唐皇又诏保畅。其时道路雄伟，影响波及东瀛。至于宋元明清，秩序更为井然。历史巨轮，滚滚向前。世界日新月异，路网高速发展。

若夫！寰宇之大，浩渺无边。世间之路，数之未完。驰道栈道驮运道，称之古道。马路公路高速路，是谓今路。道路即成，复有人行。既有人行，必具管辖。夏周时期，专设司险，掌九州地图，扼山川险阻。古代西方，单向通行，限车马入城，设跳石过路。交通管理，已具雏形。先圣孔子，曾任司寇，职同现代公安。汉祖刘邦，曾任亭长，类似派出所长。然历朝行政司法集权，州府官吏统管。则百姓治安判决事例，巡守捕快兼行。警察职责，有而不清。民间疾苦，落地无声。

近代警察，始于清末。时列强犯华，狼奔猪突。我锦绣河山，惨遭割裂。洋夷租界，引入警察管理。国中有国，画地为牢而治。然事有优劣，有识之士去伪存真。择善者从之，警政分离开创警署。奈何戊戌败北，仅存三月而去。纵使昙花一现，也留警史青名。袁氏世凯，派兵换装护津。整肃市纪，制立警察制度。辛亥之后，借鉴保留。北洋保安，似同武警。民国又行沿袭，划分十余警种。开设警官学校，还招巾帼加入。一九〇八，上海开通电车，始建公交车道。其他城市，陆续修街筑道，引入机动车辆。北方城市，已呈拥挤乱象。车碍人行，拥堵伤亡多发。廿年代中期，制定规章。抽调巡警，管理交通。三一年际，南京设置交通岗。七百警士，配标并持指挥棒。自此开始，交警分离。区别其他，独成体系。

“二战”硝烟，国之灾难。八年抗战，炎黄心酸。十万青年十万军，一寸山河一寸血。中国共产党，赴汤蹈火。新民主革命，滔滔巨澜。建党之初，设立中央特科。恩来总理，亲肩保卫重担。延安警察队，守护边区安全。四七交春时，共赴命运决战。一九四九，建国伟业。中华民族，屹立东方。新中国百废待兴，共产党奋力扬帆。确定公安体制，创造黄金时期。犯罪率万分之五，消灭了娼妓赌毒。建国初年，交通部成立公安局。五三年初，公安部组建交通保卫局。惜“文革”十年，遭遇重创。幸拨乱反正，再入正轨。八六年前，多头管理。权责不清，阻滞发展。为谋百姓福祉，国家应势而变。道路交通体制，改于一九八七。交通监理机构，划归公安部门。人员装备，建制移交。省市自治区内，设立交警总队。支队大队，层级分明。条块结合，以块为主。交通警察历程，走过一路风雨。交通管理工作，跨入新的时代。

嗟乎！斗转星移，寒来暑往。饥寒已成过去，小康正在当下。曾经跋山涉水，如今一日千里。谁人护路安详，唯我公安交警。担神圣使命，铸公德善行。实施畅通工程，改善道路环境。文明交通行动计划，关爱生命平安出行。平安行你我他，倡导文明风尚。对生命安全负责，向交通事故宣战。保安全，压事故。保畅通，促和谐。衣带渐宽终不悔，甘洒热血保平安。

噫吁兮！白日短短，苍穹茫茫。今之事业，昨之梦想。今之理想，明日辉煌。回眸交警之史，一幅宏伟画卷。蹚过岁月长河，未来值得期待。天地转，光阴迫。路漫漫，从头越。团结奋进兮，守卫万家平安。忠诚为民兮，再谱壮丽诗篇。

散文随笔

大山中的冰凌花

韩秀媛

谨以此文怀念黑龙江省第七届“我最喜爱的十大人民警察”张国森及那些远去的老警们。

——题记

周末，春寒料峭中，第一场春雨淅淅沥沥地飘起来。一支莫名伤感的调子缓缓地奏响了春的序曲。老警，天空也在为你流泪吗？

跟随着户外徒步群，我要穿越小兴安岭的一支山脉。我知道，那里是你的家乡，是生你养你60年的故土。我要踏一踏你曾走过的土地。十几公里的路途不算遥远，我却万分疲惫，也许是揣了一份哀思吧。一路上，我催促自己，跟紧一些，再快一些。老警，请等等我。

到达山顶时，刚好9点。我知道，在绥棱县

城举行的告别仪式已经开始。我仿佛听到悲痛的哀乐。老警，你静静地躺在百花丛中，身上是那件深蓝色的警服，头上戴着大檐帽，鲜红的党旗覆盖在你的身上。你轻合双目，眉头和皱纹都舒展开来，你在鲜花丛中微微笑着。如果没有亲人纷飞的眼泪，没有战友和群众低声的啜泣，你恬静而安详的样子会让人觉得，你没有离去，也不曾走远。你只是累了，想要歇一歇脚，小睡上一会儿，睡醒后，你会精神抖擞地下片走访，和老百姓唠家长里短，和他们谈笑风生。

可是这一次，老警，你该把操劳和牵挂都放下了。难道你不觉得，37 年，你肩头扛的担子太沉重吗？

老警，你不认识我，我却很早就关注你了。那年，在市局春节联欢晚会上，我被那首优美的《大山之子》吸引了。以你为原型的诗歌将我的眼眶打湿。你被那里的老百姓喻为大树、森林，你走到哪里，哪里就有阴凉。“有事找老张”已经成为山里人的口头禅。

你不但是优秀民警，更是不折不扣的硬汉。打击防范，破案追踪，调解纠纷，哪一样你都是行家里手。我知道，你其实只是一个普通的人。病痛已经折磨你多年，你咬牙挺着。腰椎已经坏死一节，还患有类风湿，心脏也不好，这都是你经年累月的操劳所致啊！

你勇敢坚韧，凡事冲在前面。那年，前丰村仓库被盗案的嫌疑人跳进十几米深的水井里，寻了短见。为了救他，你将麻绳缠在身上，战友在井口拽着你，而你，手和牙齿并用，生生地将那人从水井中拉出。而你的身上被勒得伤痕累累，在医院治疗了一个多星期。为了侦破多家农户年货被盗案，数九寒天，你骑着自行车往返 36 公里，连续 20 多天在黑暗与寒风中蹲守，直至把嫌疑人缉拿归案。

你不谋私利，不徇私情。处理案件时，即使你的岳父和同学，你也没有网开一面。你以大局为重，以百姓为天。1999 年，县局提拔你到另一个乡镇当所长，你舍不得四海店的老百姓，在群众的簇拥和欢呼中，你留了下来。几年前，你说自己岁数大了，硬生生地将派出所教导员的岗位让给了年轻人。你卸任了，可是工作却更多了，你把山里人的苦和甜全都装在心里，满满的，不愿放下。

这么多年，你的生活不宽裕，一直过着清贫的日子，却从未向组织上提出一条要求。老伴患脑瘤，用东挪西借的钱做完手术后，连复诊的钱都没有。2007 年冬，村民刘佩林家房子被烧得落了架，你把家里的被褥、衣服、大米、豆油给刘家送去，家里只剩一套被褥。村民张长军打松子时摔成瘫痪，你从自家不多的年货中分出一半送给张家。你就是这样热心无私的人，哪一个人照顾不到，哪一起案件处理不好，你都会感到愧疚和遗憾。你把苦和累藏在心里，总是把微笑挂在脸上。

老警，你已经不年轻了。你咧嘴一笑，瘦削的脸上便叠起皱纹。皱纹里不仅写满了岁月的沧桑，更蕴含着许多动人的故事。所以，老警，我曾想在春花烂漫时节，约几名作家、书画家和摄影家到四海店采风，把你写进我的散文里。和你聊聊家常，听你讲讲办过的案子、帮助过的人。到你管辖的村子走一走，看看绿油油的田野，摸一摸锄把，和晒得黝黑的村民聊聊天，听他们热络地讲讲你的事儿。再去你家，探望你患病的老伴和你可爱的孙子。坐在热炕头上，尝尝山泉水煮的米饭和你炒的山野菜。最好，你能领我们上山转转，看看你栽的红松树、小白杨，教我认识哪朵花是达子花，哪根藤是野山椒。可是，一切都成了无法实现的美好愿望。站在山岗上翘首企盼，血一样火红的杜鹃花快要凋谢了，它们再也迎不来那个微驼的身影了。

我站在山顶，捧起一抔黑土，将它扬撒。老警，这里没有鲜花，我只能以这种方式与你告别，为你祭奠。我向着远方莽莽的林海和山脚下的村子呼喊：我来晚了！山谷空寂肃穆，回荡着我的声音，随着春天的风儿，飘向更远的地方。老警，你听得到吧？

小小的村落，摇曳着缕缕炊烟，经年的记忆在山谷中回荡着。朴实的村庄，像一位暮年的老人，静默地守望着大山，望眼欲穿一般，盼着儿子归来。一只喜鹊拍打着灰蓝色的翅膀，从一棵树飞向另一棵树。远处一只鸟儿在山谷中盘旋，叫着“布谷，布谷”。那鸟鸣短促而低沉，如同泥土一样深沉。老警，你在这里安息吧。这里有青山，有绿水，有你的骨肉，更有爱戴你的父老乡亲。这里是你的根，是你的归宿。

“他活着是为了多数更好地活着的人，群众把他抬举得很高、很高。”生命短暂，你用无私的奉献和大爱，将60载的岁月，无限地扩充、延展。

下山时，雨歇了。眼光不经意间扫见一抹亮色，在晶莹的融雪中格外耀眼。是几朵小花顶冰而生！有人告诉我，是冰凌花。我俯身仔细观察，黄色的花瓣错落有致，淡绿的花蕊娇柔含羞。嫩紫色的茎朝向林间细碎的阳光，弱小的叶子努力地托举着金灿灿的花朵。

这绽放在寂寞大山中的冰凌花，盛开在冰天雪地中的冰凌花啊，它堪比梅花，忍受着寒冷和孤独。待到春风吹绿山林，百花争艳时，它的花儿早已谢落殆尽。它点缀了早春的枯寂，却不需要别人装饰自己。再端详那一朵朵小花，觉得它有了不同于其他植物的傲人风骨，每一片花瓣、每一片叶子都萌动着强韧的力量。

——老警，你就是大山中的冰凌花！

民警老梁的遗憾

卢 娄

这天，江苏省宜兴市杨巷镇皇新村村民阿仙老太从57岁的老民警梁国平手中，接过盖有宜兴市公安局大红印章的户口簿。阿仙老太激动得合不上嘴："真没想到，真没想到啊，这才一个月，我们一家人的户口就办好了。你还特意送上门来，太让人感动了。"

阿仙老太今年61岁，江苏宜兴人。她24岁那年远嫁到了福建省永泰县，结婚十多年后，一场大火把村寨烧了个精光。阿仙当时和丈夫带着孩子在宜兴探亲，侥幸逃过一劫。一无所有的阿仙举家投奔宜兴杨巷镇皇新村的哥嫂。经过二十多年的艰苦打拼，阿仙一家人在村里买了房，有了自己的家。可是一家人的户口还没迁到宜兴，由此带来的医疗保险及村民福利等都无法享受。

她儿子患了骨坏死，需要手术治疗，这可是一笔可观的医疗费。孙子小宝也马上要上幼儿园了，还是“黑户”，得多交一笔择校费。而一家人的生活仅靠男主人胡先生帮人打工来维持。阿仙老太找到了社区民警梁国平，希望能帮忙解决户口问题。

梁国平了解情况后，多次上门走访调查，为阿仙老太一家人补全了相关材料及手续，又协调上报市公安局相关业务部门审批办理，最终将阿仙老太一家人的户口都落到了杨巷镇皇新村，孙子小宝的上学问题也解决了，阿仙老太还能享受每月养老保险金160元左右，儿子看病也能报销部分医药费了，大大缓解了家庭的经济压力。现在，阿仙老太逢人就夸梁国平好。

梁国平，1985年参加公安工作，先后做过内勤、社区等警务工作。2000年，时年43岁的梁国平工作变动，从原新芳派出所（已撤并）内勤成了杨巷派出所社区民警，负责芝果、紫金、邬泉、皇新四个社区。人到中年，换了新的工作环境和面对不同的警种工作，一切又得从零开始。

为了尽快熟悉社区情况，梁国平几乎放弃了所有的休息日，无论工作多忙，他总要挤点时间去村里转一转，还常常晚上到村里登记暂住人口和出租房信息；为了方便群众联系自己，他在每家每户的醒目位置贴上一张“警民联系卡”即时贴，上面有自己的姓名、联系电话等资料，“有事情，来找我！”他告诉乡亲们。10多年来，他的足迹踏遍了社区的边边角角。社区里的群众也渐渐熟悉了他，亲切地称这位头发斑白、和蔼可亲的老警为“梁伯”。

“我的身体还行，也习惯了每天这样忙碌的工作，社区警务工作很烦琐，要做好，不容易。要对社区的情况烂熟于心，就要多跑、多了解、多掌握辖区里的情况。”这些年来，梁国平凭借着对社区情况的准确掌握，屡屡化解村民间的矛盾，赢得了辖区群众的普遍好评。可是，就是这样一位心中装着成千上万辖区老百姓的老警，却独独辜负了一个人的期待——

2009年7月，老梁的妻子被检查出患有肺癌，动了手术需要化疗，可是，社区警务工作一个萝卜一个坑，老梁怕影响所里正常的警务工作，便坚持白天工作，晚上赶到医院陪妻子。后来，妻子慕名去云南昆明医科大学附属医院，找专家教授就医，可老梁放不下工作，不得不让身患重症的妻子，一个人坐飞机去看病、复诊。2011 年，他妻子的病情恶化，癌细胞转移到了骨头，体重从 130 多斤锐减到六七十斤，终于在 2012 年 5 月撒手人寰。

老梁遗憾的是，这辈子没好好陪妻子出去走一走，一起去看看外面的世界和风景。老梁感激妻子病重期间没有抱怨他，一如既往地支持他的工作。现在妻子走了，女儿也结婚生子，家里只剩下他一个人，那些孤独的夜晚，他回忆起这无法弥补的遗憾，辗转难眠。可谁让自己是警察呢？他说，因为自己是一名警察，注定了这辈子要欠家人太多太多……

红绿相映井冈山

旷胡兰

五指峰的巍峨，黄洋界的险峻，云海的壮美，炮台的苍凉，五龙潭瀑布的奇异，还有大小五井的沉重和苦难，毛泽东旧居、革命烈士纪念碑，以及井冈山革命博物馆的古朴与厚重……每一处的风景，每一处的故事，都让我惊异，让我沉醉，也让我一次次泪水盈盈。

井冈山，她不只是一座山，而是一片群山，是位于罗霄山脉中段的群山。“郴衡湘赣之交，千里罗霄之腹。”绵延五百多里，有着五十多座山峰。井冈山，是绿色的山，是红色的山，是蕴藏了无尽内涵的神圣的山，是凝聚了中华民族无穷精神的山。

每年的春夏之交，是井冈山最美丽、最动人的时节。苍翠的群山，渲染着一片片的红，那是盛开的杜鹃花。形状如五角星的杜鹃花，一朵朵，一串串，一片片，在一个个山坡，绚烂地开着，蓬蓬勃勃，似霞，似锦。被称为十里杜鹃长廊的杜鹃山，更是花开如海，十分壮观。山上生长着成片的天然杜鹃，树高可达四五米或七八米。猴头杜鹃、红毛杜鹃、鹿角杜鹃、云锦杜鹃……各种杜鹃花争妍斗艳，椭圆或长圆形的绿色叶片，衬托着娇艳欲滴的美丽花朵。一树树、一团团，大红、粉红、紫红，开在低谷里，开在山坡上，开在云雾中，把一座座山都映红了。动人的《映山红》歌声，缥缥缈缈，缠缠绵绵，在山林间、花丛中回荡。这杜鹃，这歌声，让人禁不住想起当年井冈山上红军手擎的火把；想起井冈山人民送郎当红军，与渴盼红军归来时那一颗颗火红的心。

杜鹃花盛开的季节，也是井冈山最热闹的时节。一年一度杜鹃花节的举办，汇集了世界各地和井冈山本土的珍稀杜鹃花品种。有单瓣状如五角星的，有花瓣层层叠叠的。花色也繁多，有各色明艳的红，有纯洁的白，有高贵的黄，或红中又带着波浪形白边儿的。它们以缤纷的色彩，以奇异美丽的姿态，盛开在挹翠湖畔，绽放在山山岭岭，吸引着五洲四海的游人。出生于井冈山地区的宋代诗人杨万里，曾这样礼赞杜鹃花：“何须名苑看春风，一路山花不负侬。日日锦江呈锦样，清溪倒照映山红。”

秋日的井冈山，虽没有春夏之交的明艳和动人，却多了一份厚重，多了一些成熟的色彩。山是苍翠的。在一片绿色与一片绿色之间，夹杂着枫叶的红、杉树的黄、芦花的白，以及成片成片黄澄澄的金橘。层层叠叠的高山梯田，翻涌着金黄的浪涛。丹桂、金桂、银桂树上金黄色或银白色的小花骨朵儿，深藏在茂密而油绿的树叶中，阵阵浓郁的甜香味，随着徐徐的微风，伴着挹翠湖中船桨轻柔的声响，扑鼻而来。真正是：车在山中走，人在画中游。五彩斑斓的井冈山，不停地向游人展示着她的博大和美丽。

低温寒冷的冬季，井冈山变得静谧和晶莹。苍幽的山林，似乎在冬风、冬雨和冬雪中蓄积着能量。大雪来时，井冈山银装素裹。厚厚的积雪，覆盖在山坡上、房子上、树枝上，沉甸甸的。积雪压弯了树枝。偶有一阵风吹起，雪便簌簌往下落。树枝或房檐下，一根根冰凌，晶莹剔透。绝美的雾凇奇观，也常在冬日的井冈山出现。此时，井冈山便成了摄影人士的绝好去处。那一个个身背大包、手拄拐杖的摄影爱好者，在冰雪覆盖的井冈山林中行走，拍摄下一幅幅最纯、最美的图景。他们要把井冈山的洁白和高贵，定格成永恒，传扬到四海。

井冈山的美，不仅在于她独特的风光，更在于她红色的历史，在于她深刻的内涵。1927 年的秋天，毛泽东率领秋收起义的队伍，来到了井冈山，创建了中国第一个红色根据地。后来，与朱德等领导的八一南昌起义的部队胜利会师，组建了中国工农革命军的英雄队伍。星星之火，在井冈山燃起，最终燃遍了全国。水深火热中的中华民族，从此有了晴天，有了丽日。

多少革命志士，把满腔的热血洒在了井冈山的土地上，洒在了井冈山的山林中。他们的鲜血，浇绿了满坡的山林，浇艳了满山的杜鹃。

淳朴善良的井冈山人民，和红军战士心连着心，肩并着肩，在一场又一场浴血奋战中，在日复一日的艰苦斗争中，谱写了一曲曲爱的颂歌。

井冈山上第一个女红军战士贺子珍和她的兄妹，井冈山上的绿林好汉王佐、袁文才，还有无数个有名字的或者连名字都未曾留下的人民的父老乡亲、兄弟姐妹，在连天的烽火中坚守，在血雨腥风中战斗。倒下的，是血肉的身躯；立起的，是永远的红旗！

井冈山革命烈士陵园的石壁上，镌刻着一万五千多名革命烈士的英名，然而，实际上却有近五万名烈士长眠在这里。他们，为着祖国的光明，为着民族的理想，献出了鲜血，捐出了身躯，却连名字也未留下。每每立于碑前，听着解说员撼人心魄、动人肝肠的讲解，我的眼里就禁不住有泪水流出。

黄洋界的炮台，八角楼的灯光，见证了那一场又一场艰苦卓绝的斗争；城门口悬挂的英雄伍若兰滴血的头颅，小井红军医院旧址旁掩埋的尸骨，诉说着无数红军战士为中国革命作出的巨大牺牲；

井冈山革命博物馆那一件件珍贵的文物，那一场场震撼人心的声、光、电的交响，抒写着革命先辈艰苦奋斗、勇于胜利的井冈山精神。

“红米饭，南瓜汤。秋茄子，味好香。”不正是革命前辈艰苦奋斗的最好诠释和革命乐观主义精神的生动写照吗？如今，这些带着泥土清香的井冈山特产，也带给我们别样的美的感受。

一年，又一年。井冈山，以红绿相映的美景和博大的胸襟，召唤着我们。一代，又一代。井冈大地的儿女，以满腔赤诚的情怀，在井冈山精神的熏陶中，成长。

一碗黄酒的温暖

陶　铭

2011年我到长江路派出所工作后，被安排在太湖花园第一社区做社区民警。这是一个老小区，刚从警校毕业的我，每天转悠在小小的社区，服务着大我几轮的老头老太，面对社区群众的家长里短，做着乏味的工作，纷繁复杂之中，人声鼎沸之间，我常常感到焦虑和厌倦，焦头烂额之余，我常常问自己这样的工作什么时候是个尽头。最初的工作热情被一点点磨耗着。

直到有一天，我接受了一位老人的“招待”——接过并一饮而尽老人再三递过来的一碗温好的黄酒，看到老人脸上质朴憨厚的笑颜，那一瞬间，黄酒的热度温暖了我的心头，老人的笑颜拨动了我的心弦……

那是一个深秋的上午，头一天出警疲惫不堪

的我虽可以下班回家，但由于尚未完成一周二十户的入户走访任务，我只好将便装放进随身斜挎包到社区走访，准备完成后就直接回家。

无锡的寒风还不是我这一个外地人能够抗拒的，我哆哆嗦嗦走在小区中，到太湖花园西南角时，我听到啪的一声，抬头看见不远处站着一个六十多岁的光头老人，对着掉在地上的一个纸箱束手无策。看到穿着制服的我，他迟疑了一下，向我摆摆手，那样子是想让我帮忙。

我淡淡地回应："大叔，有什么事情呀?"老人没有马上回答我，而是颤颤悠悠从口袋中掏烟，烟是几块钱一包的华西村。我平时不抽烟，挥挥手说，我不抽烟。老人愣了愣，慢慢地把烟放回了烟盒，然后介绍说，自己是常州人，今天乘公交车去乡下带回点蔬菜，不想在距离家还有五十米的地方纸箱破了，蔬菜掉了一地，自己的腰受过伤无法弯曲，子女又在外地，现在没有办法，想请我帮忙捡一下。

本来很简单的事情，老人絮絮叨叨地说了有十分钟，还不停地向我偷看，仿佛很害怕我不帮忙。看老人还要絮叨下去，我不耐烦地摇了摇手，将手中的文件夹和斜挎包交给老人，弯下腰将大约有二十斤的蔬菜拢在一起，用破了的纸箱抱在怀里，问清了住址后大步走去。老人跟在我身后，不停地道谢，颇有受宠若惊的神态。

老人家在二楼，装修已经很破旧了，房顶到处显出渗水的痕迹，墙上有点点霉斑。我毫不费力地将蔬菜放在客厅角落里，拍了拍手，准备问两句话就走，可是话还未出口，冷空气首先占领了气管，一阵剧烈的咳嗽让我瞬间面色惨淡，弯着腰捂着胸口，坐在板凳上一时说不出话来，帽子都掉在了地上。老人站在我身边，并没有言语，帮我捡起帽子后，用一种爱怜的眼神看着我，待我咳嗽缓解，老人轻轻说了一句"等一下"，就到厨房去了。我以为他去为我倒水，加之当时确实难受，就静静地坐在那里休息。

老人速度不快，在我有点不耐烦的时候，老人小心翼翼地捧出一个白瓷碗，递到我面前："喝了它，暖暖。"老人的无锡话并不是很柔和，却有一种诚恳在里面。我看了一眼白瓷碗，琥珀色液体弥漫着黄酒特有的暖暖的香甜。“没看见我穿着警服吗?”我心中埋怨道，嘴中说：“我不喝酒的。”站起来就想离开。老人却以为我嫌弃这黄酒不好，忙解释道：“我自己家酿的，度数不高，喝了治感冒。我的烟不好，你不抽，就喝口酒吧。”他又将酒碗往我面前推了一下，接着说：“你帮了我这么大的忙，家中没有什么东西招待，喝碗酒暖暖吧。”

看着老人诚挚的面容，听着质朴的言语，我却不好意思了。我做了什么呢？我只不过随手做了我应该做的事情，而老人家却如此客气。从老人家诚恳的眼神中，我突然明白了，捧上一碗黄酒，不仅是一种交际礼貌，更是一种拉近心灵距离淳朴的希冀，他希望通过这种方式，拉近距离，表达淳朴的谢意，而我如果再次拒绝，却会不经意间伤害了他，让他感觉到我很冷，离他们很远。但是我穿着警服，肯定不能喝这碗酒，我该怎么办？

一瞬间，我陷入了两难。

在老人不解的眼神中，我脱掉执勤服外套，从斜挎包中拿出便装换上，接过黄酒，脸上带着笑容，说了声谢谢，一饮而尽。温热的液体在我的咽喉划出一道暖暖的直线，在胃部像小溪一样霎时间让我全身感受到了别样的温暖，也让我渐渐冰冷的心重新温暖起来。那天上午，我陪着老人聊了很久。

现在，我虽已调离了太湖花园小区，但不管角色如何转换，那个老人，那碗黄酒，时刻提醒着我：任何时候都要善于发现生活中的真善美，无论顺逆；任何时候都要善待前来办事的百姓，无论尊卑；任何时候都要热情地做好自己的本职工作，无论职位。

心灵的旅行

崔　陈

我喜欢古镇，因为它神秘，且蕴藏着一种灵气。有人说周庄是第一水乡，蜿蜒的小河沟连着大小不一的桥，一衣带水，它们以最柔和的方式相互连通，却毫不松散。趁着假期，带着对江南古镇周庄的美好憧憬，一家三口来了次说走就走的旅行。

步入周庄，首先映入眼帘的是小街，小街一面临水，一面倚着古屋。多的是小桥，桥下静静流淌的河水就像一条条绿丝带，将小桥串联在了一起。最令人难忘的是双桥，两桥相连，桥面一横一竖，桥洞一方一圆，桥下河水清澈见底。站在桥头，看着脚下这座年代久远的石桥独自静卧在小河上，思绪一直飘到了几百年前……三五成群的妇女结伴蹲坐在河边揉洗衣服，她们一边用棒槌有规律地敲打着浸湿的衣物，一边聊着家常，不时发出爽朗的欢笑，伴随着小河哗哗的流水声，构成了和谐动听的乐曲。一群小男孩挽起裤腿，赤着脚丫，光着上身在小桥下忘情地追逐打闹，不时溅起的水花在阳光的照射下变成了迷人的彩珠，闪闪发光。我抬起头，望着街上、桥头熙熙攘攘的人群，眼前的古镇，它早已逝去曾经的淡然，但依然温婉。

走进沈厅，富丽堂皇的建筑，让我瞠目结舌。沈厅七进五门，房屋百余间，互相连接，构成一个庞大的宅院。接着我们来到张厅，惊叹于古人的鬼斧神工，房间都很精致，且一条小河正好从张厅流过。还有一个小池塘，水面上停着一条小船，有人说这叫船从家中过。沈家还有一块石头，相传晴天的时候石头很干燥，下雨的时候就会潮湿，能准确预报天气。走出宅院，正值中午，饥肠辘辘的我们需要大餐一顿。第一个想到的是“万三蹄”，古镇上到处都有“万三蹄”卖，大大的蹄子咬上一口，满嘴都是香味。当地还有一种特有的鱼叫作巴鱼，很像河豚，肉质鲜美。

吃完午饭，我们开启下午之旅。曲折的小巷，一折一弯，青石路早已被磨平。小巷的两边有好多商贩，他们都是本地人，出售一些纪念品和小孩的玩意儿。走了几圈后，天渐渐暗下来，天空飘起了蒙蒙细雨，行人少了很多，好多店面已经打烊了，这时的古镇显得格外静谧。窄窄的弄堂里，密密麻麻的雨滴落在青石路面上，溅起了无数水花，给古镇增添了几分醉意。小河里，三两只乌篷船在摇曳，几位游客正坐在船舱里浅吟。此情此景犹如一幅精致的水墨画，细雨、石桥、轻舟还有这窄窄的巷弄在笔墨纸砚间跳跃着，人在画中游。夜幕降临，我们来到周庄的剧场看戏，感受着周庄的文化气息，欣赏着昔日江南首富沈万三与杜丽娘两人从相识到相恋的唯美爱情故事。儿子最喜欢的表演，就是“财神爷”在观众面前大把大把地撒糖，而我则对周庄的嫁娶婚俗表演最感兴趣。一位脸上挂了颗大黑痣的媒婆大大咧咧地来到观众面前，从男观众里选了一位壮丁做新郎。随着喜庆的奏乐响起，四个大汉把新郎抬上船去迎亲了，船上贴了好多红彤彤的双喜字。新娘则披着红盖头站在岸上。一阵鞭炮过后，在媒婆的陪同下，新郎把新娘接上了船轿，两人并排站在船头。毛毛细雨也无法浇灭群众的看戏热情，一直到精彩的表演结束大家才散去。

夜晚的周庄，巷子里挂满了红灯笼。我们沿着巷子走发现还有几家店没有关门，便走了进去，看到店门口放了一排明信片，就随手拿了几张，走进店里给家人写起明信片来。儿子笔还拿不稳，在明信片上尽情涂抹。后来我们就去了一家叫作石榴园的民宿店，我选了一间古风味很浓厚的房间，房间里的床和柜子都是古风古味，保持了原汁原味的古建筑风貌，精美的雕刻和古色的家具相融合，整个客栈都显得古朴、典雅。

我钟爱旅行，它能让你忘记一切烦恼，是对烦琐生活的一种解脱。这次周庄之行，最大的收获就是心灵的旅行。每一次旅行对我来说都是思想和情感的加油，从生活中得到启示，我感恩于自然这个伟大的缔造者，它让我的心变得豁达。

这一次，为自己送别

张 彤

“茄子!”全所整齐地喊出这两个字，内勤手中的相机咔嚓一声，如同为你的公安生涯奏响了休止音。你穿着多年前买的大衣，双眼假装无意地瞟着桌上你刚刚交给所长的警服，上面连着你佩戴了近40年的警号。呵！时间真是快啊，40年一晃就过去了，你居然要为自己送别了。

你不是没有经历过送别。回想几十年前，你刚从警校毕业，分到了派出所，师从一名经验丰富的刑侦民警，对正式从警充满憧憬的你，一开始就面对着重重挑战。腐烂的尸体发出的气味让你掩鼻呕吐，犯罪分子嚣张的威胁让你恼火至极，夜以继日的案件侦破工作让你精疲力竭。幸好，你有一位耐心沉稳的好师傅带着你，一点点教你什么叫胆大心细、疾恶如仇、忠诚奉献，当你全部吸收内化，可以独当一面的时候，师傅也要退休了。那一晚，师傅与你促膝长谈，他一口口地呷着茶，一点点地向你诉说他的从警生涯，说着他参与侦破的大案，他抓获了不胜枚举的嫌疑人，他一箩筐的锦旗奖状，说到动情处，他告诉你：“都说徒弟是师傅的传承，我希望你不仅要传承，更应添加自己独特的能量，为公安事业作出更多的贡献！”这句话你记了一辈子，从此以后，不论你碰到什么困难艰险、利益诱惑，都能勇敢无畏，你明白自己是带着师傅的精神在活，此外，你潜心钻研，善于总结，独创的案件侦破方法获得了领导和同事的认可。现在的你，也有了自己的徒弟，你对他寄予厚望，悉心教导，倾囊相授，现在的他也是个得力的公安民警了。看着他泪眼婆娑、依依不舍的模样，你暗自决定，走之前也要将师傅当年告诉你的道理，全都转述于他。

有些送别是如此痛彻心扉。泪光闪烁中，你仿佛见到了当年形影不离的好兄弟，你们一起分配、一起吃饭、一起破案、一起庆祝，是那么意气风发。可就在几年后的一桩案件处理中，他被穷凶极恶的犯罪分子用刀刺入了胸膛，年轻的双眼就这么永远合上了。你在革命烈士纪念碑前怀念他，带着好酒、好菜、好花，回忆着你们共同经历的点点滴滴，复述着你们共同立下的远大志向，你答应他，会用自己的生命承载两人的灵魂，永远不会对前方感到害怕。过去，你不是没有听过英模的事迹，但当朝夕相处的挚友变成了牺牲的战友，这种感触才更加真实。这次痛心的送别让你真真正正体会到了公安事业不仅是英雄般地打黑除恶，也会面临伤痛、死亡。但你并不退缩，你更加坚定自己的理想，这么多的前辈将生命化作灯塔，为后辈们照亮公安事业，你又怎么会因为未知的汹涌暗潮改变航向？这么多年来，你虽然没什么大病大伤，但也得了不少职业病，因忙于工作，饥一顿饱一顿的，你的胃有点跟你过不去；因夜间蹲守，常年忍受刺骨寒风，你的关节被风湿蹂躏；因伏案整理案卷，常常忘记站起来走动走动，你的颈椎一转就会吱嘎作响。但你从不在意，反而笑着对妻子说，这些小病小伤是你从警多年获得的永久勋章。

这一次，你为自己送别。在单位的欢送会上，你无比庄重地双手托着警服，将它交给所领导。活泼的内勤通过微信将留念照发给了你，你看着自己夹着皱纹的眉眼，突然想到了刚入警校那天，你从辅导员手中接过绿警服，激动不已地在学校大门口合影留念，在学校大礼堂朗声庄重地许下誓言：“我宣誓，我志愿成为一名中华人民共和国人民警察……”那场景，仿佛还是昨天。你与同事一一握手告别，笑着回应他们“常回来看看”、“保重身体”的寒暄。回到了家，闻着满屋诱人的饭菜香，看看妻子，鬓间也有了白发。从此，你终于有时间与她旅行照相，与她聊天话家常，她不用每日准时来电话问你是否回家吃饭，你的生活在经历近 40 年的波荡后，终于归于平静。夜幕降临，你与妻携手进入梦乡，梦回九转，你仿佛还穿着绿警服，刚从警校走出来的你，是一副雄姿勃发的模样。

我爱这片海

清明雨

如果不来机场工作，我就只是个过客。当我和它亲密接触半年多时间后，在我的眼里，它变成了一片神奇的海洋，时而风平浪静，时而会有些小风小浪。我由匆匆的过客变成在海面上泛舟看风景的人。

机场是一片宁静的海，远离热闹的都市，离市中心大约有 30 公里。我们为国际航班上的台湾居民办理落地签注，这工作的主调平稳单一。顺利的话，一本证件的续签五分钟就可以办好。这对多年从事办公室工作的我来说是个大解放。我不必接没完没了的电话，也不必掩埋在文山会海里，上呈下达，通知得唇干舌燥。先生和孩子都说，自从我在机场上班，脾气变好许多。这宽松的工作环境也为我的业余创作赢得了宝贵的时机，我的作品产量较来机场以前有成倍的提高，文字水平也日益精进。

机场是一片迷人的海，我最爱机场的黄昏。吹面不寒的杨柳风让人心旷神怡，抬头仰望，机场的上空总是碧蓝碧蓝的，白云们彼此追逐嬉戏，硕大的、猩红的太阳在树林里一点一点地往下坠，直到再也看不到。此时，我的内心多少有些怅然，但是看到清清的池塘里成群结队的小蝌蚪在快活地游来游去，还有由蝌蚪变成的小青蛙满地跳跃，心又放晴。在通往大食堂的这段路上，我不停地按动手机，拍小花、小草、池塘、树林，还有飞鸟。小胡不得不放慢脚步等我。有一天，小胡特意把我带到靠假山的水塘一角，指着已经结出层层叠叠花骨朵的荷花说："到6月底，这池塘就开满白色、粉色的花朵，像许多花枝招展的小姑娘，希望姐还有机会看到。"我点点头，像个孩子一样好奇地看着黄昏里的一切。在这里，我寻找到了远离尘世喧嚣的宁静，哪怕只是须臾的。它帮我治好了"自然缺失症"。

机场是一片流动的海。每天有黄皮肤的、白皮肤的、黑皮肤的人们在这里进进出出。机场大巴就是这片海的眼睛，我喜欢坐在"眼睛"里看风景。借助"眼睛"，我成为每天进出国门，追着飞机跑的女人。我喜欢背着双肩包、戴着墨镜和黄色宽边的大草帽，混迹于等候国际航班的人们。如果不看我胸前佩戴的机场通行证，许多人以为我要出国旅行。只要我愿意，天天可以享受这种在路上的感觉。我喜欢带着书坐上机场大巴，哪怕只是瞅上几眼。有书做伴，上班路上不寂寞。在这样来来回回的路上，我看完了苏童的短篇小说集《红粉》、渡边淳一的《钝感力》……

机场是一片被霞光映染得五光十色的海。在这里待久了，我感觉自己像个潜水员潜入大海深处，看到五彩斑斓的海底世界。在机场，我会时不时遇到往日里挺难遇见的熟人。今年2月底，鲁院浙江班同学苏平和同事坐飞机去北京出差，刚好我也在机场。苏平心地善良，为人大气，给我印象深刻。同学分别数月，相见自然格外亲切。我还在机场偶遇过同事邱姐，她和先生去美国探望读研究生的孩子，那时适逢秋天，邱姐一身皮装，显得娴静优雅，和平日里英姿飒爽的她有点反差。有一天，我居然还遇到了30年没有相见的小学同学小敏，她刚从日本旅行回来，特意到我所在的办证窗口打个招呼。刚好我空着，于是我陪着小敏边聊天边过安检。要不是小战士提醒，我都不知道自己差点越界。

机场这片五彩斑斓的海极大限度地满足了我这个中年女人的八卦胃口。在这里常会遇到电影明星。

有一次我来上班，在门口接受检查时，个子高高眼睛大大的帅哥战士小李冲我诡秘地笑笑："王警官，曾志伟来了。""啊，在哪儿呢?"本来有点无精打采的我，胃口一下子被吊了起来。"在海关贵宾室，还有一些香港老明星陪着他。"小李用眼神暗示我。我马上跑到海关贵宾室门口张望，曾志伟果然在里面，穿着一件花衬衣，个子不高，正站在房间中央和别人说话，因为距离太远，我听不真切。台湾航班快到了，我不敢多停留，飞快地赶往窗口，但好心情保持了一整天。

还有一次是今年五一节，我在窗口值班。13：20的台北航班到了，大约办到第三个人时，我被一张申请表上非常面熟的帅哥的脸吸引，接着看到"赵又廷"三个字。"啊，电影明星赵又廷?"我像被电击一般，连忙抬头看办证的客人。他清秀修长，戴一顶蓝色鸭舌帽，果然是赵又廷啊！在我的印象里，大牌明星该是戴墨镜或口罩，边上有经纪人陪同，但是他就一个人来，和普通的台湾小青年无二致。他看我注意他，忙摘下帽子。"哦，你就是赵又廷先生啊，我非常喜欢你演的电影，也喜欢高圆圆小姐演的戏。""哦，谢谢。"赵又廷微笑着。我木木的，居然说不出他演过的片名。当时还有好几个台湾客人排在他后面。我不得不按捺自己亢奋的情绪，快速受理好赵又廷的材料，继续为其他申请人服务。5分钟后他拿到证件，微笑着离去。他此次入境是为了到象山影视城拍戏。我居然忘记向他要个签名。我瞥见桌子上放着的散文集《快意江湖》，里面有两篇影评是我写赵又廷参演的电影《搜索》《致我们终将逝去的青春》，心里有些空落落的。有人问我："为何没和赵又廷合影?"我说："当时在值班啊!"也许正是因为有遗憾才会让这段奇遇显得如此刻骨铭心。

机场这片海在多半时候是美丽宁静的，但有时也会有小风小浪。航班误点是家常便饭。白天误点也就算了，最闹心的是晚上的航班迟迟不至，我们得拖着疲惫困顿的身体耐心等候，过子夜也是常有的事。最纠结的是航班上不一定会有台湾客人，但也得候着，如香港航班。在漫长的等待中，我学会用手机看电影，美国电影《朗读者》让我过目不忘。

在机场工作没有正常的吃饭、作息时间。不仅常有航班误点，而且还有许多计划外的临时办证任务考验着窗口民警们。今年2月25日晚，暴雨大作，我在接待完延误的台湾航班后坐机场大巴到南站已是10点半多，在风雨中，我焦急地等待先生来接我回家。这时，我接到机场调度中心的电话：巴厘岛航班上有一个台湾客人要办理落地签注。任务就是命令！数分钟后，先生接到我，迅速掉头往机场驶去。这时车窗被雨水敲打得模糊一片，行进困难，但我们依旧风雨兼程，还接上同事小朱，为台湾居民迅速办好签注。我和先生回到家休息时已经接近凌晨1点。

还有一天早上8时，为了赶时间，我打滴滴专车去上班。我和同事小胡为台湾中兴急救航空B77701航班上一名台湾医生办理落地签注。台湾医生要把一个在舟山沈家门得急病的菲律宾客人接回马尼拉看病。人命关天！我们打通绿色通道，为抢救病人赢得了宝贵时间。

随着宁波栎社机场工作量加大，甬台联系频繁，这种突发性的办证任务，在24小时里都可能发生。4月29日凌晨3点，严科长带领同事为因故临时在宁波迫降的澳门航班上的2名台湾客人办证，本来这架飞机的降落地是上海浦东机场。这样的办证意味着严科长和同事们将彻夜无眠，但大家无怨无悔。机场无小事，用心服务，把好国门，让闪亮的警徽没有一丝尘埃，这是我们最大的心愿，所以遭遇大海里这点小小的风浪又算啥？

机场也是一片温暖的海洋。兄弟姐妹们相亲相爱，互帮互助，像一家人，从没有人为一件小事红过脸或吵过架。有人生病，其他同事二话不说代上；有人外出学习，同事默默地帮着顶班；当班民警要开家长会，科长特意从外地赶回来替班。平安夜晚上，当班同事办公桌上会突然出现一个红彤彤的大苹果；上夜班饿了，冰箱里有包子和水饺，还有水果、面包……

时光是个美妙的东西。通过近一年和机场的相处，我由最初的不太情愿到渐渐地爱上这片海，爱上海的宁静、迷人、五彩斑斓和温暖，虽然它偶尔会像孩子一样，发点小脾气。

微型小说

什么是警察

陈悦慰

1

医生问他，怎么身上这么多劳损？又不像是在工地干活的样子。

他看着医生写处方，说，自己一直忙，没怎么看，于是攒了一堆毛病。

医生于是数落他，再忙也得看病，以为是在国务院上班不成。

他笑了，直说自己粗心是不对。

他看了看医生的电脑屏幕，指了指说，这个药超标了，回去报不了。

医生一愣，片刻后“哦”了一声，说，我知道你是干什么的了。

男子笑了笑说，谢谢。

2

深夜，他穿着警服站在街边。

他面容沧桑，眼神平静，注视着眼前的街景。

他只是站着，没有说话，长久不曾走动。

有人说，是不是警方有行动？也有人说，看样子又不像。更有人说，要不要报警？

没有人知道，他明天就退休了。

3

他笑声爽朗，抽烟必须连抽三根。

他经常说粗口，哪怕是主动去帮同事干点什么，也要说，我靠，你啊，赶紧，爷爷能做点啥快说，你个二百五。

如此十多年，经他手办的案卷摞起来比他人还要高。

那一晚，得知个人三等功批下来了，他在家抱着老婆哭得像个孩子一样。

4

他四十多岁吧，看着显老，总是有点沉闷的样子，话不多，走路静悄悄，没事的时候喜欢闭目养神。

他每天洗澡的时候，都会把手机挂在一旁播放同一首歌曲：几度风雨几度春秋，风霜雪雨搏激流，历经苦难痴心不改，少年壮志不言愁……

5

那天，他徒弟推门进来，前额上染了一缕黄头发。

他抬头看了他徒弟一眼。

只一眼，啥也没说。

他徒弟似乎早有预料，立即出去找发廊把那缕黄头发给剪了。

6

他坐在火车站广场边上，眯着眼睛抽烟。

一个年轻人从他跟前走过，他瞄了一眼。过了一会儿，这个年轻人拖着一件行李又往回走。

他把烟屁股一丢，上去直接一脚把年轻人踹倒。

拎回去一审，果然是个贼。

7

他理完发，理发师一边给他吹头发一边说，现在留这个发型的可不多了，有点跟不上潮流，

他什么也没说，心想，自己虽然是个便衣，但是有些场合终归还是要穿警服的。

8

群众跟他吵跟他闹，他从来不生气。

他知道，群众也分三六九等，有好人，有坏人，更有相当一部分人，不好不坏夹在中间，遇到警察的时候会扮演自己觉得需要扮演的角色。

所以他懒得辩解，人家本来就不是来讲道理的，自己何必上火。

9

他坐在那里，掏出手机翻开一个同事的微信号，解除了朋友圈查看限制，然后挨个儿点赞。

后来，那个同事手术成功。

他走出医院，想了想，上车前又点击了不看他的朋友圈。

10

他需要吃饭的时候就吃得下，不管是不是饿了。

他一眯眼睛就会睡着，睡个五分钟也好，因为下一次睡觉不知道是什么时候。

他在派出所干了十五年，现在的他看起来脸色发黑、身体虚胖。

11

嫌疑人说，自己有肺结核。

他看了嫌疑人两眼，撇撇嘴说，没关系，我们有肺结核专用的监室。

嫌疑人一激灵，立刻说，自己记错了，从来没得过肺结核。

12

他老婆每天早上会给他煮两个鸡蛋，他带去队里和搭档分着吃。

有一天，他早上坐在家里把两个鸡蛋都吃了，然后开车去海边，默默坐了一天。

13

他盘查一辆没有牌照的电单车，被车主一拳砸在鼻子上。

他猝不及防摔倒了，使劲忍着鼻子里的酸疼，怕眼泪流出来不好看。

突然，他听见旁边有个老人家大喊道：你怎么可以打警察？就没有王法了吗？

他就这么躺在地上，伸手捂住脸，悄悄哭了。

台风夜的密室杀人案件

陈悦慰

要刮台风了。

他躲在床底下，手上握着把刀。

她坐在床边上，嘴里哼着小曲。

他看着她在床边晃荡着的小腿，心里窝火，很想拿刀划上一下子，他苦苦忍着，直到听见有人敲门。

来了！

她向门口走去，边开门边说道，你不是有钥匙嘛……啊，怎么是你？

当雨开始越下越大的时候，她在楼下被人发现，法医在雨中光是找头盖骨就找了半天。而他，则坐在了床上，左手上还握着那把刀，却是扎在了自己的胸口。

警察踹开反锁的门时，他早已断气。一个典

型的密室杀人案件。

大雨把室外的地面冲刷了个干净，而警方在房间里也没有找到太有利的线索，松软的地毯上可以提取的东西太多，线索多到一定程度就不是线索了。

当夜，大许坐在了老李和小王的面前。

老李眯着眼睛抽烟，说，你老婆不在，大家都是男人，说说你的小情人嘛。

大许吞了一下口水，下意识地瞄了一眼门口，有些犹豫地说，她和我……我在医院里比较出名……护士和医生之间……她挺崇拜我的。

老李突然两眼一瞪，叫道，崇拜你妹啊！

大许被老李震了一下，脑袋又缩了缩，半晌又开口了：她说，她丈夫出差，今天约了去她那……后来下雨了，我老婆说要出去一下，叫我等她回来再出去，所以我就在家待着，等了很久，结果老婆一身是雨地回来了。

说着，大许苦笑着扒开了领子，露出了鲜红的挠痕。

老李鄙夷地看了大许一眼，怂货。

大许低下了头，谁说不是呢，要不是我老婆太凶，一点女人味儿都没有，我又怎么会有出格的想法呢？

正说着，审讯室外面远远地传来一连串女人的咆哮声：放我老公出来！那贱货死了活该！我做证，不关我老公的事！

从单位门口穿过走廊再到审讯区，可是一段不远的距离，老李和小王掂量了这一嗓子的分贝，扭头一起看了看大许，眼里满满的都是同为男人的深深同情。

大许有些尴尬也有些厌烦地赔了笑，快赶她走吧，丢人。

老李和大许谈到后半夜，大许总是唉声叹气，问不出个所以然。小王悄悄和老李耳语道，他老婆在门口闹很久了，保安快招架不住了。

老李想了想，叫小王看住大许，然后独自走了出去。

老李去了法医那里，他站在两具尸体的中间，又点了一根烟。

法医报告显示，护士的致命伤在头部，而护士丈夫生前有摄入海洛因，他的指甲里检查出了护士的皮屑。直到目前为止，所有的证据都在指向一个隐约的真相，那就是大许的老婆上门去找护士要个说法，结果护士的老公从床底钻出来了，吓跑了大许的老婆，然后，护士和丈夫在房间里吵闹厮打，护士被失手推出了窗外，她的丈夫眼见杀了人，在毒品的影响下情绪混乱而畏罪自杀了。

老李看着窗外的倾盆大雨，烟抽了一根又一根，眉头越皱越紧。他动手翻了翻护士的后脑勺，因为头盖骨破碎，所以可以轻易地看见颅内的出血情况，他又检查了护士丈夫身上的刀伤。终于，老李把烟屁股一丢，轻轻说了句，我操。

老李冒着雨又去了一趟护士家，然后再次回到审讯室，他丢了一根烟给大许，是不是很着急你老婆还在我们门口闹？

大许低眉顺眼地说，是啊，丢人啊，也给你们添麻烦了。

老李帮大许点了烟，沉声说道，不，你是担心我们太容易就抓到她了。

大许闻言突然抬起了头，眼中寒芒一闪，片刻后又低下了头，我不知道你在说什么。

老李笑了，你个色鬼，你老婆出门后你等不了多久就跟着走了，只是当你去她家的时候，你看到了你老婆。

你很吃惊地跟着她上楼，你听见了她和情人在里面打架的声音，然后又看见她惊慌失措地跑了，于是你很奇怪，你也凑上前去看发生了什么事情。

结果，你看见护士瘫倒在了地上，而护士的丈夫在手忙脚乱地给她掐人中。护士的丈夫发现了你，大怒，拿起刀要和你拼命，但他是个瘾君子，几下就被你打趴下了。

大许眼神黯然，你提取到了我的足迹……好吧，我承认去过她家，但是我随后就走了，他们后面的事情不关我事！

老李摇摇头，你不只是到过现场而已。你打趴下了护士丈夫后，发现护士被你老婆推倒时后脑勺撞在桌角上，其实已经死了。于是你心生一计，杀了护士的丈夫，假装成自杀的样子，又把护士扔出窗外，伪造了现场，反锁了门，然后赶在你老婆前面抄近路回了家。

大许像是见了鬼一样喊了出来，谁告诉你这些乱七八糟的？

老李摇摇头，是尸体告诉我的，护士的后脑有两处对冲伤，其中一处楔形对冲伤明显不是坠楼造成的，说明她在坠楼之前就已经受到过剧烈的撞击，而生前伤和死后伤的生理反应不一样，护士在坠楼前就已经死了。

大许死死地盯着老李叫道，是她丈夫，是她丈夫！

老李继续摇了摇头，护士丈夫是右撇子，怎么会用左手持刀扎左胸自杀呢？你考虑到了他左手持刀才符合你右手扎进去的刀刃方向，却没考虑到这个动作的合理性。还有那刀口，利索得好像他也是一个外科医生似的。

大许突然笑了，这些都是你的推理罢了，万一她真的就是被丈夫不小心推出窗外，然后坠楼过程中脑袋撞上了什么，才有了那两处不一样的对冲伤呢？一个吸毒的人怎么自杀又岂是常理能推断？

老李像看猴子一样地看着大许，补上了最后一刀，没有谁会在台风夜还开着窗，所以你的情人不可能是被失手推出窗外。如果不是想通了这一点，后面那些问题或许我真的很难发现。别再装怂包了，老实交代吧。

大许闻言一愣，终于知道自己的破绽原来在这里。他低下头沉默了许久，慢慢流下了眼泪，我出去搞情人是我不对，但她到底是我老婆啊，我怎么可以看着她死呢……

你啊……

老李长叹了一声，挥手让小王出去把大许的老婆也带进来。

此时窗外，雨下得更急了。

说好的一年呢

李　倩

说说你们的故事吧。对面的记者姑娘声音很温柔。

顺着她的眼光，我望向手上的那枚订婚戒指，唇角微微上扬。

没什么特别的啊。只是一对大学情侣挺俗的一年之约的故事。

我和他是公安大学的同届同学，因为有个老乡是睡在他上铺的好兄弟，一起聚过会，就这么认识了。他人不错，对家人挺孝顺，对同学也挺好的，呵呵，包括女同学。我是体测困难户，他知道了，就每天陪我在操场跑圈计时，还附赠讲段子、赔笑鼓励。那时年纪小啊，好感来得简单，觉得他是除了我爹之外，对我最好的男生了……对不起啊老爸。于是，警体及格之后，姐豪爽地请他搓了一顿。结果，几杯啤酒下去，就这么被表白了。

和所有校园情侣一样，相聚的甜蜜与分离的纠结，总是一对双胞胎。到了毕业那年，他跟我商量，打算听爸妈的话，回到家乡杭州。可我家在外地，不符合江浙沪包邮区的招警条件呐，回家又离他太远，咋整？师姐劝我，不如想办法留在北京。是呀，从帝都到地方，调动应该会容易点吧？抱着这种“图样图森破”的想法，我不顾父母的反对，参加了北京的招警考试，而他，如愿考入了家乡的警队。走之前，他特有台词范地说，一年以后，一定踏着七彩祥云来娶我……少年，你这么逗逼，家里人知道吗？

我和他都分到了基层。他在刑侦，办起案来没日没夜。我在派出所，外勤工作和异地恋一样辛苦。路巡基本靠走，防晒霜得买五十倍的哦。过生日那天，他用快递送来鲜花。我匆匆抱着花留个影，发个朋友圈@他，然后又上岗去了。有一次他抓人，从二楼跳下去，脚华丽丽地骨折了。我请不了年休假，只能连夜赶去，周末在医院陪两天，再清晨赶回。看他打着石膏，忍不住眼泪哗哗的。他倒好，当着他爸妈的面安慰我说，不急哈，不哭哈，一年很快就到了……

说总是比做简单得多。一个人在外打拼，我也有撑不住的时候。好不容易休息一天，累得哪儿都不想去，说好的见面总是拖了又拖。5个小时的车程，五百多的车票，成功约会的意义都赶上胜利会师了。不是没想过分手，但想想一年之约，心就又暖了。只好拍拍胸口告诉自己，女汉子要坚强，当警察都不怕，还怕啥？

可是你知道吗？我等够一年，却没有等来一枚说好的戒指。这家伙被抽到了一个打黑专案组，一个月联系不上人。好不容易打通电话，居然让我再等他两年，说，咱先立业再成家行吗？气得我啊，提了分手，撂了电话哭了一天。我一个姑娘家的熬不住了行吗？总有一天，姐能找到心甘情愿圈住彼此的那个人。

女记者的目光再次掠过我手上的戒指，点头表示理解。她小心翼翼地问：

能说说你们的最后一次见面吗？

那是一年之约到期后的第 40 天。别问我为什么记得这么清楚，分手度日如年的感觉，经历过的都懂。我没有回复他的信息，尽管他每晚都会发来一条“我爱你”。没想到，那天是他妈哭着打来了电话。执行任务，受伤，抢救……我蒙了，只记得要去做一件事情。

乘最早的一班飞机，赶到他所在的城市。这人仍然躺在病床上，神情安详。趁着他爸妈都在，征得老人的同意，我把刚买的订婚戒指戴在了他的手上。

我的意中人果然是一个盖世英雄。别睡了，我来了……喂，先立业再成家，说话要算话哈。你还要为我赚钱买新房，我还要为你努力学做菜。我，也还爱着你啊！

这么幸福的时候，干吗满脸都是泪？傻啊。头碰着他的头，紧握着他的手，却那么冷，那么冷。他爸妈一直在哭，还有他的同事。

然后，他被蒙上了一层薄薄的白布。

对面采访的记者姑娘合上笔记本，抽出两张纸巾，一张递给我，一张给自己。

她说，英雄不会被忘记的。

我点点头，我已用戒指记住他。

调　解

崔世文

一日，在社区警务室值班。

窗外，淫雨霏霏。

小雨淅淅沥沥地下着，打在高大的法桐树厚密的树叶上，沙沙作响。从楼上看下去，庭院里黑沉沉的。虽刚过午时，却阴沉得如同傍晚。远处，烟雨凄迷。连绵的群山隐没在一片白茫茫的雾气之中，半山腰以下尚隐约可见，其上则完全被笼罩在云雾之中，仿佛与天相接，整个天地像极了梅雨时节的江南。沏一杯淡茶，在窗前，眺望远方，回想那些泛黄的记忆。抑或读一本书，品味长烟落日、大漠苍茫。

楼下忽地传来嘈杂声。

一个二十五六岁的美貌少妇推门而入，她长发披肩，白皙的脸上透着薄薄的红晕，一身翠绿色的裙子。小腹微微鼓起，显然已经怀孕六七个月了。肌肤裸露之处，白若凝脂。后面跟着一个三十多岁的男人，上穿圆领T恤，头发微长，相貌英俊，却垂头丧气，一脸愁容。

甫坐定，丽人便开始控诉。其声温婉，却透着杀伐的味道。其间，男子不时插话，都被女人的唇枪舌剑顶了回去，毫无反击之力。从两人的吵闹中大概知道了事情的缘由。

少妇本有老公，经常在外跑业务。眼前的男人是她同事，办公室里坐对桌，同属市场部。在外应酬的时候，两人搭配得珠联璧合，很得领导赏识。同事眼里，他们是当仁不让的郎才女貌，才子佳人。日久，两人渐不觉有异。终有一天，两人在少妇家里行了苟且之事。后，两人情欲渐浓，似有无法割舍之势。男人慢慢有了和原配离婚的念头，并承诺："你若离婚，我必继之。"

倏忽有日，少妇发觉身怀有孕。冲动之下果断与丈夫离婚，净身出户，欲与男子长厮守。男人色胆虽大，却也心细，和少妇一起到了医院做产检。一算计，受孕时间与两人苟合时间竟差了一个半月。少妇亦是一身冷汗，仔细一推想，孩子果是原任老公的亲骨肉。男人发了狠：不是自己的绝不要！

少妇无奈，转而去找前任老公，冀其看在骨肉分儿上能够破镜重圆。本来，绿帽老公亦有心复合，然而碍于出身名门世家，一家老小极重面子。母亲与二姊以死相胁，坚决不同意少妇再踏入自家门槛。退无可退，少妇只好回转头铁了心逼迫男人离婚。

少妇细语绵绵，如丝竹，如琴弦，激动处不免声音悠扬，惊心动魄。

男人话不多，反反复复就一个意思："这孩子不是我的，我绝不要。"

话都说尽，两人一时无语。

窗外，风渐急，雨更浓。

我喝了口热茶，润了润嗓子，开始借古讽今。从牛郎、织女讲到刘兰芝、焦仲卿；从司马相如、卓文君讲到石评梅、高君宇；从梁山伯、祝英台讲到许仙、白娘子；从唐玄宗、杨贵妃讲到张生、崔莺莺。整个流程如行云流水，一气呵成。这一席话足足有两炷香的时间，直讲得天昏地暗，鬼哭神嚎。窗外的雨不免又大了些，不时敲打着窗户，砰砰作响。

那少妇以手支颐，媚眼看着窗外。两行清泪自粉白面颊上涔涔而下，却倔强得不肯用手擦拭，任其从粉脸上滚落，打湿了胸前的一片衣衫。

正当我放下茶杯，打算开讲贾宝玉、林黛玉的时候，那男子忽地立起，一脸凝重，一字一顿地道："大哥，你别说了，我这就回去和老婆离婚。"少妇似乎吃了一惊，怔怔地看着他，脸上起初轻嗔薄怒，铺着淡淡的红晕，继而微微浅笑，媚态横生。须臾，两个人相互依偎着，拉开门，飞快地下楼，绝尘而去。留下我坐在原地呆若木鸡，汗流浃背。

同志，你是不是领会错了？我是劝那妇道人家回归家庭的。你没发现这些凄美的爱情故事都以悲剧收场吗？

短篇小说

侦　探

马　拓

1

我是一家文化公司的老总。说是老总，其实手下不过就是一个草台班子。只是隔三岔五地接一接散活，买些书号做一些书籍，委曲求全地经营着。

直到我发掘出了念文。

念文是个画漫画的，很有才，也很有个性，之前在网上没事自己连载作品，被我敏锐地发现，才有了第一次合作。

我第一次见到她，就被她夺目的面貌吸引住了。在我的想象中，女孩子画漫画，一定都是披头散发素面朝天的。如果五官再差一些、身材再胖一些，那基本上就可以当哥们儿处了。我正是抱着这个心态去寻求合作的。

但没想到，20 岁刚出头的她，皮肤白皙，清秀脱俗，有谈吐有气质。更让我欣喜的是，她对自己的漫画也很有设想和远见。于是那时我们根据市场需求，专门为她打造了一个路线，那就是恐怖惊悚漫画。这是时下很犀利很流行的风格，以她的资质，完全能够胜任。

也正是这样，在我们之间，就这么种下了一粒同样恐怖和惊悚的种子。

首先，在漫画大卖、公司迅速蓬勃壮大的同时，我和她好上了。我有妻子。

其次，在漫画销量超过 10 万册之后，我们惹上了一起官司。

事情是这样：一个年仅 16 岁的名叫小可的女孩儿，在看了念文的恐怖漫画之后，被吓得成天疑神疑鬼草木皆兵，精神出现了异常，最后不得不入院治疗。说起来这个女孩儿也很可怜，父亲早年锒铛入狱，母亲一个人拉扯着她，苦巴巴地等着她的父亲归来。我们的漫画就这样葬送了一家子的团圆，这让我和念文也很过意不去。

我们曾经尝试调解，但小可的母亲对我们暴跳如雷，并且开出天价的赔偿金额，这让本来很愧疚的我们也感到挺委屈。第一，我们的漫画经过各层审查，无鬼无神，不变态不血腥，并没有越过底线。第二，所谓恐怖，也不过是悬疑一些惊悚一些，到最后都解释合理符合常识，读者们都大呼过瘾，只有这个小可出现了问题。

于是我们怀疑这个小可本身就有问题。

2

经过律师的调查，果然发现了小可身上的问题。

原来小可 13 岁时在深夜回家的路上遭遇了同校男生的猥亵，

受到惊吓后就落下了病根，之后就断断续续治疗了两年多，一直没回学校上课。她的父亲也是因为把那猥亵自己女儿的男生打成了重伤，才沦为了阶下囚。

真是可怜的一家。我和念文也真是可怜的一对儿。

好在法院主持公正，采信了律师提供的证据，认为女孩儿小可患病在前，且家长监管不力，驳回了家长的诉求。好在念文也深明大义，主动拿出一部分钱去小可家赔偿，尽管那些钱被小可妈妈扔出了门。

在小可家楼下，我深深拥抱了念文，对她说："就这样吧。我们能做到的都做了，我们也不是慈善家。"

念文说："我想见见她。"

于是我们驱车来到了那家精神病院，看见了蜷曲在角落里的小可。她真的是一个病人的样子，呆滞、无神，口中念念有词。据医生说，她这病恐怕很难好转了。

我叹口气："当年强暴她的人，真是禽兽不如！"与其说是在感慨，不如说是在撇清。冤有头债有主，凭什么让我们背这口黑锅？

我希望这样说能够让我的念文好受一些。但显然她仍旧不好受。虽然她独立、果敢，虽然她内心强大得能够画出恐怖漫画，虽然她一夜之间成为畅销画家仍云淡风轻、不骄不躁，但此刻面对这个已然痴傻的小读者，她心里所剩的只有最底下的一层柔软。

我看着她，不再劝她，全力欣赏着这种柔软。

然后我们出了院门，上了汽车。但就在我坐进驾驶室关上车门的一瞬间，我发现了异样。

我从反光镜看到，有个人影，在镜子里一闪而过，似乎那一闪，就是专门朝我们瞥来的一眼。

我下车查看，发现他消失的方向，是一条小胡同。为了避免引起念文的怀疑，我又重新回到车里。

念文还是问我："怎么了？"

我说："没事，看看车胎。"

我脑子里乱得都没了逻辑。能是看车胎吗？车胎能离我那么远？我开的又不是火车！

我宽慰自己，可能是太过紧张。大马路上都是人，即使真是有人特意瞅我们一眼，也不见得代表什么。念文这样年轻漂亮，愿意瞅她的人多了，我还操这份儿心？

把念文送回了家，我们吻别，然后她上楼，我回家。昨晚我们就在一起，今天再不回家，妻子又该问东问西了。

但我猜错了，到家时丰盛的晚餐已经摆上了桌，妻子也没有以往的闲言赘语。当我还在琢磨着是不是忘记了今天是个什么纪念日时，她正聚精会神地开着一瓶红酒。

我实在想不起来："今天我没说一定回家吃饭啊。"

她说："为了庆祝你官司打赢，我特地准备的。"

"你怎么知道打赢了？"

"你好搞笑，我也算是这个圈子里的，怎么会不知道？"她夸张地瞪我一眼。

还真是。她是个插画师，要不是我一直摁着，她早就追到我公司任职来了。

我这多年没变的品位啊！

3

第二天是个好天气，我开了一上午会，中午约着念文吃午饭。念文一直郁郁寡欢，一块牛排切切叉叉半天，还是那么大。她根本就没心思吃。

"怎么了？"

"我想了一下，还是应该给那个女孩儿一点补偿。比如，设立个我的读者基金什么的……"

什么馊点子，还怕读者说你不敛财？刚出名就这么花花肠子，以后谁还买你的书？我心里直拍桌子，脸上却还泛着笑意："这要从长计议。你时下要做的，是赶紧画完新作。"

"这个事情不落实，我画不下去。"

“和你说不清楚。反正我要做。我回去就在群里号召。”她低头狼吞虎咽起来。她这性格一贯如此，成也萧何，败也萧何。

“你这样，会搞得很多人误会，以为真是我们做错了！”

没想到她“咣当”一声把刀叉放下：“那你跟我说说什么叫对！”

就是这“咣当”一声，让我耳朵一竖。这声音格外古怪，或者说是……格外立体。我忙拿起叉子，去敲她的盘子。

“你干什么？”

“这盘子是空心的？”

“什么空心实心的？你没事吧？”

我把叉子按照她刚才的力度放到盘子上，声音又回归正常了。

我又把叉子往盘子上投了一次。这次声音更大。旁边已经有食客在看我们了。

“你搞什么？”念文不由自主地压低了声音。

我全然不顾，猛然回头看去。这是一家高档西餐厅，面积不大，但桌子稀疏，身后只有寥寥几桌人在用餐，一些人还朝我投来抵触的目光。

我此刻已经确认，刚才夹杂在叉子碰碟子的响声中的，是一声快门声。有人用相机拍摄了什么！

这个人是谁？拍摄了什么？在拍我们吗？

我感到脑门上一阵发凉，那应该是新鲜的冷汗。

我看着念文，努力让自己冷静下来，淡淡地说了句：“没事。”

4

从那个中午开始，我确信有人在跟踪我。这是基于在我后来的一系列观察之后得出的结论。

比如，在我开车回公司时，后视镜里一直有一辆出租车若即若离；在我打开车门走向地下车库的电梯前，我能感到有个人影穿梭在整齐划一的汽车之间，紧追我的脚步，又前进得悄无声息。我停他停，我回头，他又消失不见。

这个人是谁现在还不重要，重要的是我怎样才能抓到他。

我想了一个办法，在下班前，找了三个男员工假装路人跟在我的身后。这仨员工都五大三粗，全是我们公司网店的，负责搬书、运书外加跑快递，一听说老板有危险都拍着胸脯挺身而出。

果然，还没出地下车库呢，他们就把那个跟踪我的家伙按在了一辆甲壳虫底下。这家伙个子不高，身上也瘦骨嶙峋的，但力气非常大，我们四个人跟他拉扯半天才把他的体力耗尽。

我们把他堵在墙角，我问他："谁派你来的？"

我一边问一边摸他的衣服，想着摸出相机，但是只摸出了一把水果刀。

他不说话。一个最胖的员工朝他肚子给了一拳，他忍着不发一声。胖员工吼道："还带凶器！再不说就报警了！"

这下他有些着急，气喘吁吁地说："别报警别报警……"

我说："那你说是谁让你跟踪我的？"然后我示意三个员工放开他，走到不远处静观其变。

这下只剩下我和这个瘦男人了。我压低声音说："你现在告诉我吧，如果你说实话，我既往不咎，再给你一些好处。咱们无冤无仇，你也被我发现了，没别的选择了。"

见他还是不说话，我冷笑着补了一句："我也不是吃素的。"

他说："我是一个私家侦探。"

这是放的哪门子屁。我说："你少跟我绕弯子。在中国就没有私家侦探，有也是违法，你更没跑儿了！"

他双手扶着膝盖，显然被折腾得不善："我说的是真的，是你老婆花钱雇我来调查你的。"

我脑子一蒙，来不及多想，继续问："她为什么雇你？"

"她怀疑你跟那个画漫画的念文有一腿，让我来取证。"

脑子里轰隆隆了几声，我反而觉得合情合理了，一下子全通了。有时候心虚反而能带给人强大的信任感。我看了看不远处三个正在抽烟的员工，低声问这个侦探："你都拍到什么了？"

"目前只拍到了昨天你送她回家和刚才一起吃饭。"

“真的？”

“千真万确。我是前天才开始跟的，昨天才找机会拍到。”

“你把相片给她了？”

“还没来得及传。”

我此刻已经完全镇定下来，说：“我给你三倍的价钱，你也不用罢工，等到一周之后你就把一些不痛不痒的照片给她，然后直接告诉她，我俩没什么事，只是逢场作戏而已，更没有别的深入接触。”

他不说话，我问：“怎么着，嫌不够？”

我凶狠狠地看着他，直到他说出“够了”二字。

在公司外的一家银行前，我给他取了一万五，当作预付款，准备等到半个月后我妻子完全打消顾虑之后再付剩下的钱。然后我记下了他的电话。把钱给他的一瞬间，我想，侦探这活儿可真是不错！雇主高兴，目标高兴，自己行善积德还赚足了钱，天下还能有这么完美的职业吗？

我晚上直接回了家。妻子正躺在沙发上看电影，见我回来，热络地聊着一些家长里短。我心里后怕着，她这么反常地兴奋也有两三天了，为什么自己就没发现？

在她洗澡时我偷偷翻看了她手机的通话记录，果然在昨晚找到了那个侦探打给她的电话。看那时刻，正是我把念文送到家时。我说她怎么能神机妙算做好一桌子饭菜等我。这日子过得，尔虞我诈地都成了宫斗了。

我叹了口气，把手机扔向了沙发。

5

一周很快就过去了，风平浪静。再也没有人跟踪我，妻子那边也鱼不惊水不跳。我庆幸自己的英明决断。

周末的晚上，念文说有个大学同学聚会，在市中心。我驱车把她送到那里，然后回公司加班。看钟点差不多了，我给她拨了一个电话。但电话竟然是关机。

我看了眼墙上的表，已经接近午夜，便有些不放心，直接开车去了那家他们聚会的 KTV。还没拐进去，就见他们一帮同学搂搂抱抱地出来，还醉醺醺地相互道别。我摇下车窗寻找念文的身影，但找不到。就在我准备下车询问之际，忽然听见后面一个男人朝对面喊着："你们回去吧！我把她送回家去！"

对面的人就是一阵插科打诨。

我下意识地把头伸出车窗看去，看到一个清瘦俊朗的男孩儿。他还架着一个身上绵软无力但嘴里喋喋不休的女孩儿。

我怔在座位上成了雕塑。一辆出租车迎面开过来，车灯晃得念文脸上光亮而红晕。紧接着，他们上了那辆出租车，绝尘而去。

我记得念文跟我说过，她的初恋就是一个大学男生，只不过当初男生毕业出了国，两人才就此告吹。

怨不得她关了手机。

怨不得她醉得如此彻底。

我一拳砸到方向盘上，巨大的喇叭声响彻这片闹市区。窗外刮过一阵冷风，我忽然觉得自己已经飘然离开这个世界了。我真盼着现在下一场大雨，瓢泼滂沱的那种，然后我冲到雨里，清醒清醒，刺激刺激，然后发个烧，一觉睡到天亮。

我也想找个地方一醉方休，忘掉所有事情，醒来时再作打算。但我发现自己的脚太沉了，根本抬不起来。

闹市还是熙熙攘攘，天上泛着星星，一丝乌云都没有。

连悲哀的氛围都不给我。我愤恨地开着车，不知不觉就到了念文的小区门口。

然后又在那里不知不觉待到了天亮。

8 点多钟时，我看到那个男生只身一人出了小区。他们果然整个晚上都待在一起。多新鲜，傻子才相信他们分道扬镳了呢！

我给念文打了一个电话，问她在干什么，昨天怎么没给我打电话。

念文说："手机没电了，唱完歌就直接回家了，刚刚睡醒。"

她还没说完，我的眼睛就不争气地酸了起来。

从那天起，念文就和以前不大一样了。

比如，和我在一起时，她总显得有些心不在焉；比如，有时候她会背着我接电话，这在以前几乎不可能；比如，她开始挂我的电话，尽管不久后会回过来，但明显无精打采敷衍了事。

最最明显的一次，是午夜里有人给她打电话。她跳起来去阳台接听。这之前我就睡在她的边上。

她的解释是，老家出了点家庭纠纷，她帮着协调，怕我笑话。

我觉得，我要相信这说法别人就该笑话我了。

我几乎可以确信，她跟她那个初恋男友死灰复燃了。但我没有确凿的证据，这让我如坐针毡。即使真是这样，那么眼见为实的话，也能让我做出些实质的行动。

我在办公室里琢磨了一下午，正一筹莫展之际，之前那个侦探打来了电话。他跟我说，半个月已经到了，他也按照我说的去做了，言下之意是索要那剩下的一万五。

我直接说："你来我单位吧。正好我还有件事要拜托你。"

6

那个侦探这回挺有效率，第三天就给我打来电话，说基本能确定现在念文和她的前男友在一起，只不过仍旧是一些吃饭、逛街的行为，再深入一些的就掌握不到了。

我说："我不在她家时，他们一起过夜了吗？"

侦探说："过夜没有，不过昨天白天，那个男的去过念文的家，待了大概一上午吧。"

我说："你可以跟进去看看，然后冒充快递员或者收水电费的假装敲错了门。"

他说："她住的小区高档，院门都有门禁，业主进去要刷卡，访客要业主接才能进去的，否则门口警卫拦着不让进。"

我想了想，也是，当初是我给念文租的这个高档社区。金屋藏娇，屋子不金怎么藏？我凄惨地笑笑。

我有一张业主卡，给了侦探。拿着这张卡，他也能刷卡进出小区了。

令我没想到的是，隔天我还没起床，就接到了公司的电话。一个编辑打来的，魂飞魄散地跟我说："念文出事了！"

念文真的出事了，她被人捅了两刀，倒在了客厅里，血流了一屋子，没有抢救过来。

我一下瘫坐在了地上。一定是那个侦探干的！我双手止不住哆嗦，给他拨了两次号码才拨对。没想到竟然通了。

电话那头也是一阵慌张："哥，我准备跑路了，我洗不清嫌疑了。他们肯定以为是我杀了念文！"

我说："到底是不是你干的？！"

他说："哥，真的不是我，是她的那个男友。他们昨晚吵了起来，男的喝了酒，我在楼道里听着动静不对，然后看那男的慌慌张张地跑出来，然后我推门进去一看，念文就那样了！哥，现在门上还有我的指纹，警察会不会顺藤摸瓜地找到我？"

我说："你不能跑，你要跑了，没有证人，怎么破案？"

他说："那我回去，警察要是抓我，以为我是凶手怎么办？"

我语无伦次地说："不会的，怎么会，我可以给你做证，你没有动机杀她的！"

他说："你容我想想……我想想……"

我说："你在哪儿？我现在去找你！"

他说了一个地址，那是一个临近郊区的高架桥下，他正准备在那里搭便车出城。我出门前他反复强调，不要让我带警察。

我很快到了，却没见他的人影。

忽然之间我感到后脑一震，然后就什么都不知道了。

醒来时，我被五花大绑在自己的汽车里，那个侦探就坐在我旁边。

我好像什么都明白了，又好像全都糊涂了，问他："你到底是谁？"

他忽然涕泪横流："我是小可的爹！我出狱了，可是我女儿却被你们害得不认得我了！你们都该死！"

“是你杀了念文对不对?!”我挣扎着，但无济于事。

他朝我冷笑着：“是又怎样？你老婆确实雇了一个侦探老调查你和念文，但那个人不是我。念文花钱把那个人搞定了，还不敢让你们知道；你却花钱把我搞定了，不敢让她们知道。你们累不累啊？”

我才知道，我的妻子的确雇了一个侦探来调查我和念文的事，在我发现有人跟踪的同时，念文也发现了。就在打完官司的那天，那名真的侦探跟着我们到了念文家，随后我离开，念文上楼。由于真的侦探进不去小区大门，便准备打电话向我妻子汇报情况，但这时发现手机没电了，于是，他发现了正在楼下徘徊的小可父亲。

小可父亲也发现了这名侦探在偷拍我和念文。

正巧这时侦探问小可父亲哪里有公用电话，小可父亲借坡下驴地把自己的手机借给了侦探。于是我妻子的通讯记录里就有了小可父亲的电话号码。

由于进不去小区，小可父亲就借机朝我下手。然后他找了公用电话假冒快递员，从我妻子那里知道了我的住址，从而盯上我的梢，准备行刺。

这期间，念文也堵住了那名真的侦探，然后出大价钱收买他，让他不要把事情泄露给我妻子。但没想到那侦探开始勒索她，她为了不给我添堵，就一直自己和那人周旋。于是出现了她总是单独一个人打电话等的异常举动。

她在和真的侦探周旋之际，我已经让凶手去一步步接近她。

一根皮管子伸进了车窗。小可父亲说：“不出两个小时，你就会一氧化碳中毒身亡，我会把现场处理好的，大家会以为是你杀了你的情人，然后畏罪自杀。”

然后他投给了我邪魅的一笑。

我的眼前慢慢趋于黑暗。我才知道这是真正要飘离人世的感觉。一切都将化为虚无，所有的错误也都将被这些迷雾消化得一干二净。

我沉沉地闭上了眼睛。

像树那样飞翔

李晓平

（一）

有班可上的人，班是一种负担；没有班可上的人，班是一种向往。

唉，无论怎么懒得动弹，都得去上班啊！

我无奈地从床上爬起来，拖着懒懒的步子，准备穿衣打扮。正午的阳光很明亮，尤其五楼的阳台，简直就是阳光地带。本来时间已经不多了，可阳台上的阳光还是拽住了我的脚步，我抱着豁出去的态度，顺手拿过水果刀，捡起苹果箱子里的一个苹果，便坐在阳光中认真地吃了起来。之所以用“认真”二字，是因为我从来都没有如此专注地吃过一个苹果。我边吃边端详着这个普通的苹果，端详里面的果籽。果籽静悄悄地躲在羽状的籽房里，就像躲在母亲子宫里的孩子，用一种异样的目光怯生生地看着我，对于我疑问的注视显得有些无助和不知所措。我突然有一种感恩的心态，觉得这个苹果之所以到世上来，是专门为我而来的，从抽芽儿，长成枝叶，到开花，结果……尽管一棵苹果树要结出许多这样的果子，但事实上，这一个果子的生长的确是为了我，尽管我不知道她在何处长大，被何人摘下来，又被何人送到市场，直到她被我购买来，并被我吃掉。当然，世上有很多这样的苹果，但这个苹果却只有一个，正如世上有很多人，但我却只有一个一样。阳光很暖，很温柔，我多么希望时光能够停下来，不要带走我——但时光又是什么呢？就是嘀嗒嘀嗒的钟表吗？就是那一寸一寸移动的阳光吗？我突然又弄不懂了。

等我终于吃完这个苹果，便早已到了上班的时间。我从容地穿着衣服，准备出发，心里突然又涌出了一种幸福的感觉。有一次丈夫窃窃地对我说：如果我们现在再不觉得幸福的话，那么我们就是不会享福了！他说这话的时候是一次我们俩都早退回家并确信没有被人发现的时候，之所以窃窃地说，当然是出于一种侥幸的心理，尽管他此时大声说也不会有人听见。人其实都有这个毛病，做背人的事儿，哪怕在荒郊野外，也要找个有所遮掩的地方，仿佛天空有一双眼睛在看着你。这样想着，我已穿好了衣服，准备出发了，突然间我又觉得对不起我这个楼了，我走了，我的楼就寂寞了，这么宽敞的楼阁之所以存在，也是因为我呀！可以自豪地告诉你：我是这幢楼的真正的主人，因为楼照上就印着我的名字。一想到这么宽敞明亮的楼，竟然是专门为我这么一个平庸的小女子而建的，我便更加地幸福、更加地感恩了——是啊，一幢楼，由无到有，需要多少砖瓦水泥，需要多少精力汗水？先是一砖一瓦地建，接着再一寸一寸地修磨，直到成为现在这个样子，而他们的所有汗水都是为我而流的，你说我怎么不觉得幸福？尽管有哲学家说，“人只有楼的使用权，没有楼的拥有权”，“人来到世上，都只是住旅馆，别以为哪幢房子是属于你的”，但哲学能算什么呢？只是吃饭时的咸菜，有没有它都可以生存。我敢打赌：俗世中的人没有谁肯因为哲学就放弃自己拥有的，就像我绝不会因为看透了人生就把我的楼轻易拱手送给别人一样。

等我关上门，心中的幸福感便更加浓郁了，因为我突然想到，我尽管离开了，可我毕竟能够安全地回来，可有的人却永远都回不来了。当然，人都有回不来的时候，《红楼梦》里不是那样说嘛："正叹他人命不长，哪知自己归来丧?"谁能真正左右自己最后的结局呢？就像我前年送走的那位同学小 L，我是亲眼看见他被推进火化炉前的告别厅的，等我们走出来后不久，楼顶的烟囱里就冒出一股浓浓的黑烟，继而一股胶皮烧焦的气味弥漫了整个空间。当时我瑟瑟地站在火葬场的楼下，感到一种彻骨的寒意……可是他也有属于他的楼阁呀！他的楼阁也是那么地宽敞和明亮，他的楼照上也写着他的大名，并且我相信，他最后一次离开他的楼阁时，也是觉得很幸福的！据说他还和他的娇妻爱女开了一句玩笑，然后便永久地走了，从此便再也没有回来。

人就是这样，与幸福的人相比，就有一种失落之感；与不幸的人相比，就会涌起幸福之感。这不，想着想着，心里涌动的幸福之流便浓郁了，为什么会这样呢？当然源于一种侥幸，当然是想到了那个被火化的人幸亏是别人而不是我！人有这种想法，是这个人看重的只是自己，如果换一个角度，那么就到处都是悲剧了！比如，换成苹果的角度，她无辜地被吃掉了，是不是感到悲哀？比如，换成楼呢？楼是否情愿为我所累？……这时，我的大脑突然有一种被胀大的感觉，我赶紧从自己的楼里逃离，试图躲开这种纷乱如麻的思想。

把门锁上时，脑袋里依然没有闲着，还抽空想了想晚上回来要买什么菜。人就是这么怪，对自己的安全总是非常自信，正如我并没有因为想到了我的同学小 L，想到了《红楼梦》里的诗词，就放弃了自己不能安全回家的自信。事实上，人都该对自己的归来充满信心，只要一息尚存，我们就必须归来！

（二）

尽管是冬天，可外面的阳光也很温柔。我穿着有些臃肿的棉警服，经过一辆车时还注意地向里面看了一眼，当然我看的不是车，而是车窗里的自己。我看见从车窗里走过了一个不可一世的女人，脸绷得紧紧的，自以为有了庄严的警服，就果真变得威武。可遗憾的是，那种威武只是一个架子而已，并且是一个滑稽又不堪一击的架子，不用费多少力气，仅仅一个眼神儿就能击溃。可见人是一种多么脆弱的动物，几秒钟前还是一个自信快乐的人，几秒钟后就颓废了。忘了在哪里看过一篇文章，把人生中的一切都比作在水面上写字，字还没有写成形，就被波涛冲走了。是啊！当你遇到一个刚刚还对你笑，而转眼就对你视而不见的人之时，你一定不要去挑剔他，他对你笑，有他的道理，他不对你笑，也有他的道理，因为生活总比小说还要精彩。

那天不就遇到这样的事嘛。尽管这种事在小说里才容易遇到，而我至今还不知道他的名字。头一天，我们曾在路上相遇，四目相对的一瞬间，我们彼此都微笑了，之所以微笑，当然是因为我们曾经相遇。第二天清晨，我们又一次相遇了。可这一次四目相对之时，我却没有对他微笑，当时我也许在思考一个问题，也许正在看风景，也许正在发呆……反正，我看到了所有应该看到的东西，就是没有看见他。或者已经看见了他，可就是没想起冲他咧一咧嘴——于是，我们就这样默默地擦肩而过了。本来这是十分正常的事，我们每天都要路遇很多人，谁不是这样看一眼就擦肩而过了呢？然而，不正常的事却突然发生了：他明明已经走过去了，却又折了回来，气势汹汹地叫住我说："你站住！"我吓了一跳，立马就站住了。他继续气势汹汹地说："你不就是穿一身警服吗？有什么牛叉的？"我愣住了，怯懦地说："我……真的没什么牛……"他依然绷着脸："那你架子为什么那么大？见了面，话都不会说一句？"说着话，一股酒气迎风而来——这也实在是太新鲜了吧？我突然来了一股气，张口就说："我就不跟你说话，怎么着？"然后便不管他的反应，大步流星地走了。我走出很远了，又忍不住回过头看了一眼。你猜我看到了什么？我看见他还站在那里气势汹汹地指着我骂呢，当然，我听不到他在骂我什么，我只能看到他的嘴正迎着风，一张一合。不知为什么，我突然扑哧地笑出声来，心里仅存的那点怨气也随着笑消散了，心情也渐渐地变得明朗起来——原来我在这个世界上并不平凡，竟然会有一个人很在乎我的一声招呼。于是，我便万分看重起自己来了，再往前走，便特别地注意起过往的行人了。仿佛要考验我似的，一个熟人迎着风骑着自行车过来。有了刚才的教训，我便远远地就冲他笑了，并扬了扬手，热情地说："你去上班啊？"然而，令我没想到的是，对于我的热情，他竟然一点反应都没有，他脸上的表情也没有一丝变化，他就那样目光木木地擦着我的脸过去了，留我一个人在那里尴尬。这真叫现世现报，只是没想到它会来得这么快。

是的，这个世界就是这样，每个人心里都有一部风云变幻的史诗。这不，刚才的我还那么踌躇满志，仅仅是因为在车窗镜里瞥了一眼，心情就一下子糟糕了，尤其可悲的是自己还说不清为何糟糕。突发的郁闷，使我的脚步也变得不再轻快了。接着一股冷风吹来，便吹出了我的两滴眼泪。突然想起一个顺口溜，"四十岁，淌眼泪……"后面的话原谅我实在不能照录，因为太荤了。虽说真实是一种美，但也得有个限度不是？正如最真实的人是不穿衣服的，可要是人都脱去了衣服，那人也就不是偷食过智慧果的了。为了擦眼泪，我信步走进路边的一家杂货店，想买一包面巾纸。我最不愿意说话的时候，偏偏就碰上了这样一位碎嘴的大婶，她问我："孩子，你穿这身衣服是干什么的？"我出于礼貌，不得不回答她："公安局的！"然而她偏偏听不出我的不情愿，兀自地羡叹着："公安局？你的工作单位多好啊！"接着又问："你丈夫在哪儿工作呀？"我只得又告诉她："我丈夫在教育局。""在教育局？你们俩的工作都这么好啊！你看现在下岗的有多少啊！你们可真有福气！"她把纸巾拿到手中："你家住哪儿呀？"我指了指对面的楼："就在对面的那幢楼。”老太太果然又针扎火燎地叫起来了，毫不掩饰那种羡慕：“就是那幢楼吗？你这么年轻就住楼了？还是那么阔气的楼！”接着她又问了：“你家孩子是男孩还是女孩？”我便笑了，说：“男孩子！”正如我料想的那样，她艳羡的语调高了八度：“还是男孩子？啧！啧！啧……”唉，这就是人，同样的天气，同样的处境，仅仅因为别人的几句话，心情就会发生变化。总之，走进杂货店时，我是一个悲哀透顶的人，可走出杂货店时，我已经变得春风满面、满心欢喜了。

走出小胡同，就是大街。这时，一个女人很悠闲地走来，我想起一个词——娉娉婷婷，对，就是这个词，娉娉婷婷，她就那么娉婷婷地走着，沉浸在自己的美丽里。于是，我又释然了，在这个美丽的中午，至少还有一个拥有美丽心情的孤芳自赏的女人，这难道不也是一种美丽吗？我这样想着，女人已走到了我的身边，我注意地看了她一眼，突然觉得很失望，因为尽管她的面容很年轻，但她很憔悴，也很木然，并不是我所想象的那样，原来也是一个陷在苦海里不能自拔的平庸女子……正这样失望着，一辆车突然紧擦着我的身体飞过去了，吓了我一跳，于是，我便又庆幸了：假如这辆车的司机在这时突然把偏了一点点，我不就……于是，我又赶紧收拾起自己乱七八糟的思想，认真地走起自己的路来。

然而，说认真，其实谁又能管住自己纷乱的思想呢？拐弯就是一个修车厂，我突然又想起了一个镜头：一年前，我在这个修车厂的门前，遇到了我前边所提起过的那个同学小 L，他站在一辆车的后面，很远就冲我招手，他指着一辆半新的白色轿车对我说：“这辆车是我的！大师姐，往后用车你可吱声啊！”他那种踌躇满志至今历历在目，然而几天后的一个早晨，我被一个电话吵醒，电话是另一个同学打来的，他告诉我，小 L 死了，与他那辆车同归于尽。同时他还说，与他一起走的还有另外一个女人，并且那个女人并不是他的妻子……当然，话题得就此刹住，不然，一个新的故事又开始了。

我突然想起电影里说过的关于时间隧道的问题，说时间是可以回返的。如果许多年后，时光真的可以回返过来，会不会回到这个中午呢？如果真的回到了这个中午，会不会看到我曾在这个街道里走过的身影？假如真的看到了这个身影，人们会不会知道我当时正在想着什么？

（三）

路还继续往前延伸着，为了安全，我特意选择了一个相对僻静的小巷。如果不是阳光明媚，我是绝不会选择这条小巷的，因为每次走入这条小巷，我都有一种恐惧的感觉。小巷幽长而且狭窄，并且前边又被一幢过高的楼遮住了阳光，使这里始终阴森森的。严冬时，这里的风比别处显得刺骨，盛夏时，这里的空气又比别处显得憋闷。但这一切都不是我产生恐惧的原因，最主要的原因，是因为这条小巷曾经是玉美的小巷，那几年，我每次和玉美相遇，都在这条小巷；有几个黄昏，我还和玉美进行过几次倾心的长谈，当然，我们长谈的地方也是这条小巷。

玉美的年纪比我还要小一岁，她漂亮的时候，白天几乎天天都和我丈夫一起度过，因为她是我丈夫对桌的同事。玉美工作的时候，是不是与我丈夫有过眉目传情？或者我丈夫是不是也对她产生过非分之想？我不得而知。但我真的嫉妒过她的美丽，她那直直的羊角辫、水灵灵的双眸、白皙的面庞、尖尖的下巴，还有那羞涩的神情，都让我自愧不如。更让我生气的是，她还过于细心地关心我的丈夫，有一次，甚至还给我丈夫织过一件毛衣……小儿也非常讨厌她，原因是她经常逼着我的小儿管她叫妈。但无论怎样的经历，都已成了永远的历史，因为这个美丽的女人说走就走了，她死于癌症。

与我的同学小L相比，她的死却要痛苦许多倍，因为她有一个精神死亡的过程，因为她在死之前就知道自己快要死了。屈指算来，从查出病因到死，她在人间持续了将近一年的时光，这一年对于她来说，无疑就是炼狱般的生活。在她弥留之际，我曾经萌生过要去看看她的想法，并且已经走进了这条小巷，但我还是中途就返回来了，因为我实在不敢也不愿意面对一个垂死的人，更何况她自始至终都称不上是我的朋友。听她的爱人说，死前，她求生的欲望非常强烈，她甚至都羡慕起那些捡垃圾、收破烂的人了，也就是说，只要能换回健康，让她奉献什么她都愿意。然而在健康的时候，她是否真的珍惜过自己的健康呢？好像没有这种迹象，因为这些年来她一直都在争夺着，奔波着，既为了生存，也为了欲望。

纵欲是不幸的开端，它就像一个贪婪而又霸道的孩子，早晚会引火烧身。在我嫉妒玉美的美丽之时，玉美的确是值得人嫉妒的，因为她的确美丽，因为她的目光中还闪着能够遏制欲望的羞涩；等到发生了那么多变故以后，我再一次见到她时，我心中的嫉妒之火便熄灭了，因为我发现，她已经不值得我去嫉妒了，因为她无论气质还是眼神都完全变了。她梳着一头在当时比较流行的“源美式”大卷的头发，穿着一条让人觉得脏兮兮的长裙，脸上不再有以往的清纯，眼睛里也不见了以往的羞涩，总之，她已经完完全全沦为一个风尘女子了。她的沦落，始于一场讨债风波。她原来有一个同学，是个赌徒，后来事闹大了才知道，她和他曾有过一段秘密的偷情。他们相好的时候，那个赌徒财运正旺，可以说挥金如土，出来进去非常风光，可后来就背运了，然而背运之初他却不告诉玉美。他试探着跟玉美说：“你的钱存着也是存着，不如我给你放出去，挣些利息。”玉美将信将疑，抱着试试看的态度，拿出一小笔钱给了他。果然像他说的，那笔钱他不长时间就还给她了，并且还附上了一笔数目可观的利息。接下来赌徒又让玉美放钱，玉美尝到了甜头，不但把自己所有的积蓄都给了他，还动员她的妈妈把一生的存款也都拿了出来。事后她才知道，赌徒把这些钱全带到赌桌上去了。然而，玉美和她妈妈的钱并没有让赌徒时来运转，那几天他一直都在输钱，直到最后输得倾家荡产，逃之夭夭。钱要不回来，玉美的母亲一病不起，几天后就撒手西去。母亲的死使玉美万分悲债，那段日子，她找那个赌徒都找疯了，可那个赌徒却像在人间蒸发了一样，一点儿线索都没有。赌徒的妻子倒是老老实实地待在家里，但对于丈夫的欠债，她一点儿都不知情。她甚至破马张飞地质问玉美，问她和自己的丈夫到底是什么关系……这件事当时闹得挺大的，沸沸扬扬地持续了很长一段时间，两个女人光是大仗就打了三次，打得头破血流的，把公安局的人都惊动了，以至于当时整个小城的人都知道有一个被骗的女人叫玉美。这件事后来到底是怎么解决的，我不得而知，但接下来发生的事，我便一清二楚了，因为这里面也涉及了我，准确地说，我是其中一方当事者的邻居。

这便是那场比讨债风波更大的婚外恋。

（四）

我了解玉美，一方面源自她曾经是丈夫美丽的同事，但更大一方面则来自她的情敌也就是我的邻居阿善。情敌的眼睛是一把锐利的刀，容不得一丝污秽，更何况这个情敌原来还是她的闺中好友。闺中好友之所以称为闺中，是因为她曾经跟你分享过许多不为人知的秘密，本来女性的秘密从本质上说早就失去了秘密的含义，更何况这个女友已不再是原来的女友，还上升成了情敌。于是，玉美的一些龌龊之事便源源不断地充入了我的耳中。阿善是一个南方女孩，其实是一个很木讷的人，本来在南方，她也有过自己的丈夫和孩子，然而因为一次怄气，她就义无反顾地和丈夫离婚了，并一气之下来到了北方。离婚的时候觉得自己很果断，很有主见，可真正回归到每天实实在在的日子，她才发现自己的丈夫是多么好，自己的儿子是多么好。然而后悔已经来不及了，因为她的丈夫转眼就有了另一位心上人，他的儿子也被丈夫一家严管起来，她想见一面都不允许。有前任丈夫作比较，她对这一任丈夫的感觉，当然不说你也能猜得出来。玉美因为和阿善是好友，在阿善和丈夫吵架时，她经常前去劝解，然而劝着劝着，她的身份就由劝架人变成第三者了。那段日子，玉美每天都要绞尽脑汁地与阿善周旋，同时还要提防自己的丈夫。一天晚上，因为阿善太难缠了，玉美甚至把电话打到我家，拐弯抹角地说了很多原因，其实就是想让我的丈夫帮她圆谎。我已经忘了当时具体的细节了，但我当时的态度却清晰记得：我坚决反对丈夫参与这件事情。之所以如此坚决，当然缘于职业，因为我是一名公安民警，而我的丈夫便是民警的家属，你说，民警的家属怎么能给人做假证呢？并且我还突然想到了那句老话："赌徒出贼性，奸情出人命！"我可不想让自己平静的生活搅进一桩随时可能发生的杀人案件里。因为我的坚持，丈夫果然拒绝了玉美，这使玉美有很长一段时间不再同我们来往，等她继续和我们来往时，她已经登堂入室，替代了阿善，成了我的新邻居……

有情人终成眷属，当然是人间最幸福的事啦，那段日子，玉美总是穿一件大红的棉袄，和她的新任丈夫出双入对，幸福和喜气都写在脸上。更让人不平的是，不久他们还喜迁新居，搬到楼上去了。那段日子，我每次遇见玉美，心里都觉得堵得慌，总是不自觉地替阿善打抱不平，并曾经偷偷地在心里诅咒过她，但不久，我就为自己曾经的诅咒而内疚了……

最后一次见玉美，是在一次葬礼上，那时她还没有被查出癌症。最鲜明的印象，是她正在为她的新丈夫而担忧。虽然她只是她这任丈夫的第四任妻子，但因为他们的婚姻经历过风雨，经历过磨难，所以便显得有些珍贵，当然这种珍贵只是对他们而言。那天的葬礼参加得很难受，本来参加葬礼就是一件难受的事，再加上寒冷异常，风沙四起，更让人有一种凄楚之感。在狂风中，我和玉美共同忍受着那些不知是谁制造出的繁文缛节，尽管除了几个有限的家属，人们的脸上都没有什么悲痛的神情，有人甚至还在寒风中开着玩笑，但大多数人都坚持到了最后，因为最后一项才是去热乎乎的饭店吃饭。不知在哪篇文章里曾读过这样的话：凡参加葬礼的人都知道死者是谁，唯死者不知。其实这句话说得也不正确，因为大多数人真的不知道死者姓甚名谁。大家都在寒风中坚守着，其实全都是做样子给活人看的。死者是玉美新任丈夫也就是阿善前任丈夫的叔叔，所以在狂风中玉美的丈夫便奔波得格外卖力，以至于头发凌乱，衣衫不整，整个人都变得风尘仆仆了。于是，玉美便动了恻隐之心，叹了口气，对我说："这么一折腾，他又该受不了了。你看他有多瘦，什么都不愿意吃，真不知他能坚持多久。"说罢长长地叹了一口气。然而正是这位她非常担心的丈夫，在她死后不久就又娶了第五任妻室，他长得相当一般，用我的目光看，甚至是丑陋的，然而这个丑陋之人偏偏命犯桃花，害得阿善、玉美之流竟然为他打得头破血流……唉，这人啊，真没处说理去。前天我在街里还遇见了他，发现他比以前还年轻了许多。他们又买了新楼房，他的新任妻子在城郊有一个"庄园"式的房子，于是他们冬天在楼上过，夏天就要举家迁到"庄园"种菜养花，生活别提有多浪漫了。真不知道这种时候，谁又会为他的健康而担忧和感叹。可玉美却真的无法再为他担心了。

小巷再幽长，也没有玉美的故事幽长。我即将走出小巷的那一瞬间，偶尔一回头，突然看见玉美穿着那条脏兮兮的长裙，披着那头打着大卷的长发，低着头从小巷那端慢慢地走过。一开始我还没有意识到什么，等我终于意识到了，她已经不见了。我突然出了一身冷汗，捏了捏自己的手臂，还是感觉到了那种寒冷的疼痛……

这真是大白天撞见鬼了！是不是我的思想触动了玉美的魂魄，使她突然想起了什么往事要回来看看？还是玉美不甘心自己的死亡，飘忽的阴魂自始至终都没有离开过这条小巷？

我希望这只是一种幻觉，我更希望是看花了眼。

（五）

人虽然能和别人争，但人永远也不能和自己争。都说人是动物界最有能力的动物，但可悲的是，人无论怎么有能耐，却依旧和动物一样，无法左右自己的生死。当然，从一些养生学的意义上来说，人是应该可以稍稍左右自己的生死的，但那种左右却让人有一种生不如死的感觉。比如，一些养生功，经过许多人证明，这种功对于人体的确能够调节，但这种功本身，却要求人必须无条件地投入那种功态里，如果一天拿出十几分钟或半个小时，还可以忍受，但如若让你拿出几个甚至十几个小时，那生命即使真延长了，也是一种无谓的延长。然而，话又说回来，世上并没有哪一种功，能真正避免人的意外事故，比如战争，比如瘟疫，比如地震、海啸……可见人的智商有的时候真是无用的，在大难面前，都不如一只小老鼠。

老子在养生学方面有其独到的见解，他是这样说的："盖闻善摄生者，陆行不遇兕虎，入军不被甲兵，兕无所投其角，虎无所用其爪，兵无所容其刃。夫何故？以其无死地。"

总说人类在前进，可屈指算来，老子离开我们，已有两千三百年了，可为什么现代人的思想还是不如老子的思想深刻？比如，我这样的人，为什么一遇到解不开的难题，总要回头去翻圣贤之书？是古代人比我们强，还是我们把古代学术神化了？小儿对此却有他的观点，小儿说：人的进化是一个非常漫长的过程，几千年对于人类发展的长河近乎于零。况且，现代人面对的诱惑又远远高于古人，而人偏偏很难抵挡诱惑。古人因为寂寞，所以才能静下心来搞学术创作。我不知道他这话是否正确，但我却全盘认同了这番话，之所以认同，当然因为他是我的儿子。

人，无论走多远，都走不出自己的心情，人每天总是生活在自己的心情里，这才是真实的人。人的地狱都是自设的。磨砺了这么多年，突然想明白一个道理，人不能盼望结果。就像上班的人就好好地上班，不要奢求太多。叔本华说："人只能做他想做的，却不能要他想要的。"如果这样想来，人真的没了奔头。所以有的时候，懂哲学真不如不懂，就这么浑浑噩噩地前行吧，做一个隐居在深野的毫无学识的长寿老人，或者就做一条山野里的蛇。那天，一个同事因为自己的境遇，把自己弄得很苦，出来进去时总是长吁短叹，仿佛掉进了苦海，似乎都无法喘息了。我指着鱼缸里的鱼对他说："你应该学学这条鱼！"他愣愣地看着我，以为我在往他的伤口上撒盐。我马上又说："其实我们和这条鱼有什么区别？"他还怪怪地瞪着我。我便苦笑了。其实有的时候，我们还真不如鱼缸里的鱼。

那天和几位文友一起喝酒，谈起幸福，一个大哥便说：人生不过百，常怀千岁忧。幸福，什么是幸福？幸福就是得劲儿。不要想得太远，太远的属于别人，也不要想得太近，整天被俗事缠绕，也是找罪。真正的幸福是心灵永远处于平静的状态，该干什么就干些什么，不要琢磨干这些事会得到什么好处，过程即目的。正如我现在，就这么投入忘我地写这些乱七八糟的文字，没想过为什么而写，只是觉得尽兴，想上厕所都舍不得时间……还要求什么？这种尽兴其实就是幸福。顺便记一句：那天说幸福就是得劲儿的老兄，现在正在死亡线上挣扎，他患了淋巴癌，已到了晚期。看来他现在是无法得劲儿了。

有时照镜子看自己的脸，有时伸出手来看一个个熟悉的手指，心里便顿生怜惜，觉得它们一切都是那么美好。自己已在世上走了四十多年了，也就是说，这张脸，这双手，这个身子已经跟了我四十多年，无论走到哪里，都要拖着它，我不管干什么，都要带着它，它脏了，我要清洗它，它丑陋了，我还要美化它，更可怕的是，它还经常出问题，让你总是处于一种担忧之中。实在是太可怕的一件事了，你虽然是你，可你却对你一点都不了解。有时，你必须把你交给医生，像一个孩子仰头看着主宰他的母亲，像一个罪犯看着宣判他的法官……这样想着，突然有一种很累的感觉，仿佛背着重物的人要卸下重物喘息一下。但随即我就被自己的想法吓住了！干什么？把身躯当成重物想甩掉？你想成仙吗？

那天，和丈夫躺在床上看电视，自己又产生了这样的想法。我先是看他的脸，多么熟悉的一张脸，从娇嫩白皙到日益松弛，但还是非常可爱。想象不出如果有一天离开这张脸，我能不能生活下去。继而又深入地想：这张脸到底哪里可爱？仅仅是五官吗？当然更源自灵魂。假如有一天，我的丈夫也灵魂出窍了，我还依然会对它如此怜惜吗？丈夫回头看了我一眼，我赶紧把思绪往回拉了拉，从令人恐怖的深渊回到了现实。我把纤纤玉手送到他的面前，柔声说：“好看吗？”他怜爱地笑了，在手上亲了一下，又去看他的电视了。我问他：“假如有一天我死了，你还能爱惜地亲这只手吗？”丈夫听后愣了一下，继而瞪了我一眼：“你有病啊？”我无赖地笑了，继续自己的胡思乱想。生命是什么？是这个总在想问题的灵魂吗？是这个日益衰老的躯壳吗？都不是，只有灵魂和躯壳混为一体，才能称为生命，所以过分看重灵魂和过分看重肉体都是不对的。有一本书叫《世界未解之谜》，上面有一张照片，照的是一个人灵魂出窍的镜头，我不相信这是真的照片，但我还是深深地记住了那个出窍的灵魂——它是一股气。一次在梦中，我梦见自己在飞，那的确是一个美梦，我一生都不会忘记那种飞翔的感觉，太轻盈、太美妙了！山岩在身下掠过，白云就在身边飘……对了，那次梦中，我还在岩石上衔回了一块写有梵文的又圆又扁的石头，之所以用“衔”字，是因为梦中自己是一只大鸟。记得梦中，我还问一位老人，石头上的梵文是什么意思，那个老人微笑着告诉我：“是幸福！”因为久久忘不了梦中的感觉，我在一次上网时，还点击了一个解梦的网页，真的找到了飞翔之梦的解析，那上面说：“你梦见了自己在飞吗？其实你哪里是在做梦啊，你是真的在飞呀，当然不是你的肉体在飞，而是你的灵魂在飞……”什么？我的灵魂在飞？这么说，我的灵魂也曾出窍过？

是的，人的灵魂真的可以出窍，正如此时的我，虽然肉体走在上班的路上，可灵魂却在漫无边际地飞翔……转过一个弯儿，单位的老楼便进入了我的视线，我下意识地看了看表，虽然隔了好久我才意识到自己已经迟到了半个小时，但我还是不由得一激灵——这证明灵魂已经回到了肉体当中。是的！光凭胡思乱想无法解决生存问题，我真得认认真真地上班去了！

（六）

办公室里一个人都没有，屋子里静静的，只有时光和灰尘在慢慢地飘荡。摸摸装着茶的茶杯们，都是凉凉的，但这并不能证明他们干脆就没有来，或者他们来了又走了，或者也如同我一样，干脆迟到了？我不得而知。

整个楼层，就我一个女警。“好男不和女斗”是条古训，不知这条古训在别的单位是否管用，但在我们公安机关却始终在沿用。我总觉得，公安部门是男人的天下，而只有公安部门的男人才是真正的“爷们儿”，所以，在公安部门当一名女警，就别提有多幸福了。当然，我的意思不是说女警没有用武之地，但大多数工作还只有男人能做，比如值夜班，比如在现场抓捕嫌犯……电影里你经常能看到女子们英勇打斗的场景，但那只是在电影里，而在我们的现实中，女警都是被保护的对象，包括我这个人高马大的女警。那天，单位里来了一个男疯子，没发疯前，人显得很平静。我奇怪屋子里那不正常的静寂，刚要进屋观察，一位男警紧急冲我使了一个眼色，我一惊，马上止住了脚步，男警咣的一声关上了门。接着，那个疯子就闹起来了，也不知道是踢还是打，反正那声音大极了，屋里的两个男警费了好大力气，才把他制伏。事后，我去感谢那位向我使眼色的男警，他却面无表情地说：幸亏你还聪明，没有进屋添乱。你瞧，这就是我们女警。

外面飘起了星星点点的雪花。这雪花来得很蹊跷，阳光一直到此刻依然还是暖暖的，亮亮的，却无缘由地飘起了雪，虽只有星星点点，但还得称之为雪。雪的出现提醒了室内的温暖，于是坐在阳光之下便有了一种知足的感觉。是的，室内不冷不热，倒一杯白开水也不冷不热，一切都显得那么恰到好处，更让人欣慰的是，还有一缕淡淡的茉莉花香在室内弥漫。这时，我想起了自己写了一半的关于幸福的文章，想起了写作时的那种愉悦，而此时那种美妙的感觉又来了。我打开电脑，在等着开机的时间里，我狠狠地“拧扯”

了两下身子，以此来表达自己是世界上最幸福的女人。之所以用“拧扯”二字，不是我的突发奇想，是偷用我同事的话。那天，他告诉我们，我们同屋老大喝多了，非要到歌厅唱歌不可，“那歌唱得像一辆破马车一样，呜啦呜啦的，可依然不解渴，还跳舞，把那身子拧扯得像麻花似的……”真是无巧不成书，正唠着呢，偏偏同屋老大就进来了，并且进来了也不说话，就站在他的身后专心地听，而我们这些听众也都不点破，连表情都不改变一下……哈哈！后来的结果你们当然可想而知了。

幸福的时候就想表达，就像有了翅膀就想去飞翔。我突然想起，我已经很久没有到其他楼层走走了，每天上班的第一件事就是打开电脑，然后埋头工作，如果实在没有什么可干了，又要写一些如你们此时正在读的这些散文不散文、小说不小说的文字。是不是也该给自己放一放假了？想到这里，我马上离开办公室，在楼层里闲走起来。可奇怪的是，不但我这层没有人，连别的楼层也都是屋门紧关。我突然紧张起来，一种无来由的紧张，就像一个人早晨走出家门，突然发现外面的世界一下子变成了陌生的世界。我马上加快了寻找的脚步……终于在一间办公室外，我看到了一扇微微开启的门。

没有敲门，我就迫不及待地走进去。坐在电脑前的小伙子正垂头在键盘上忙着，我进来好半天他才回过头来，愣愣地看了我半天，红红的眼睛在镜片的反射下像一幅漫画。我问他：“人呢？咋都不来上班？”他才反应过来，笑了笑说：“我还奇怪呢，怎么你们女的也来加班了——原来你是忘了。今天下午不是放假吗？”

“放假？咱们双休日也让休息了？”我傻傻地站在那里，一时不相信自己的耳朵。

“领导说，好几周没休息了，大家都很累，所以这个双休日手头没有工作的都可以休息！”

“噢，是这样啊！”

他也许真的很忙，索性不理我，又把乱蓬蓬的头垂在了键盘上。我便苦笑了，不再说什么，返身去楼上取兜子。

回到楼上，我先去关电脑，可是手一放到鼠标上就又舍不得了！是啊！孩子补习，丈夫加班，我即使回家，也一样是坐在电脑边，在哪里坐不是坐呢！况且外面还飘着雪……于是，我便打开头一天写了一半的文档，心不在焉地浏览起来。我头一天写的关于幸福的文字仅仅有一大段，还没有拟标题，文章以孟子的“人生三乐”开篇，用小细节诠释了自己作为女人的小幸福。文章的最后，我甚至这样抒情：“上苍啊！请告诉我，怎么做，才能让我留住自己的幸福呢？”

当我逐字逐句重新看过时，突然一种羞愧之感油然而生。是啊，作为一个人，特别是一个有职业的人，我的所谓幸福，是不是显得过于自私和狭隘了？继而又想到自己刚才在路上的胡思乱想，那种羞愧的感觉便越来越浓了。

人就是这么怪，刚才还在为自己拥有的幸福沾沾自喜，这时又觉得无限悲哀了。幸福究竟是什么？什么才是真正的幸福？我的头脑里又一阵混沌。实在写不下去了，我便踱到窗边，专心地看起外面的雪了。雪花依然飘着，此时的雪花已不再是星星点点，而是真正的雪花来。我看见雪中的人们都在匆忙地赶路，看见路旁的大树正在寒风中瑟瑟抖动，我便想：人知道冷，树也一定知道冷吧？虽然都是有生命的，但因为它们不会表达，所以即使知道冷，又有谁能够知道呢？继而又想：自己和大树的区别，就在于自己能够表达，可在人间，又有多少人能有机会把自己的感觉表达出来呢？如果不能表达，那这时的人和大树又有什么不同？又想：树真的不会表达吗？假如树会表达，又有谁能够听懂树的声音？

人世间最善于表达的，也许当数文人了。可翻翻现在的文学刊物你就会知道，现在的文人都在表达些什么！正如刚才我写下的文字一样，大多数人都在关心自己的小圈圈，喜怒哀乐都在围着自己的小生活转。没事的时候看卢梭的《忏悔录》，觉得文人都有相通的地方，当初卢梭所忧伤的，我们不是依然还在忧伤？人就这么一代代地忧伤下去，谁也解决不了谁的忧伤。米兰·昆德拉所说的万劫不复，也许就是这个道理吧。

这样说来，人的所谓幸福，便真是一种渺茫了。

脑袋里的矛盾鼓涨得实在让人无法忍受，逃避似的，我顺手翻开了前苏联作家高尔基的一篇散文《时钟》，很巧，此时此刻，高尔基先生也在围绕幸福而苦苦地思索：“……钟摆在嘀嗒作响，每一响都标志着生命缩短一秒钟……这些分分秒秒是从何处来，又向何处去？谁也回答不了这个问题……而我们的幸福却又取决于这些问题的解答。”于是，我更茫然了，原来对于幸福，伟大的高尔基老师也是困惑的。但紧接着，一行文字照亮了我生命的天空：“不吝惜自己——这是世界上最骄傲、最美的智慧！让我们用美丽的功勋来充实我们的生活吧，唯有如此，我们才能感受到欢乐悸动、洋溢炽热的美妙时刻！”

于是，我突然彻悟了，就像一道闪电突然驱走了我思想的阴霾——真正的幸福是建立在为别人谋求幸福之上的。是的，“不吝惜自己”，人只有真正地忘了自己，真正地把自己交出去，交给世界，交给人类，这个人才会获得真正意义上的幸福。并且，只有这样的幸福才是不死的。

于是，我又想起了列夫·托尔斯泰，想起了他在风烛残年为了捐出自己的财产而离家出走；我又想起了奥斯特洛夫斯基，想起了那段几乎每个学生都会背诵的名言……是的，胸怀有多大，幸福就有多大！

这时抬头再看树，我突然又羡慕树了！树一定是幸福的，因为树不吝惜自己，而是把自己完完全全地交了出去，无论是一片绿荫，还是一小块木材……

当然，与大树相比，我更羡慕太阳，太阳当然是最幸福的，因为太阳也不吝惜自己，它也把自己更博大、更久远、更全部地交了出去，无论是温暖还是光明……

人做不了太阳，但人应该有做太阳的向往。

可人能够做一棵大树啊……

是啊，干脆就做一棵大树吧，像树那样把自己交出去，或者像树那样把自己的一切感觉忘掉，或者干脆就像树那样，永远沉默地扎根在泥土中，一年，十年，百年，千年，实在寂寞了，便放飞几片金叶，在梦想的天空中飞翔……

我突然欣喜异常了。我想把我的这些想法告诉所有人，包括小L，包括玉美，包括阿善……当然，小L、玉美我是没有机会和他们说了，但我必须和能够倾听的人说！我要让人们知道：真正的幸福，就是像大树那样飞翔！

燕子飞时

红　荔

一

千万别告诉我是人血！送检的时候，河西分局刑侦大队副大队长张梁就这样说过，现在来取检验报告，他再一次对杨一淼这么嚷嚷。

杨一淼没理他，自顾自摁下了打印机启动键。打印机嗞嗞地响着，很快吐出一张打满字的纸。杨一淼取下这张纸，又从抽屉里拿出鉴定章，举到嘴边，哈口气，不紧不慢地盖上去，然后用左手捏起薄薄的一张纸，抬眼看着张梁，右手中指轻轻一弹，这张纸就晃晃悠悠飘落到张梁面前的桌上。

张梁一巴掌拍在纸上，不看，欠身朝杨一淼

凑过来，说，要不你告诉我，是两个人的血？

杨一淼想笑，他知道张梁的意思，如果死的是两个人，案件主办单位就变成市局刑侦支队了。他抱起胳膊，斜眼看着张梁，我说张队，咱好歹也是身经百战的老刑警了，河西分局好歹也是连续三年命案必破优秀公安局，不就是起杀人案吗？至于吗？

别他妈跟我提什么命案必破！张梁低声骂了一句，然后看也不看，就把那张鉴定报告放进文件夹，然后把文件夹塞进他那只黑乎乎的文件包。其实，当他在那辆烧得只剩下一副骨架的小汽车里找到那两坨东西时，他凭直觉就断定那是人血，送检不过是法定程序。他和杨一淼同一批进公安局，在初任民警培训班上就成了铁哥们儿，是那种一见面就想掐架解闷的关系。

命案必破，命案必破，上头一拍脑袋出个点子，下边我们就得跟着没日没夜、没完没了。还是你杨大法医好啊，穿件白大褂往空调房里一坐，你一句人血，一句他杀，我们就得忙上十天半个月、一年半载。这眼看着放暑假了，兄弟们都盼着少发点案，好带着老婆孩子休个假、旅个游……拿了鉴定报告的张梁并不走，继续絮叨。

是啊，我女朋友都订好旅行社了，这下好了，普吉岛泡汤了！张梁的跟班，一个胖乎乎的小刑警本来一直在旁边静悄悄地看两位前辈打嘴仗，这时候突然插嘴道。见两位前辈没反应，他又接着说，前辈，你们真的确定死人了？又没发现尸体……

你今天晚上的任务就是给我把尸体找出来！张梁没好气地冲小刑警嚷道。

您不是让我今天晚上查监控录像找车吗？被呛了一口的小刑警小声回嘴。

车和人一起找……张梁还想嚷，被杨一淼截住了话头。他一边收拾桌子，一边说：你们走不走啊？我可要走了，加着班帮你们做鉴定呢，早过点儿啦！

张梁像是猛醒过来，一拍脑袋：糟了！我还得去医院接班呢！说着抓起文件包就往外跑。

杨一淼冲他后背问：医院？怎么个意思啊？

张梁头也不回：老爷子二次中风，在 ICU 躺着，我兄弟已经守了一天一夜了！

啊？要不要我帮你呀？杨一淼追问。

门外传来张梁的大嗓门：不用，留着时间谈恋爱吧。我儿子都会打酱油了，你小子得抓紧……

张梁的话让杨一淼愣了半秒钟，他记起今天他还真要去见一个女孩，是他的上司——副支队吴江河安排的任务。

二

江雨燕，雨燕……江上，雨中，飞燕……在东方大厦 A 座门口，杨一淼把这个名字念叨了好几遍，心里居然就有了点湿漉漉的感觉。他下意识地掏出手机，百度了一下："雨燕科鸟类为小型攀禽，雌雄同色，羽毛多具光泽。由于翼尖长，具有很强的飞翔力，飞行速度极快而敏捷，但足短，不善于行走，常结群飞翔，多结群营巢于岩洞、悬崖峭壁的岩隙和楼、塔等建筑物的屋檐或顶部蔽风雨处。"这些字他没仔细读，就见图片上的雨燕外形纤巧优美，玲珑精致，便心满意足地上二楼找 SUNLUNG 品牌店。

正是晚饭时间，商场里人不多，杨一淼很快就找到了 SUNLUNG。他一出现在门口，就见一个穿着商场制服的女孩满脸笑容地迎上来，先生随便看，有喜欢的可以试穿。笑容和语言都显出训练有素的规范。杨一淼没说话，而是上下打量起眼前的这个人：毛茸茸的眼睛，毛茸茸的发际线，染成浅棕色的长发一股脑地往后梳去，高高地扎成一个马尾。光洁而饱满的额头，脸上是未脱尽的婴儿肥，秀气的鼻子，明艳丰满的双唇……还真有点演员赵丽颖的影子，除了那笑容太职业。杨一淼在心里说。

杨一淼长时间的注视显然很不礼貌，但女孩并没有生气，脸上的笑容敛了敛，紧接着就漾起了一层羞怯的红晕，嗫嚅道：先生，您……杨一淼这才回过神来，忙说，不好意思，我不是来买衣服的，我是来取衣服的。如果没猜错，您就是江雨燕？

哦，您是杨先生吧？刘经理刚才还打电话问您来过没呢！江雨燕很明显地露出如释重负的一笑。杨一淼看在眼里，心想，分明还是个小丫头嘛，看不出有二十八岁呀。

江雨燕很快从里间取出一件套着塑料防尘袋的夹克衫，您看，这是刘经理已经挑好的，如果没什么问题，我就帮您包起来。

刘经理就是吴支的夫人，杨一淼叫嫂子，东方大厦男装部经理。

见杨一淼点头表示同意，她就手脚麻利地打起包来。杨一淼看着她打包，就又有了一个新发现，这个江雨燕有一双非常漂亮的手。白皙，细嫩，十指尖尖，手背上一串肉窝窝，显得非常可爱，又有几分性感。“春葱玉指如兰花”，他脑子里突然冒出这么一句话。

江雨燕没注意到杨一淼如醉如痴的表情，手里一边忙着，一边说：其实刘经理让我帮她送过去就行了，也省得您跑一趟，可她非说我一个女孩不方便。您说，又没有多远，有什么不方便的啊！

杨一淼心说，让你送？那我不就见不到你了吗？不过江雨燕的话让他冒出了一个想法。于是，在江雨燕把包装好的衣服递给他时，他问道：你几点下班？要不我们一起给刘经理公公送生日礼物去？

江雨燕显然有些意外，看了他一眼，笑了笑，没说话。杨一淼不死心，又说道：你看啊，你去了，给伯伯试穿一下，万一这尺码啊颜色啊有什么不合适的，你一眼就可以看出来，也好尽快换一件，不耽误老人家明天过生日呀！

江雨燕抬眼望向他，杨一淼迎住她的目光，不动，也不再说话。他感觉自己有点心虚，差点就要躲开她明显带着探究的目光，但他知道不能躲，一躲就意味着前功尽弃。于是，他尽可能让自己显得平静些，心里却在暗暗给自己鼓劲：七秒！坚持七秒钟就是胜利！果然，江雨燕经不住他的注视，率先挪开了目光，同时说了句：好吧。

这“七秒钟理论”还有点靠谱啊！杨一淼心花怒放。

三

张梁穿着隔离服，站在ICU病房的外间，透过玻璃墙看着浑身插满管子、悄无声息地躺在病床上的父亲。如果不是母亲早逝，如果自己和弟弟能多陪陪父亲，他的身体状况也许不会这么糟。张梁这样想着，眼睛就有点湿湿的。

父亲出事的那个夜晚，他正在队里值班，而且是正班，哪儿都不能去的那种。夜里近3点，接到110指令，说郊外清河口的河滩上有一辆小车被烧毁了，消防队认为有疑点，请刑侦队出现场。

他们赶到现场时，火已经被先期赶到的消防员扑灭了。防火处的人告诉他，小汽车应该是被浇了足够的汽油后引燃的，烧得厉害，而且中间还炸了一下。消防部门不敢简单地当作火灾处理，所以报告了110。

张梁带人仔细地勘查了现场，心想，算你们有觉悟，这还真不是个简单的火灾。可是，车损毁得太厉害了，能烧的都烧了，没有车牌，没有行驶证，大架号、发动机号都熔掉了，只有那儿坨极像是血液炭化后的东西，向他暗示着某个阴谋的存在。

刚处理完现场，他就接到小保姆的电话，小保姆带着哭腔说，爷爷好像不行了，大哥你快来呀……小保姆似乎永远也捋不清他们家的辈分，不知道是不是真糊涂。张梁在打完120电话并飞速赶往医院的路上，心想，真不该把父亲交给这么一个糊涂的小保姆！

一位护士进去检查了一下床头的各种仪器仪表，又走出来，对仍然站在那儿发呆的张梁说，张警官，你出去休息一下吧，老爷子现在情况还算稳定，你站在这儿也不顶事啊，回头出了ICU，才是用得着你们家属的时候，你们得留着点体力。

张梁想想也是，便从屋里退出来，在走廊的长椅上坐下。一旦坐下来，他脑子里的某根神经就被激活了，思绪就又回到案子上来。

首先得查清那辆车的情况。他已经安排人在查沿途卡口的录像，希望能把案发当日那辆车的运行轨迹搞清楚。

另外，那摊血是谁的？人是死是活？活要见人，死要见尸。

还有，纵火者第一目标是车还是人？是抢车未遂而杀了人，不得不毁尸灭迹，还是就为了要这个人一命？

想着想着，他就坐不住了，拿出手机拨到队里，想问问查看录像的情况。电话刚一接通，那边兴奋的声音就传过来：张队，找到了，找到了！我们马上发截图给你！

不一会儿，张梁的手机就响起了一连串的叮咚声，那是他设置的微信提示音。

一共19张图，所有图片都是一辆没挂牌照的黑色奥迪A6。第一张图，凌晨12点02分，黑山卡口，往北是黑山，往南是市区。车自北向南通过卡口，驶向市区。第二张图，12点11分，车经过市电子工业学校门口的十字路口，折转向西。第三张……第四张……一直到第十九张，12点54分，车通过鞍子口收费站，消失在茫茫夜色中。从鞍子口到清河口是一段土路，两三公里的路程，大约五分钟后，这辆车就在清河口的河滩上腾起了冲天火焰。张梁基本上同意同事们的分析判断，他还注意到，车上只有驾驶位上一个人，那个人戴着顶棒球帽，还放下了遮阳板，只能看到一个模糊的下巴。

可是，有下山就有上山啊，这辆无牌车是什么时候上山的？下山的时候没挂牌照，上山的时候也没挂？那俩小子难道想不到还应该再查查上山的车？张梁想着，心里有点冒火，退出微信就要打电话。但他看到手机屏上显示的时间已近零点，就有点不忍心。把市区相关道路和卡口的近200个摄像头的录像资料全部调出来看一遍，那工作量实在是太大，还要盯着一段段并不那么清晰的录像颠来倒去，反复甄别，有时候真的会产生想要呕吐的感觉。算了，明天再查吧，车也好，人也好，我就不信能跑得了！

这样想着，张梁就收起手机，在长椅上躺下，准备眯一会儿。还没等他躺舒服，就听见手机又叮咚了一声。打开一看，是杨一淼发来的：左岸花小区别墅区，山水富豪房地产开发公司总经理李坤山，开黑色奥迪车，失联三天。张梁一骨碌就从长椅上坐了起来。

四

江雨燕万分后悔，自己怎么就答应了杨一淼呢？她坐在黑暗中，回想着刚刚发生的一切。

是的，杨一淼是她从未接触过的一类人，当他穿着白色短袖衬衣和深蓝色西裤出现在她眼前，她就觉得心里动了一下。她看着这个衣着简单却又干净整齐的男人，就觉得一股洁净干爽的阳光气息扑面而来，眼前和心底都一下子变得亮堂了。当然，她也觉察到了他眼睛里的内容，那是一个男人见到漂亮女人时常有的内容，难免轻佻和狎昵。可这些东西出现在他眼里，她一点没觉得反感，甚至还有点欣喜。

江雨燕刚刚坐进杨一淼那辆破吉普时，心里像揣着头小鹿，怦怦乱跳，却又满心欢喜。在车上，杨一淼正式地介绍了自己，这让江雨燕大吃一惊，杨一淼原来是个警察！刘经理只是告诉江雨燕，她老公的朋友——一位姓杨的先生要来取衣服。江雨燕到东方大厦才一个多月，不知道刘经理的老公是公安局的，更没想到这位杨先生居然是刘经理老公的手下！她当时就惊得张大了嘴巴。更让她惊愕的还在后头：刘经理的公公居然住在左岸花！车驶进小区大门的那一刻，她想到了一个词：自投罗网。

江雨燕已经记不起自己是怎么下车，又是怎么走进那套三居室公寓的。杨一淼显然和这家人非常熟悉，一进门就说，吴伯伯气色真好！伯母，您越来越年轻了，都吃了些什么保健品？回头我也给我妈买点儿。又一把抱起一个四五岁的小男孩，一边把孩子举过头顶一边问：臭海海，还记得我吗？孩子叫了声臭杨叔，就挣脱下来，重新趴到地板上玩他的汽车模型了。

杨一淼向两位老人介绍了江雨燕。江雨燕努力地让自己平静下来，却还是不知道说什么好，就赶紧拿出衣服让老人家试穿。在试衣服的过程中，她似乎才找到了平时的自己，前后左右、肩宽袖长打量了一番，说，还不错，刘经理眼光真好，颜色款式大小都刚刚好。末了还对老爷子老太太甜甜地说了句：您二老福气真好，娶了个好儿媳。只是在这个过程中，她都没朝杨一淼看一眼。

试完了衣服，两位老人似乎心情不错，又和杨一淼聊开了。聊着聊着，老太太忽然说，今天小区里的人都在传，住在后边别墅区的李总失踪了，大家都在猜是不是被债主绑架了。一直趴地板上给小汽车排队的小海海，这时候突然抬起头来说：是失联！大家都笑了。都是马航 MH370 飞机失事事件闹的，现在全世界都会用“失联”这个词了。

老太太接着又叹了口气，说，不会出什么事吧？其实这李总人还挺不错的，有一回，我和海海去超市买东西回来，半道上遇见他开车回家，他见我们这一老一小的拎那么多东西，就让我们坐他的车，一直把我们送到楼道口。海海这时候又插了一句，李总开的车是奥迪！说着举起一个黑色的奥迪小汽车模型。

本来就极不自在的江雨燕此时更觉得后背凉飕飕的，她都能感觉到自己脸上的笑容极其僵硬。好在这时候杨一淼站起了身，说，伯伯伯母，我和小江还有点事，我们就先走了。

从吴家出来回到车上，杨一淼一边开车，一边对江雨燕打趣，你怎么了？又不是丑媳妇见公婆，看你紧张的！

哪有呀！江雨燕回了句，声音十分虚弱。

杨一淼本来要请江雨燕吃饭的，但江雨燕推托说，有点头疼，下回吧。杨一淼也没再坚持，就把她送回了家。

回到家，江雨燕扔掉包包，踢掉高跟鞋，顾不上开灯，就一下子倒在沙发上。

不知道过了多久，身陷在无边黑暗中的她，听到一个熟悉的声音：女娃子心思不能太活泛了，太活泛了害人害己……这是她八岁时，她妈妈对她说过的一句话。后来妈妈就不见了，再也没回来。

她一直不明白，妈妈这句话是在说自己还是在告诫她。现在，她想，妈妈说得对，自己就是心思太活泛了。要不然，怎么会对只有一面之交的杨一淼产生幻想？自己是什么人？居然对一个警察……简直太可笑了！她想，他一定觉察到了自己的失态，心里立刻就有了一种被扒光暴露在光天化日之下的感觉。而且，这一切还都是她自己找来的，就像飞蛾扑火，无知，愚蠢。

可是，她又想，自己为什么不能有个念想，有个盼头？十年了，李坤山信誓旦旦、反反复复地说他心里只有她，可他从来没有给过她关于未来的一点点希望。她知道，左岸花里有一幢属于李坤山的别墅，但她永远成不了那座房子的女主人。而且……而且，她已经不想做它的女主人了！她现在只想跟一个有阳光般笑容和气息的男人，过一种阳光下的太平日子。

失踪？失联……她听见自己身体深处的一声冷笑，然后，冰凉的泪水就在黑暗中爬满了她的脸。

这时候，手机屏亮了一下。她拿过来一看，是沈忱发来的微信，只有四个字：姐，我想你。

突然就有一股火从心里蹦出来，她扬手把手机狠狠地摔出去，叫了声：你能不能别再给我添乱啊！

五

这天下午，张梁打电话给杨一淼说，根据他提供的线索，他们查了李坤山的个人、车辆以及公司的所有信息，还查到了案发当日车和人活动的一些录像资料，现在准备去左岸花找他夫人陈娟核实一些情况，问他要不要一起去。

杨一淼答应去，他要去找点检材，不管人是死是活，总得先搞清楚那血是不是李坤山流在车上的。

他和张梁一行在左岸花小区门口会合后，张梁告诉他，根据录像资料，李坤山在案发当天下午 4 点 25 分，独自一人开着他的奥迪 A6 来到一家名叫“茉莉花开”的便捷酒店，见了一个女人。他的车在这期间一直停在附近一个洗车场。5 点 15 分，女人先出了酒店，过了两分钟，他也出了酒店，一个人到洗车场取了车，驶向酒店方向。过了十几分钟，他的车却出现在与酒店方向相反的黑山卡口，向山上驶去。这时候车上变成了两个人，开车的是一个戴棒球帽的男子，脸还被遮阳板遮住了大部分，李坤山坐在副驾驶位置。酒店和洗车场的监控录像就提供了这些情况。棒球帽是在哪儿上的车？不知道。两个人为什么在太阳快要落山时还往山上去？不知道。之前他见过的那个女人是谁？和他什么关系？不知道。

张梁说完，问杨一森：这剧情怎么样？

杨一森说，狗血，这些有钱人早晚一个个死在女人手里。

张梁哈哈一笑，说，你听说过自己给自己打电话的吗？我们为了找到那个跟李坤山在酒店约会的女人，查了他之前打出打进的所有电话，唯一一个疑点是登记在他本人名下的另一部手机，三星的。

杨一森说，就不能是他买了手机又送人了？

张梁道，聪明！可这个手机自从那天下午离开酒店后就再也没有信号出现，关机了！一直！

所以你希望李坤山的老婆告诉你，那个女人是谁。杨一森说。

是啊，正室与小三，完全可能有过交锋啊！先让他老婆指认，省得咱们到处调查搞得满城风雨。即使李坤山死了，他老婆孩子还得生活不是！张梁说。

说话间车已经到了李坤山家的别墅前。临下车，张梁又冲杨一森说，还有一个有意思的细节，李坤山的公司多年以前就转移到他老婆名下了，老婆是董事长，他是总经理，也就是说，他给他老婆打工。

杨一森站住。几个意思？一个有情有义的负心汉？还是为了转移债务？

张梁说，据查，山水富豪目前除了银行贷款，没有任何债务纠纷。而且由于现在房地产形势不好，他们公司已经有一年多没做任何项目了。

杨一森摇了摇头，看着张梁摁响了别墅的门铃。

就像很多富丽堂皇的家里总有一个孤寂落寞的女主人一样，李坤山的妻子陈娟看上去脸色晦暗，质地极好的藕粉色套装掩不住她身体的疲惫和委顿。在沙发上落座后，她就急不可待地问，你们确定他被害了吗？张梁说，我们现在什么都不能确定，所以需要您的配合。

在他们谈话时，杨一森让保姆带他楼上楼下转了转。在二楼一间卧室的洗手间，他发现了一套用过的吉列牌须泡和须刨。他问保姆，男主人平时就住在这间卧室？保姆点头说是。须刨显然有日子没用了，但上面还是留下了杨一森想要的东西。他取了样，回头打量了一下这个显然不是夫妻主卧的房间，在心里说，光鲜的外表和破败的内容，这真的是生活的常态吗？李总啊，作为成功人士，怎么就不能为我们保留一点点对于爱情和婚姻的美好幻想呢？

楼下的谈话并不顺利。作为妻子，陈娟知道丈夫外面有女人，但她从来没追究过这个女人是谁。一点好奇心都没有？回答是，眼不见心不烦。好歹公司在我名下，我定期去查公司账目，我是会计出身，在钱的问题上，他瞒不了我。公司在，财产在，我和孩子的未来就有保障。对于一个你拉不回来的男人，你还在他身上使什么劲呢？

一席话说得张梁他们几个面面相觑。这也叫夫妻？

怀着最后的希望，张梁把在“茉莉花开”酒店找到的录像拿给陈娟看，问她能不能想起来这个女人是谁。陈娟看着笔记本电脑上的画面，依旧摇头。

杨一森凑过去扫了一眼，他看见一个身穿黑色蕾丝连衣裙、梳着抓髻的女人的背影。连衣裙 V 字形的后领口开得很低，露出一截后背。他能感觉到，这是个身材姣好的年轻女人。

六

和张梁他们分手后，杨一森想起了江雨燕，他忽然觉得非常想她。杨一森知道，局里盛传他喜欢漂亮女孩，说他三十多了还没结婚，就是因为处过的几个女朋友都不够漂亮。他没有解释过。男人谁不喜欢漂亮的啊？但他知道，他似乎还需要一种感觉，所以他宁可等。可说到感觉，就有点虚，有点玄，他自己也没办法说清楚。

那天见到江雨燕，他就觉得有点被这个女孩吸引。虽然百度告诉过他，雨燕不过是一个飞鸟科目名，和雨没有关系，和江啊河的更没关系。但他每次想起这个名字，眼前就会出现一幅画：江上风雨飘摇，一只瘦弱孤单的燕子在雨雾中吃力地飞着，她飞得很低，江涛似乎要将她淹没，雨水更是早已将她的羽毛湿透……每一回欣赏完这幅画，他都会在心里笑骂自己：情种！装文青！

江雨燕感觉没错，那天杨一森确实察觉到了她的失态。但他并没有多想。也许是一个女孩跟一个陌生男人在一起时的本能反应？也许是自己的警察身份吓着她了？所以，他当时还跟她说：听说我是警察也没必要这样嘛，警察的职责首先是保护好人，其次才是打击犯罪。

杨一森更多的只是注意到，离开了商场，江雨燕那职业性的笑容就全然没有了，小女孩式的顽皮、欢喜，明白无误地写在脸上，这让杨一森十分满意。看到她眼里闪过惊讶及略显慌张的样子，他又觉得对这个单薄的女孩充满了怜惜。当然，他也不是没想过，一个二十八岁的单身女孩，她的身世里有些什么样的故事？但他不急，他有足够的耐心去探究这些故事，并且对这种探究有一种跃跃欲试的冲动。

他把车停在马路边，给江雨燕打电话。“您所拨打的电话已关机，请稍后再拨……”一连三遍，听筒里传来的都是这样的回应。

杨一森满腹狐疑地盯着手机看了一会儿，就左手猛地打了把方向盘，右脚使劲一踩油门，车子向前冲去，目标东方大厦。

SUNLUNG店里有两个年轻女孩在招呼顾客，没看见江雨燕的身影。一问，江雨燕请了病假，在家休息。

病了？杨一森想起来，那天晚上送江雨燕回家时，她确实说过头疼，便有点怪自己太粗心。他记得，走到电子商厦附近的一个路口时，她说她就住附近，让杨一森停车。杨一森因为心里有事，也没多问，放下她后又掉头回去，找左岸花小区的保安问了问李总失联的事，然后给张梁发了那条微信。

杨一森鼓动着他那三寸不烂之舌，向俩姑娘弄来了江雨燕家的住址：翠竹园小区4号楼2单元602室。

十几分钟后，杨一淼就出现在江雨燕家门口。穿着睡衣的江雨燕果然脸色很难看，还带着两个黑眼圈。对于杨一淼的到来，她显然没有足够的热情，把他让进屋，就靠在沙发扶手上问：找我有事？

杨一淼没回答，而是上前用手背触了触她的额头，说，还好，没发烧。

江雨燕躲闪着，绕到沙发前坐下，随手抱过一个靠垫，说，我没事，就是有点累，想歇歇。

杨一淼从她的动作和声音里都觉出了拒绝，他不介意地笑了笑，说，你还没吃饭吧？我给你煮碗面条？对了，我也没吃晚饭呢，咱俩一起吃。我还欠你一顿饭，等你身体好了，我请你吃大餐，说着就往厨房走。

就在说话间，杨一淼已经打量清楚了这套两居室的房子。一个收入不高的单身女孩子，独自一人住这么大的房子？记得上回听她说过，她老家是北边山区的，家境不会好到哪儿去吧……一个念头在他脑海里闪了一下。

你还会做饭？江雨燕跟过来，她并没有阻拦他，而是站在厨房门口问道。

单身狗当久了，自然就学会自己照顾自己了。厨艺一般，不过管饱。杨一淼两手举着从冰箱里找出来的火腿肠、西红柿和鸡蛋，回头道。

他一边打开水龙头清洗西红柿，一边又说，你冰箱里的内容可是有点单调啊，回头我帮你填满。

他还是穿着白色衬衣和深色西裤，简单，干净，整洁。比起来，李坤山的彩条T恤，沈忱的运动装，都显得那么世故而庸俗。江雨燕倚在门框上看着杨一淼的背影，那种倾倒、迷恋的感觉又在心里弥漫开来。好吧，能享受一分钟这种感觉也是好的。她对自己说。

杨一淼很快就把两碗热气腾腾的打卤面端上了桌，红的西红柿、粉的火腿肠和金灿灿的蛋花，在碗里闪着诱人的光。江雨燕不但觉得味蕾开始盛开，心里还有一股暖流涌过。

吃着面条，杨一淼的话就又多起来。他问江雨燕，你的名字是谁取的？真好听。雨中的燕子，挺有诗意的。

江雨燕抬头看了他一眼，淡淡地说，你想多了，我本来叫江于燕，江是我爸的姓，于是我妈的姓。我八岁那年，我妈走了，再也没回来。我一气之下就把于改成了雨，我不想我的名字中有她的影子。

哦，不好意思……杨一淼是真的不好意思了，他本来是想顺着这个话题，对她做一番表白的，没想到勾起了人家的伤心事。

江雨燕又淡淡地说，没事。

杨一淼换了一种关切的语气，说，病了还关着手机，万一真有点事怎么办呀？这种时候，你得让家人朋友找得到你才对，这是生活的经验，要记着哦！

江雨燕指指墙角说，手机摔坏了。杨一淼回头，果真看见墙角有一堆零乱的手机碎片。

怎么和苹果有这么大仇啊？碎成了这样！杨一淼笑道，心里却好生奇怪，这可不像是失手摔坏的。但他怕江雨燕不高兴，就没有多问，而是说，没事，我回头送你一部三星。

不用，我还有……江雨燕说了一半，又猛地打住了。

但是晚了，杨一淼已经顺着她的目光，看见了茶几上的另一部手机——三星的。

一些镜头，一些画面，在杨一淼脑海里嗖嗖地回闪而过，电光火石一般。这一回，职业的警觉占了上风。杨一淼装着没注意到江雨燕的表情，走过去拿起手机，用一种漫不经心的口气说，那把这个号也留给我吧，省得我找不到你。

手机是关机状态。江雨燕似乎想起身阻拦他，但随即又放弃了，好像知道一切都是徒劳。她看着杨一淼开机，拨号，然后回铃音和来电铃声响起，在屋里交错、盘旋。

江雨燕啊江雨燕，你到底是谁？你生活中有多少不为人知的秘密？杨一淼啊杨一淼，是你敏感了，还是真有一座冰山浮出了水面？杨一淼努力地让自己镇静，他向阳台走去，故意用一种轻松的口吻说，你家外面的夜景挺美呀……话还没说完，他就又大惊失色。阳台上晾着几件衣服，一件黑色的蕾丝连衣裙，V 字形的后领口开得很低，像黑色的夜空被撕开了一角……

几秒钟的犹疑之后，他掏出手机，找到张梁的名字，飞快地打了几个字：快，打我电话。

很快，回到客厅的杨一淼就接到了同事的电话，他嗯嗯啊啊地讲完，抱歉地对江雨燕说，不好意思，单位有事，我先走了，回头联系。

下楼时，他回拨了张梁的电话：马上，带着你的笔记本，到翠竹园小区。

张梁带着人很快就到了。杨一淼举着手机让张梁看屏幕上刚留下的那个未接电话。张梁惊讶地叫了声，呀，这不是那个李坤山自己打给自己的号码吗？怎么会……

杨一淼没回答，沉着脸说，"茉莉花开"酒店的录像，快！

进酒店，在电梯口和一个男人说着话一起等电梯，进去；电梯口，一个人走出电梯，出酒店。几十秒的录像，正面，侧面，背影……杨一淼翻来覆去看了好几遍，然后，重重地仰身倒在座椅靠背上，半晌不说话。

张梁急了，哎哎哎，到底怎么回事？可以告诉我们了吧？

4 号楼，2 单元，602 室，江雨燕，让她告诉你们！杨一淼一字一顿地说。

七

这天是周末，张梁一上午都打不通杨一淼的电话，下午就把车直接开到了杨一淼家楼下。他想，杨一淼把那点痛苦消化得差不多了，总会出来的。

案子办到现在，越来越接近真相。杨一淼已经帮他们证实了车上的血就是李坤山的。流了那么多的血，人活下来的可能性微乎其微，他们就集中力量找棒球帽。李坤山最近一年因为基本上没做项目，接触的人相对简单，除了酒桌上、牌桌上的应酬，就是偶尔去去健身房。排来查去，疑点集中在一个叫沈忱的小健身教练身上。说他小，是因为他只有 22 岁。沈忱在案发后就没了踪影，没和健身房的任何人联系过，手机也不开机。但张梁相信，是狐狸总会露出尾巴的，他已经布下了一张网，所以他并不焦虑。

他焦虑的是杨一森的状态。那天晚上看到江雨燕的第一眼，他就知道杨一森这回是真的中招了。这不仅是因为江雨燕漂亮，更重要的是江雨燕身上那股特能激发男人保护欲的娇弱和迷茫。所以，他也更能理解巨大的幻灭感带给杨一森的冲击。

太阳快落山的时候，杨一森终于晃晃悠悠地下楼来了。张梁打开车门迎上去，说，出来觅食的吧？走，咱哥俩儿喝一杯去。

大排档，烧烤，扎啤，一桌桌光膀子的男人，吆五喝六猜拳行令的声音，烟味酒味饱嗝味儿……辛苦的刑警们喜欢这种烟熏火燎、人气汹涌的地方，累了，迷茫了，在这儿一闹腾，喝个烂醉回家，踏踏实实睡一觉，第二天就又成了一个精气神儿十足的好汉。可杨一森不喜欢，他喜欢文艺范儿，这张梁是知道的。但是，他今天就是想找个混乱的地方，让他彻底地爆发一次，把心头的那点幻灭、那点创痛彻底地宣泄出来。在这里，谁也不会注意你是在哭还是在笑，你也不用担心被人看破心思，丢了面子。

几杯酒下肚，张梁说，我把江雨燕放了。

杨一森不看他，也没任何表情。张梁继续说，那天下午和李坤山前后脚出了酒店，她就打车离开了。在车上她打电话约一个小姐妹去步行街，然后在步行街逛街、吃饭，后来又去了酒吧，嗨到半夜 12 点多，接着就住在小姐妹家里了。因为那天和李坤山的约会并不愉快，她出门就关了手机，就是李坤山专门为她准备的供他俩单线联系的那个三星手机。后来她也赌气一直没开机，所以我们才一直查不到。近来他俩总吵架，起因是她要和他分手。那天在“茉莉花开”酒店，她说，这是最后一次来见他，希望他以后不要再找她。李坤山就急了，说，我他妈养了你十年，你说分就分啊？

张梁尽量用一种很平静的语气讲述着，但杨一森听到这里还是炸了。用自己十年的青春陪一个不能给她未来的老男人，他妈的这女人是怎么想的啊？就因为他有钱？他怒气冲冲地把一个啤酒杯狠狠地砸在地上。

是的，就因为钱。张梁继续说，她父亲患有严重的类风湿病，早就没了劳动能力。她母亲是被拐骗到他们村后，被迫和她父亲成亲的。在她八岁那年，母亲终于扔下她逃离了那个家。18岁时，她考上本市一所专科学校，上学期间为了挣学费到处兼职，在应聘售楼小姐的时候认识了李坤山。李坤山确实在她身上花了很多钱，给她交学费，给他父亲治病，给他父亲办丧事，给她买房，都是他掏的钱。李坤山也一直把这段关系隐藏得很好，除了几个心腹，没人知道她的存在，李坤山也从不把她带在身边。虽然给她买了房，但他基本上不去那房子，他热衷于在各个便捷酒店和她幽会，打一枪换一个地方，估计也是为了掩人耳目。这种来回奔波不见天日的相处方式，让她觉得疲惫和屈辱。有一天，她终于醒悟到李坤山根本没有离婚娶她的打算，就想离开他，可每次一提出来，李坤山就跟她算账，这笔账当然是她偿还不了的，日子就这样一天天挨下来了。一个多月前，她辞掉李坤山给她安排的工作，去东方大厦商场当营业员，就是为了向李坤山示威。李坤山一个多月后才知道她离开了朋友的公司，于是恼怒地约她去“茉莉花开”酒店谈谈……

杨一森摆摆手，让张梁别再说了。喝酒喝酒！去他妈的女人！

张梁也就不再说了，陪着杨一森一杯接一杯地喝。在两个人意识尚清楚的时候，杨一森问了一句：咱爸怎么样了？还在医院里？明天我该去看看他了。

捡回了一条命，但是口眼全斜了，半边身子动不了，剩下的日子得在轮椅上过了。我和老婆商量好了，等老爷子出院了，我们就搬过去住，陪着他。张梁红着眼睛说着，一仰头又是一大杯一饮而尽。

杨一森咕哝了一句，女人如衣服，兄弟如手足，就趴在桌上迷糊过去了。

八

江雨燕在刑侦大队走过一遭后就真的病了，头痛、发烧、咳嗽，接着又呕吐、腹泻，仿佛要把所有的病都得一遍。李坤山真的死了？她经常坐的那辆车也被一把火烧了？这就是报应吗？在昏睡中，她总是看见李坤山隔着一片烈焰，扬着血淋淋的双手冲她喊：是你，就是你，就是你这个没有良心的女人害死了我！他是杀人犯，你是他的同谋，同谋！

他是谁？沈忱吗？在刑侦大队，当她终于撇清了自己之后，警察一再问她还有没有什么情况需要交代的，她说，没有，真的没有了。她没提沈忱，她当时真的不相信这事和沈忱有什么关系。可现在，她却忍不住一遍一遍地想，沈忱最近太安静了，安静得让人害怕。

想起沈忱那张还没有完全脱去孩子气的脸，她的心就生生地疼。她似乎又听见沈忱在她耳边喃喃地说，姐，你离开他吧，离开他吧，和我在一起，我爱你，我会给你幸福的。而她狠着心说，我不爱你，我给不了你幸福，你也给不了我想要的，你走吧，别再来烦我！

她是真心为他好，她不想把这个单纯的大男孩拖进她千疮百孔的生活。他还那么年轻，他应该有属于他的生活，那生活应该譬如朝露，新鲜光亮。那日子里不该有她，一个比他大六岁的满目疮痍的女人。

这真是一桩孽缘啊，她想，无论如何，都是她害了这个男孩。

一切都源于今年的五一小长假。节前，江雨燕和李坤山又吵了一架，无处可去的她，就报名参加了本市一个户外组织在网上发起的溯溪活动。到了集合地点，江雨燕才发现，二十多人的队伍，人家都是三三两两地聚在一起，只有她和一个穿阿迪运动装、戴棒球帽的男孩是单着的，这个男孩就是沈忱。沈忱告诉她，他是被朋友放了鸽子，并问她，一个女孩子怎么会独自一人来参加这活动？江雨燕不想跟他多解释，就说，我要是有伴，你不就单着了吗？沈忱听了这话，显得非常高兴。接下来的三天时间，沈忱一口一个姐亲热地叫着，像个小跟班似的围着她转，帮她背包，教她打绑腿，帮她搭帐篷，还一路不停地给她讲笑话。

最后一个晚上，大家在溪边搭好帐篷，就在空地上烧烤，喝酒，唱歌，跳舞。第二天就要各自回家了，大家都有点伤感，很多人都喝高了，包括江雨燕。

沈忱的酒量显然比江雨燕大，当江雨燕摇摇晃晃地在人群中蹦着跳着的时候，沈忱一直拉着她的手，护着她。后来江雨燕说要去溪边数星星，沈忱就陪她去了。两个人坐在溪边的石头上，听着溪水奔流的清音，看着星星在深邃的苍穹眨眼，江雨燕不知不觉把头靠在了沈忱的肩上。不知道是什么时候，沈忱在江雨燕的耳边说，姐，天凉了，咱们回帐篷吧……

第二天，天边刚刚泛起鱼肚白，江雨燕就醒来了。营地静悄悄的，沈忱仍在旁边酣睡着。看着沈忱那张年轻光洁的脸，江雨燕死的心都有了。她怎么也想不起来，昨天夜里，一切是怎么发生的。

她把沈忱摇醒，对他说，忘掉这几天发生的一切，记住，你不认识我，我也不认识你！

沈忱迷迷糊糊地看着她，为什么呀？

没有为什么！江雨燕说完出了帐篷，再也不理沈忱。

回去的路上，沈忱一直像个做了错事的孩子安静地待着，没再缠着她说话。

回城后，江雨燕以为这事就过去了。没想到，沈忱从第二天开始，就天天给她发微信、打电话。江雨燕只好约他谈了一次，请求他从她生活中消失。沈忱说，为什么呀？我们在一起不是很愉快吗？你敢说你和我在一起不开心吗？江雨燕只好说，我有男朋友了！沈忱说不信，又说，你让我和你男朋友见一面，如果他比我更爱你，我就离开。

江雨燕怎么可能让他去见李坤山呢？于是，不死心的沈忱就开始跟踪她。终于有一天，沈忱发现，和江雨燕在一起的竟然是一个五十多岁有家室的男人，而且这个男人还是他们健身房的VIP。他因此变得更加疯狂，电话、短信、微信，不停地轰炸，甚至在路上堵她。

他现在在哪儿？警察会找到他吗？我该怎么办？江雨燕望着窗外白了又黑、黑了又白的天光，觉得自己正在等待世界的末日。

忽然，一阵沉闷的手机铃声从床头柜上传来，江雨燕不想接，可铃声一遍一遍地响着，不屈不挠。江雨燕突然有了一种不祥的预感，她挣扎着伸手拿过手机，看见的果然是那个熟悉的电话号码。她几乎是用全身的力气摁下了接听键，声嘶力竭地喊道：是不是你杀了李坤山？是不是？你怎么还不快跑？快滚呀，滚得越远越好，永远也不要回来，明白吗？你这个笨蛋！

电话那头，传来的却是一个异常平静的声音，姐，我想你，就是要跑，我也得见你一面。

九

警察几乎是和沈忱同时到达江雨燕家的。江雨燕虚弱地靠在墙边，眼睁睁地看着张梁和几个刑警把沈忱摁倒在地，戴上手铐。她没有看见站在门外的杨一淼，杨一淼也努力地不去看她。

沈忱被反扭着向门外走去，出门的一刹那，他突然挣扎着回过头来，朝江雨燕露出一个孩子气十足的微笑。江雨燕像是被这笑容击中，腿一软，沿着墙壁慢慢滑下去，没了知觉。

沈忱很痛快地说出了一切。

那天下午，他又一次跟踪到江雨燕和李坤山约会。在江雨燕离开后，李坤山从洗车场开车出来时，他便在路上截住了李坤山。他很客气地叫了声李总，然后说想跟他谈谈。李坤山也认出了这个健身房的小教练，完全没有防备就答应了，还应沈忱的要求让出了驾驶室，自己坐到副驾驶位置，让沈忱开车。这一段路因为远离监控探头，所以张梁他们无从知晓。沈忱把车开出了黑山卡口，没走多远，就把车停在路边，然后开始和李坤山谈判。李坤山一听这个乳臭未干的小子竟然是来和他抢女人的，立刻就火了，两个人因此发生肢体冲突。打斗中，年轻的沈忱居然被怒火中烧的李坤山扼住了脖子，情急之中，沈忱看见纸巾盒旁边有把水果刀。于是，他抓起水果刀就朝李坤山刺去。就这一下，刺中了李坤山右边颈动脉，血就像水管爆裂一般喷涌而出，没一会儿，李坤山就不动了。

黑山在落日的余晖中很快暗下来，周围一片死寂，飞鸟都没有一只，看见这一幕的只有沈忱自己。沈忱被自己吓住了。他在车上枯坐了几个小时才回过神来。事已至此，只能一不做二不休。他下车探了探地形，发现前面不远处的路边是一片坟地，而且有刚掩埋过亡人的新鲜坟茔。于是，他把李坤山的尸体移过去，在新坟旁边挖了个坑，把尸体掩埋起来。新坟边的土很松软，他没费多大劲就完成了这件事。

随后，他开着车下山，在刚才上车的地方找到自己的摩托车，用车上的塑料壶从摩托车油箱里抽出一壶汽油。提着油壶上了车，他就一直朝清河口方向开去。在河滩上，他用壶里的汽油把车内均匀地浇了一遍，又打开了汽车的油箱盖，然后退出去几步，打着火机，扔向敞开的车门。只听轰的一声，汽车立刻就被从四面八方蹿出的火舌吞没了。

十

三个月后，终于从这桩案子中解脱出来的江雨燕，决定离开这座城市。发生了这么多事情，除了逃离，她不知道还能怎么办。

离开的前夜，她给杨一淼发了条信息。杨一淼没有回复，她也不需要回复。对于她来说，这就是一个仪式，一个与这个城市，与过去的生活诀别的仪式。但她知道，这个爱穿白衬衣的男人从此刻在她心里了。想到这个男人曾经喜欢过她，给过她美好的念想，她就觉得这个冰凉的世界里还有一丝暖意，也只有这丝暖意能够支撑她把生活继续下去。

走的那天，她一个人来到高铁站。秋天了，已经有了很深的凉意，她的心境和这季节一般萧索。

在站台远远的一角，站着杨一森。杨一森不知道自己为什么要来，看着站台上江雨燕单薄的身影，他问自己：你还能继续爱这个女人吗？

不能。回答依然是这么肯定。一股尖锐的痛从心头掠过，他痛苦地闭上了眼睛。“花褪残红青杏小。燕子飞时，绿水人家绕……”江雨燕啊，此去何处是你的绿水人家？

他不知道是在问谁。等他睁开眼，站台上已空空如也。

错　爱

韩冬红

1

不胜酒量的苏琳娜喝高了，当她的发小安然和“胖墩墩”相拥唱《时间都去哪儿了》时，苏琳娜感觉眼中热乎乎的。

苏琳娜没打扰安然和胖墩墩，只跟几个不太熟悉的朋友道了别，有人起身寒暄着要送她，被苏琳娜谢绝了。她一个人通过昏暗狭长的通道，身上还真有点儿起鸡皮疙瘩，其实她心里明白，暗室里的男人，感兴趣的不是她这个年龄的女人，尽管40岁的她，肤如凝脂，身材窈窕，但岁月还是在她的眼角打下了深深的烙印，使那双好看的丹凤眼不再含情脉脉。左拐右拐，在距离大门口不远处，她看见几个穿着短、透、少的小姐，胸前挂着两个快要掉出来的肉团团，正用迷离的眼神等待着猎物的出现。

风亲吻着苏琳娜微红的脸颊，阳光咄咄逼人，迈出去的脚步像踩在柔软的棉絮上，两旁的银杏树被风骚的春风撩拨得面红耳赤，即便如此，它们依然目不斜视，像是用行动证明自己敢和柳下惠媲美。苏琳娜钻进车里，一踩油门却没朝家的方向走，径直去了位居近郊的三叶草植物园。桃花、海棠花、玉兰、迎春花，可着劲儿绽放，似乎谁不积极就会挨春天批评似的。她在湖边的凉亭坐下，湖水在阳光的照耀下闪动着如碎银子般的光芒，她喜欢这样的风景，明亮，生机勃勃。

从 KTV 躲出来，苏琳娜是想正儿八经地回忆下她工作、生活过的那座小城，20 年的时光把她伤得体无完肤，近一年的心疗，伤口基本愈合，乃至想起发生在那里的恩恩怨怨时，像看一场老电影，偶然会为故事中的男女主人公哀叹一下，一转身就烟消云散。

2

苏琳娜记得，一年前的那个上午，她刚把车停好，几乎与她前后脚到办公室的还有两名穿着制服的警察。高个儿的苏琳娜认识，姓韩。另一个瘦警察苏琳娜总觉得在哪里见过，可想不起来。

“这是我们韩队长，我叫马建新。”

苏琳娜有点吃惊地看着姓韩的，笑嘻嘻地说：“升队长了？请客吧？”

韩队长不接苏琳娜的话茬，反而对马建新说：“我和苏主任是老交情了。苏主任，你说是不？”

苏琳娜点了点头。多年前，苏琳娜所在单位财务室被盗后，姓韩的作为一个刚参加工作不久的小民警参与了办案，苏琳娜是最后一个被取证的。当初警察把宝押在她身上，原因是小偷留在现场的两枚大拇指指纹为弓形，而苏琳娜的十个手指的指纹全部为弓形。苏琳娜被带到刑警队接受调查，那时引起了不小的轰动。单位人说，别看她一副大家闺秀的样子，谁知背后干这种事。就在此时，姓韩的在窗台外面发现半枚篮球鞋足迹，后经过技术人员复原，发现那是环球牌篮球鞋所留，鞋码为42号，才排除了苏琳娜作案的可能。为此，苏琳娜很感激姓韩的。一年后，苏琳娜嫁了人，发现姓韩的竟和她婆婆住一个医院，再见面后，便成了打招呼的熟人。

苏琳娜一边泡茶，一边自我调侃："不会是我们单位又被盗了吧？"韩队长脸上的笑有点尴尬，让苏琳娜有点丈二和尚摸不着头脑，她心想，单位到底出了啥事，怎么人家警察直接跑来找自己了？正狐疑，韩队长用一口标准的普通话告诉苏琳娜："蒋钦出事了！"

刚端起水杯准备放到韩队长和马建新跟前的苏琳娜，被这突如其来的话惊得把水洒了一地。

"他一个大省长，能出啥事？"苏琳娜看着韩队长的眼睛。

"昨晚被人杀死在宾馆里。"

苏琳娜重新给韩队长的纸杯中续了水，继续开着玩笑："咱可不兴这么咒人啊！"

"这种事，谁敢！"

苏琳娜知道韩队长和马建新不会一大早跑来跟自己开玩笑。此刻，韩队长的表情更严肃了。

苏琳娜的脸色苍白，险些瘫坐在椅子上，她向他们解释说，自己早晨没吃饭，想必是低血糖了，说完，擦拭着额头渗出的汗。

苏琳娜觉得，眼前韩队长的五官渐渐在模糊，她好困，困得一头栽倒在桌子上。再醒来时，她发现自己躺在医院里，除两个警察外，王厂长、孙廷以及刘阿姨都来了。看苏琳娜醒来，刘阿姨抚摸着她毫无血色的脸，说："小娜，你可醒了，把阿姨吓坏了。"苏琳娜看了看刘阿姨，见她眼睛红红的，显然刚哭过。

王厂长和孙廷的情绪很低落，苏琳娜猜，警察一定跟他们说了什么。

"你们先到外面等一下，我们有事要问苏琳娜。"韩队长黑着脸，把陆陆续续来医院看苏琳娜的人"请"到了门外。苏琳娜看着韩队长和马建新布满血丝的眼睛，一问才知道，自己昏睡了三天三夜，在这三天三夜里，韩队长和马建新一直在等着她醒来。

苏琳娜猜到警察无疑是想从她这里打开切入口。

“小苏，咱们也算是熟人，就不绕圈子了。你和蒋钦最近见过面没?”

苏琳娜看到马建新在一旁握着笔，桌子上还铺了纸，不用说，他肯定是在记笔录。苏琳娜的二叔是警察，小时候她成天去他单位玩，对这个不陌生。

苏琳娜平静地回答：“见过，4 月 15 日。”

“怎么记得这么清?”

“我去省城开会回来。”

“那天他的精神状态如何?”

“人逢喜事精神爽。”

“什么意思?”

“我猜的。”

警察就是警察，反应快得像警犬嗅到了可疑气味似的，紧咬着苏琳娜不放。

“你刚才说蒋钦‘人逢喜事精神爽’是什么意思?”

苏琳娜用幸灾乐祸的口吻回答：“他蒋钦当了副省长，难道不是人逢喜事?”

“其实，我们已经知道你们是什么关系。”马建新冷不防地抛出这么一句话，让苏琳娜有点儿尴尬，很快她轻描淡写地说：“即使街坊邻居遭遇了这样的不幸，心里也会难过，况且我与蒋钦是好朋友。”说完，苏琳娜又抹了一把淌出眼角的泪水。

马建新看了一眼韩队长，韩队长点了点头，马建新便戴上白手套，从挎包里取出手机，握在手里，让苏琳娜看里面的短信。

“老婆”：真是天大的笑话，我不想把幸福建立在另一个女人的痛苦之上，所以没提出让你离婚，为了不让你左右为难，我打掉了我们的孩子……

“我”：什么？你打掉了我们的孩子？这更证明你不爱我。

“老婆”：一句对不起，能换来我这么多年的爱情？

“我”：真的对不起，是我背叛了我们的爱情。

“老婆”：你准备跟她结婚吗？

苏琳娜好奇地问马建新：“让我看这些干什么？”

“小苏，这‘老婆’的号码不是来自你的手机？”

苏琳娜有些愠怒，她甩给韩队长和马建新一句“开啥玩笑”后，把目光投向了窗外。

韩队长一根接一根地抽着烟，把苏琳娜呛得干咳起来。

马建新也加入咳嗽的行列中，他一边咳一边拉开门，看样子，他是想到楼道里透透气。韩队长不得不熄灭手中的烟。

苏琳娜摆弄着手机，她看似心平如镜，实则波涛汹涌，就在此刻，手机响起，她下意识一看，心一下子提到了嗓子眼儿，继而眼泪夺眶而出。

马建新推门进来，看着苏琳娜，用手指了指她的手机，示意她接电话。苏琳娜抽抽搭搭地稳定了半天情绪，没再等韩队长和马建新把话点明，讲起了她和蒋钦的恩恩怨怨。

3

苏琳娜和蒋钦成了情人，尽管在某些意义上她和他都不承认，因为他们称呼对方为“爱人”，其观点是只有相爱的人，才能称为“爱人”，妻子就是妻子，丈夫就是丈夫，绝不能混淆称谓。

苏琳娜单位生产的玻璃钢以及附属产品远销欧美和东南亚国家。蒋钦是厂长助理，工作不算忙，每天到苏琳娜办公室，那时候苏琳娜是车间副主任。像一个人喜欢抽烟，光顾烟酒摊的机会总比光顾书店的次数多。他们有说不完的话题，如新华书店新上市的书，电影院公演的电影，乃至热播的电视连续剧。后来二人发展到不管有人没人，蒋钦都会毫不顾忌地拿起毛巾为苏琳娜扫去背后的尘埃，有时候还会拿起指甲刀，小心地剪去苏琳娜丝巾刷出来的线。当然蒋钦也会拿着新买来的衣服，让苏琳娜扦裤边、钉纽扣。

做这些时，他们全没一点造作之感。

苏琳娜信任蒋钦的最初原因是，1990 年刚上班的头两个月，那时支部黄书记总喜欢往厂化验室跑，并且对苏琳娜说些不着边际的话，有次竟然以跟苏琳娜商量“五四”活动为由，把苏琳娜叫到他办公室，对她动手动脚。苏琳娜摔门离去，恶人黄书记马上告诉了王厂长，说苏琳娜这个女孩不检点，想通过不正常的途径调到团支部。王厂长信以为真，把苏琳娜叫到办公室一顿旁敲侧击，说年轻人一定要具备吃苦耐劳的精神，不能挑肥拣瘦等。苏琳娜听出弦外之音，一个劲儿点头称是，待之后黄书记再叫她去办公室时，苏琳娜就马上拐到厂办公室，对蒋钦说：“过十分钟去黄书记办公室叫我，就说我妈打来长途了。”

果然，蒋钦在黄书记交代完工作，准备对苏琳娜说点“工作以外”的事时，来敲门了，把黄书记气得难以言状。

就这样，蒋钦无意中成了苏琳娜的保护神。

一切似乎是上苍安排好的，这一年深秋，离婚后的苏琳娜因急性肠胃炎住进医院。单位派婷婷照顾她，这丫头眼里没活儿，苏琳娜让她买点儿吃的，她一去半天不回，回来后两手空空。倒是蒋钦，知道苏琳娜住院，在苏琳娜手术后，吃的用的买来一大堆，坐在苏琳娜的床头关切地问长问短。

苏琳娜一向注重形象，两天没洗的长发像一团乱麻纠结在一起，似乎还能闻到身上浓重的汗味。她一再催促蒋钦快走，谁知蒋钦卷起袖子端起脸盆出去后，不一会儿，端来一盆热水，娴熟地把毛巾试探地放进水中，使劲拧出毛巾中多余的水后，递给苏琳娜，示意她自己擦擦出汗的地方。苏琳娜摆摆手，蒋钦索性拿起毛巾帮她擦洗。

“看人家这男人对媳妇多好，再看你。”

“是是是，媳妇，我跟他学。”

“好啊，还不快去给我买吃的去。”

苏琳娜听见挨门口的那对年轻夫妇的对话，不由得脸红到了脖子根儿。她不好意思看蒋钦，蒋钦像没听见似的，端着脸盆走了。

就这样，在其他病友眼皮底下，蒋钦帮苏琳娜洗了到腰际的长发，又洗了那双穿 38 码鞋子的大脚。

这样的待遇，苏琳娜曾经在怀儿子时享受过，她前夫孙灏虽然语言能力表达差，但行动上绝对无懈可击，这也是苏琳娜跟他生活多年从不防备他出轨的主要原因。

孙灏想娶回家的女人是苏琳娜的同事汪晓菲，汪晓菲比苏琳娜小十岁，没上过大学，父母离异，跟着叔叔长大，可人长得漂亮，尤其那眼神，活脱一个范冰冰，但她比冰冰还妖媚。苏琳娜一直搞不懂，她那老夫子一样的老公怎么会看上这小狐狸精，莫非汪晓菲是报复她？之前小妮子总是穿着刚盖住屁股的超短裙在办公室里晃来晃去，有时候还敢站在办公室主任面前秀那双性感的大白腿。苏琳娜说过她，说她一年轻女孩还是穿得保守一点好，要不会让那些不正经的男人对她想入非非。

令苏琳娜想不到的是，这丫头片子不但没脸红，反而肆无忌惮地大笑起来："苏姐，你一定是妒忌我年轻时尚了，要不然怎么能说出这么老土的话来？"

苏琳娜本来出于一片好心，不料遭到这样的质疑，只好怯怯收兵，从此她与她老死不相往来。

真是冤家路窄，一向蔑视妖媚女人的孙灏竟和这个女人走到了一起，蒋钦不同，他不但语言表达能力强，还颇会哄苏琳娜开心。

还是苏琳娜年轻的缘故，拆线时，医生说，她的伤口愈合得非常好。可苏琳娜把这一切归结于蒋钦的功劳，总想有一天加倍回报。出院时又是蒋钦帮苏琳娜收拾东西，送她回家后，蒋钦跑到超市买来禽蛋肉，自己下起厨来。

冥冥之中，总有人为苏琳娜和蒋钦的关系起推波助澜的作用。就在苏琳娜病愈后上班没多久，蒋钦在外地的几个同学来找他，他带着苏琳娜和他们一起吃饭。几个同学劝苏琳娜喝酒，蒋钦端过去一饮而尽。他们用异样的眼光看着蒋钦，说："你当老大多年，从来没替女同学挡过酒，这到底是中了什么魔？"蒋钦除了咧嘴一笑，不作任何解释。那晚大家都喝了很多酒，蒋钦开车送同学回宾馆后，送苏琳娜回家。

“晚上我不回去了，住你那儿?”蒋钦从来没开过此类玩笑。苏琳娜故意嗔怒道：“休想。”谁知苏琳娜开车门的瞬间，蒋钦拽住了她的胳膊，没等苏琳娜回转头，一个吻便落在苏琳娜的玉腮上。那一刻，苏琳娜没有吃惊，反而放纵着蒋钦的荒唐，因为在她心里，这一天是她久久期盼的。

从那以后，一种新的情愫占有了二人过去的友情。

4

苏琳娜眼前不断有个影子在晃动，她中等个儿，圆脸庞，小眼睛，身材扁扁的，除去皮肤白皙外，整个人说不上美，但很有女人味，是哪种味道，苏琳娜也说不清楚。

这个人就是胡丽丽。一想起胡丽丽，苏琳娜心里就愧疚不安。苏琳娜儿子小时候三天两头闹嗓子，是儿童医院的常客，胡丽丽是呼吸科的护士长，说话柔声细语，对苏琳娜亲得跟姐妹似的。最近几年，因蒋钦工作忙，胡丽丽在家当起全职太太。苏琳娜听蒋钦说，当初他追求她，是因为岳父是他大学老师，对他不薄。蒋钦家在外地，父母又都是汉中的农民，家中兄妹多，可谓无依无靠，在得到老师的暗示后，他对胡丽丽发起了进攻。有准岳父从中牵线，很快蒋钦就娶到了她。

那天，窗外下着毛毛细雨，她窝在沙发上看韩剧《浪漫满屋》，当看到男女主人公缠绵悱恻的情景时，自然少不了哀叹，哀叹曾经把她当成手中宝的孙灏如今把别人捧在手里，也哀叹蒋钦终究不属于她一个人。

为了不使自己不愉快，苏琳娜换了电视频道，她喜欢看《法治在线》一类的节目。屏幕上，警察正在提审穿着囚衣的女人，女人长得慈眉善目，一点儿也不像犯了罪的人。字幕介绍：她操刀向亲夫。

面无表情的警察说：“就这样，你把他杀了?”“是的，我在他的酒里放了安眠药，等他一动不动后，我跑到厨房拿起菜刀，冲他脖子一阵乱砍。墙上、地板上都是血，可我还是感觉不解气，又把他分解了，我把他身上的烂肉喂了他喜欢的黑贝，用编织袋装好骨头，第二天趁天黑，我借了楼下孙阿姨的电动三轮车，带到七星河，见没人时丢在了河里。我恨他，他一再地欺负我，当我是傻瓜。要不是你们找上门来，我还准备把那骚货也杀了呢！”

人说，不做亏心事，不怕鬼叫门。苏琳娜心生暗鬼，自然害怕，一闭眼，仿佛看到胡丽丽拿着一把手术刀冲向她，吓得出了一身冷汗。第二天蒋钦到办公室看她时，她推说有事出去，把蒋钦丢在了一边。

苏琳娜想悬崖勒马。好几天，连蒋钦发的短信，她也一律不回。

5

3 月的华北，风吹起的号子还带着几分冬日里的猖狂。蒋钦打通了苏琳娜的电话，说他站在她家不远处的十字路口。苏琳娜确实从手机听筒里听到了楼下传来的杂音，知道蒋钦没说谎。

“为什么躲着我？我哪里做错了让你这么折磨我？你说出来，我改，行不？”

“你没错，错的是我们在错的时间爱上了对方。”苏琳娜怯怯地说。

“两个人相爱，有什么错？何况你并没破坏我的家庭。”

苏琳娜无言以对。

“如果你不说话，今晚我就在这里一直站下去。我从来没有为任何一个女人动过情，即便是追她时也没这样。”

苏琳娜被蒋钦的这番表白感动得流下两行幸福的泪水。她心想，一辈子能有这么一个人爱自己，就是上刀山、下火海，还有什么遗憾呢？

“你回去吧，别感冒了，这样让我心疼。”这句话绝对发自苏琳娜的内心，并非在那晚，前几年将近春节时蒋钦高烧不退，苏琳娜心疼得坐卧不安。

蒋钦对苏琳娜说“我爱你”时，苏琳娜像是在梦中，甭看孙灏追苏琳娜时如火一般热烈，可从没说过这三个字。

当年，孙灏死缠烂打地追求苏琳娜，苏琳娜住单身宿舍，一下楼，一准儿会遇到孙灏捧着刚出锅的煎饼果子等着。这不说，苏琳娜换下来的衣服没来得及洗，孙灏抱回家洗干净后给她送回去；苏琳娜这边打个喷嚏，那边孙灏马上递过餐巾纸。

开始，苏琳娜对孙灏并不感冒，她不喜欢笨嘴拙舌的男人。谁知同寝室的刘丽知道后，劝她说：“此男一看就知道是个老实人。”苏琳娜问：“有何根据？”刘丽说：“你看他对其他异性不看一眼。”多年后，刘丽一直在苏琳娜跟前忏悔，说真不该以貌取人。苏琳娜不怨刘丽，她相信，孙灏的举止搁哪个女孩子身上，那个女孩子都会被感动得一塌糊涂。

苏琳娜自认为下嫁给了孙灏，一是孙灏的学历没苏琳娜高，二是孙灏家境没苏琳娜家优越，三是孙灏的个头比不穿高跟鞋就有1米7的苏琳娜高不出多少。好在婚后孙灏用其他方式弥补了苏琳娜，所有的家务苏琳娜没动过手，乃至儿子出生后她自己都没带过一天。特别是公婆，打苏琳娜进门那刻起，拿她跟亲闺女似的，婆婆手巧，光开司米毛衫婆婆就给她织过好几件，每件款式和花型都不同。公公在世时做得一手好菜，一天三顿吃什么都是苏琳娜钦点，苏琳娜感觉自己就是集三千宠爱于一身的杨玉环。

6

蒋钦把苏琳娜心中的缺憾补得严丝合缝，难怪苏琳娜把蒋钦看成她生命中怒放的玫瑰。

“我，我，那个啥，回去吧。”不知为什么，那三个字苏琳娜很难说出口，或许是因为她自幼没有接受过这方面的熏陶。她妈妈就是这样内敛、保守、不解风情的女人，这是苏琳娜的爸爸对她妈妈的评价。遗传基因真起了作用，到了苏琳娜这儿，她竟然对男人连句时尚的“我爱你”也不会说。在苏琳娜看来，一句“我爱你”后面是对对方要承担起一辈子爱他（她）的责任，爱一个人，是让他（她）幸福，而不是一时的言欢。

蒋钦很自信，甚至有些霸气。他的观点是：“我相信，总有一天你会亲口对我说‘我爱你’。”为了这个观点，单纯的苏琳娜再一次感动得一塌糊涂。

人说，上了年纪的人恋爱就像老房子着火——一发不可收拾。果然如此，苏琳娜变了，变得像春天里乍开的花，她以前最不爱参加厂里的集体活动，说那些与她无缘，她喜欢安静，可后来厂里组织的各种活动她场场不落地参加。

那一晚，厂里组织了平安夜化装舞会，苏琳娜换了一套男装参加。当她头戴礼帽，身穿长款风衣，用一副墨镜遮住她那双丹凤细眼，神秘兮兮地出现在霓虹灯下时，惊艳了那些男男女女。实验室的邢小凤索性挽起苏琳娜的胳膊，苏琳娜“高大英俊”，邢小凤娇小玲珑，她们随着《神秘园》的旋律，跳起了华尔兹。苏琳娜和小凤轻松、标准地完成了轻柔灵巧的倾斜和摆荡、反身和旋转动作以及各种优美的造型，把华尔兹既庄重典雅、舒展大方，又华丽多姿、飘逸欲仙的独特风韵展现得淋漓尽致。

苏琳娜不知道那一曲华尔兹收到了多少赞美，但她知道，那一晚她如此自信，是因为有了蒋钦的爱。

蒋钦对王厂长说：“是小苏，一定是她。”

王厂长一个劲儿摇头，他对蒋钦说：“绝对不是，你没看他分明是个男的？”

“如果她不是苏琳娜，明天中午我做东，叫上苏琳娜去聚仙楼。”

“好，小蒋，你说的，不能反悔啊。”年龄一大把、性格极其随和的厂长跟蒋钦勾起小拇指，这些都被苏琳娜收入眼帘。苏琳娜知道，不论她怎样变换装束，都逃不过蒋钦的眼睛，他是真的在乎她。

“先生，请摘掉您的眼镜，好吗?”蒋钦以款款君子的模样走到苏琳娜跟前，那火辣辣的眼神，写满了炽热：“再怎么化装，我也能认出你，爱死你了。”

苏琳娜内心一阵狂喜，继而摘下眼镜。

“哇，果然是小苏啊，小苏，你的舞跳得这么好，也教教咱厂子里的大姑娘、小伙子呗。”不等王厂长话音落地，年轻的男孩女孩就向苏琳娜簇拥过来。

钢化车间副主任章通钢起哄道：“不行，也得教教我这老爷们儿。”蒋钦上前搂住了苏琳娜的腰，扯着嗓门大叫：“都别起哄，小苏是我的舞伴，以后谁都不能跟她跳。”

“那不行，‘他’是我‘男朋友’!”小凤把蒋钦推到一边，重新挽起苏琳娜，俨然一副小鸟依人的幸福状。

“瞧人家小苏扮男人竟然如此英俊潇洒，羞煞我这老头子了。”王厂长对坐在他身边的章主任说：“人家小苏可是窈窕淑女，你没看见咱蒋助理正要君子好逑吗?”章主任刚翻阅了《诗经》中的《关雎》，也不问是不是这个意思，就开始卖弄了。

“哈哈哈，蒋钦有这档事?”

“没错，王厂长，人家蒋钦关心苏姐，那是有目共睹的。”不知啥时候厂办公室的封君君也掺和起男人的话题。

7

舞会不久，内心的孤独很快向苏琳娜袭来，白天忙碌的工作使她无心考虑自己，到了夜晚，寂寞才乘虚而入。

“轰隆隆，噼啪”，那声拉长了“噼”声缩短了“啪”音的雷，似乎要把苏琳娜的房子震垮，而后冷不防的一阵闪电似一条白蛇钻进中厅，把苏琳娜吓得用被子捂住头。

“叮零零，叮零零”，电话铃声传进苏琳娜的耳朵，她猜不准谁打的，父母一般在晚饭时打电话，儿子这个点儿恐怕还在写小山一样的作业。

电话铃声依旧此起彼伏，可比起响彻云霄的炸雷，显然是小巫见大巫。

“轰隆隆，轰隆隆隆”，雷电似乎向远处挺进，苏琳娜接了不曾休止的电话。窗外，雨宛如一个受了极大委屈的女人，使劲儿哭着、宣泄着。

“咋回事呢？不接电话？”

听到是蒋钦的声音，苏琳娜委屈地说：“我怕打雷。”

“你关好窗户了吗？”

“我不会关窗，我要你来，我怕。”苏琳娜像个孩子似的边说边哭，她的无助让她格外希望蒋钦能在此刻出现。

似乎蒋钦就在门外，在苏琳娜放下电话的瞬间，门铃响起，苏琳娜跑过去，从猫眼中看清是蒋钦，她打开防盗门的一瞬间，投入蒋钦宽阔的怀抱中。

那夜，苏琳娜成了蒋钦的女人。

雨停了，阳光从窗帘后面如万把宝剑插进来，刺得苏琳娜顿时闭上双眼。蒋钦翻身下床，将苏琳娜拥到怀中，动情地说：“答应我一辈子在一起，好吗？”“岂止一辈子，来生我们早点相爱。”

和所有相爱的男女一样，这对男女大有一日不见如隔三秋的感觉。每次苏琳娜和蒋钦缠绵，都有一种负罪感，蒋钦更爱她了，在蒋钦看来，苏琳娜越是这样，越说明她心地善良。

晚上嗜睡，早晨恶心，经验告诉苏琳娜，她怀孕了，一丝喜悦掠过她的心头。半年前，蒋钦的女儿生下没满月，因先天性心脏病夭折。苏琳娜曾劝蒋钦，不妨趁年轻赶紧再生一个，蒋钦动情地说：“我要我们的孩子。”

凭苏琳娜父母的经济条件，别说苏琳娜生一个，就是生两三个都养得起。问题是苏琳娜不想孩子一出生就没名没分，这会让孩子一辈子抬不起头来。苏琳娜的房东就是个私生女，她说，她小时候可没少挨同学骂，人家骂她是野种，还骂她妈是公共汽车——谁都载。

眼看肚子里的孩子一天天地长大，一天到晚呕吐不断，苏琳娜担心被单位的人知道后影响蒋钦的前途，蒋钦此刻正准备着党校的研究生答辩。

苏琳娜转念一想，自己不能把幸福建立在另一个女人的痛苦之上，狠狠心去了医院。躺在冰冷的手术床上，恐惧让她始终绷紧着身体。长相酷似相扑运动员的一位女医生多次提醒苏琳娜放松，不然无法扩开宫口，更拿不掉孩子。苏琳娜流泪了，胖女人很吃惊，她说，生育过的女人，按说不该这样紧张。苏琳娜说，她害怕，胖女人小声嘀咕道："早知今日，何必当初！"声音虽小，却像是引燃炸弹的导火索。

"你有完没完？我他妈不怀孕，你还有饭吃？"骂完，苏琳娜吃了一惊，自己哪来的火气，竟开脏口？

胖女人见苏琳娜像泼妇一般，急忙道歉："咱们都是女人，还不是看你可怜，心疼你。"苏琳娜见胖女人态度软下来，也就不再言语。

做完手术，苏琳娜没敢回家，她知道，做流产和坐月子一样，需要人照顾，于是向单位请假，说她母亲身体不适，便驾车回了省城。

爸妈见苏琳娜在既不过节也没什么特殊事情的时候回到他们身边，很是惊奇，尤其是苏琳娜的妈妈，那双像 X 光一样的眼睛恨不得看到苏琳娜心里去。

"吵架了？"

"没有。"

"那孙灏怎么没跟你一起回来？"

"我们闹了点别扭。"

苏琳娜与孙灏离了两年，与蒋钦好了一年，苏琳娜的母亲竟然没有察觉到。她每次问起女婿，苏琳娜不是搪塞说孙灏单位忙、出差了，就是说单位派孙灏去了国外。长着一张娃娃脸、留着满头自来卷的苏妈妈不仅信了闺女的话，还一个劲儿叮嘱闺女："孙灏忙，你一定要支持他的工作，可不许给他添乱啊！"

每到此时，苏琳娜赶紧答应着："是，是，我亲爱的母亲大人，我一定做个好妻子。”

苏琳娜自己也明白，如果没有蒋钦，她的精神早被摧垮了，绝不可能在母亲面前表现得像个没事人一样。这次流产，她的苦水是向心里流的，这是不能对任何人诉说的秘密，她更清楚，如果父母知道他们的乖女儿怀了别人的骨肉后，说不定会当场气晕。

三天后，苏琳娜正在厨房煎鱼，她妈跑到厨房对苏琳娜说：“孙灏给你来电话，我接了他不吭声。”苏琳娜知道不是孙灏的电话，怕被妈看出破绽，急忙跑到中厅。

“小娜，你看人家孙灏主动给你打电话，定是向你道歉的。赶紧给他打过去，就说，妈想他了，让他回来一趟。”

“好，我一会儿就打。”

苏琳娜一边答应妈妈一边开动脑筋想辙。

“老公啊，对不起，我不该耍小孩子脾气，离家出走。妈想你了，你若是单位能走开，就回来一趟吧。好了，我正煎着鱼，不跟你说了。”不等“老公”开口，她就收了线。

苏琳娜说话节奏快得吓人，把她妈笑得前仰后合。

长这么大，苏琳娜没对妈妈撒过谎。她小时候用爸爸的印泥换了小莲一块橡皮，爸妈看见后，问她哪儿来的橡皮。苏琳娜撒谎说，新兵连叔叔给的。她爸爸追问是哪个叔叔，苏琳娜说不出来，她爸就把她关到黑乎乎的小仓库让她反省。从那以后，苏琳娜就不敢再在父母面前撒半句谎。

可多年后，她妈想不到，苏琳娜会说谎了，不但当着自己的面撒谎，还撒得天衣无缝。

苏琳娜不敢与妈妈对视，放下电话，边说“我的鱼，我的鱼”边跑进厨房，再摸自己那颗心，仿佛要跳出来似的。午餐后，她给“老公”（蒋钦）发去信息，告诉他，自己在老家，千万不可以再打电话。

一个月后，苏琳娜回到单位。蒋钦下班直接去家里，苏琳娜钻进厨房做晚饭。蒋钦从后面拦腰抱住苏琳娜，一口一个“宝贝”地喊着。苏琳娜听到了蒋钦鼓点一样急促的心跳，清楚那意味着什么。她努力挣脱蒋钦的怀抱，去了卫生间。蒋钦以为苏琳娜在为做那件事而准备，竟然跟着去了卫生间。

“怎么又来了？不是早来过了？”

“没，就是不规则见红。”

“去医院检查一下吧？”

“去过了，医生说有炎症。”

流产这件事算是被苏琳娜糊弄过去了。苏琳娜不想以此事作为稳定她和蒋钦关系的纽带，在她看来，蒋钦一个农家子弟，走到这一步不容易，她不能毁了他。

8

苏琳娜和蒋钦出入商场，出入公园，从没避讳过任何人，在苏琳娜临时居住的左邻右舍看来，她和他是一对模范夫妻。

如果不是待苏琳娜如亲闺女似的婆婆大人突发脑出血，苏琳娜这辈子和孙灏是没机会站在同一屋檐下的。孙灏自幼娇生惯养，没有体验过生活的艰辛，在大事面前，更像只无头苍蝇。他厚着脸皮求苏琳娜，苏琳娜本想拒绝，但一想到婆婆对自己的好，就急忙赶到医院。她跑前跑后，给婆婆端屎端尿，喂水喂饭，而孙灏爱的那个女人却不知道跑去了哪里。这多少让苏琳娜有点心不甘，她真希望那个女人以一个准儿媳的身份出现，那么她苏琳娜就可以名正言顺地离开了。

苏琳娜婆婆出院后，她又请假伺候了婆婆两个月，后赶上单位竞争上岗，花钱给婆婆雇了保姆，算是卸了责任。好在苏琳娜的儿子读的连读班，从小学到初中，平常住校，每个月回家一趟，并不影响苏琳娜的工作和生活。

婆婆这一折腾，孙灏竟良心发现，有一次，他竟跪下来求苏琳娜原谅他，还说他心里从没忘了她，说着上前搂抱苏琳娜。苏琳娜向后转身，孙灏扑了空，他索性单腿跪地，握起右拳，发起毒誓：

“我孙灏过去对不起苏琳娜，从今天起，我只爱她一个人，如违愿，天打雷劈！”

苏琳娜没被那铮铮誓言所感动，反而感觉孙灏像小丑一样，令人作呕。

苏琳娜把孙灏想与她复婚的事告诉了蒋钦，蒋钦沉思半天后，说：“老婆，我尊重你的选择。”

与孙灏复婚的事被苏琳娜一拖再拖，着实说，她很矛盾，她爱她的儿子，虽然孙灏伤害过她，但他毕竟是儿子的亲爹，她想看在孩子的分儿上忍下这口怨气，可她更舍不得蒋钦。蒋钦无论到哪里去都想着苏琳娜，让豆腐渣年龄的她感觉又回到了恋爱时期。蒋钦去浙江舟山开会，专门绕道杭州西湖，买了苏琳娜喜欢的团扇、丝巾和双面绣，蒋钦还说，他在三生石前已经许下了诺言，愿他们生生世世在一起。蒋钦还是个心细的人，有时让身为女人的苏琳娜都感到惭愧。“老婆，今天天气有点冷，记得多穿件衣服。”“老婆，我今天晚上和同学聚会，放心，不会喝多，你晚上回去不要凑合，熬点小米粥，去楼下超市买两个馒头，明天早晨起来用鸡蛋煎一煎。”“老婆，我看上一个手镯，兜里没带多少钱，别嫌不好。”

苏琳娜是那种轻易被满足的女人！读大学时，她爱上了英语老师王奎。王奎来自贫穷的赣南农村，苏琳娜生日那天，他花 5 块钱买来一个镀银戒指，套在苏琳娜的无名指上。痴情的苏琳娜硬是把镀银戒指看作定情物戴了四年，直至大学毕业时，王奎父母追到省城说，他们二人门不当户不对，必须分手。

9

刘阿姨常到苏琳娜办公室，有时送来黄豆猪蹄汤，有时送来猪肉韭菜饺子。刘阿姨劝了苏琳娜多次，她说，她小姑子女婿年轻时人长得帅，还是个人事局的小头头，外面有女人，还跟人家生了一男一女。小姑子女婿不当官后，不仅女人变了心，就连那身上流着他的血的两个孩子都不再认他这个爹。小姑子女婿气得住进医院，小姑子又把这个破烂儿捡回了家。刘阿姨还说，男人的激情也就几个月，早晚得回到老婆身边。

苏琳娜很感激刘阿姨，不管工作有多忙，都会开车把老人送回家，路上还不忘给她买点牛奶、蛋糕、水果一类的东西。

通过竞争上岗，苏琳娜补上了钢化车间主任的空缺。

人说恋爱的女人智商为零，这点苏琳娜是多年后才体会到的。她知道，自己这个“车间主任”跟已是副厂长的蒋钦比啥也不算。有一天，苏琳娜趁蒋钦看足球上劲时，开始拿话试探他：“女人越老越不值钱，男人越老越像古董。”

蒋钦嘿嘿一乐：“那可不，我后面跟着一个排呢。”

苏琳娜立刻来了一个诱敌深入：“看来是有目标了？”

“别瞎说，我这辈子除了你，心里再装不下任何女人。”

蒋钦边说边把苏琳娜搂在怀中。苏琳娜信以为真。

10

韩队长和马建新没有表现出一点儿不耐烦，他们似乎在听苏琳娜讲韩剧里的情景。

一天午后，苏琳娜借口说同学住院，去医院探望，便驱车风驰电掣地向郊外狂奔，她想找个没人的地方发泄一番，原因是和蒋钦闹了点小矛盾。她刚到市边，一条狗疯了似的冲马路对面飞奔，自幼怕狗的她急打方向盘，但还是听到了一声惨叫，她的伊兰特撞到了路边的柳树上。

苏琳娜失魂落魄，大颗大颗的眼泪滚落下来。狗主人来了，是个40岁左右，胸前文着一条张牙舞爪的青龙的彪悍男子，苏琳娜害怕这种人，尤其看见他掂起路边半块砖向她走来的时候，已经做好了被猛砸几砖的准备。谁知中年男子举起砖头狠狠砸向汽车车头，这让苏琳娜一下子把心放进了肚子里。她不是一个视财如命的人，从小被爸爸灌输，命比钱重要一百倍，乃至一千倍一万倍，没有命一切都是零。

在中年男子之后赶来的是一位肥臀巨乳的少妇，嘴唇抹着猩红的口红，眼圈涂抹着蓝色的眼影。大概是看到苏琳娜的车子的惨状，她拽起中年男子，又掂起跟血色毛绒围巾一样的爱犬大摇大摆地走了。苏琳娜从反光镜中看见狗主人走远，才打开车门保险，从车里钻出来，当她看到滴了满地的机油时，索性一屁股坐在树下。

从单位出来时还万里无云，谁知瞬间天降大雨。那一刻，苏琳娜认为自己是天底下最倒霉的女人。她呆呆地坐在车里，过往的司机扭头看看她，又摇摇头，在他们看来，这女人真蠢，没事往树上撞，真是有钱烧的。

苏琳娜的头已经由隐隐作痛到疼得像被铁榔头砸，她知道，自己犯了老毛病。小时候，苏琳娜跟着奶奶的时间比跟她妈还多，有一次，她手里举着鸡大腿跟奶奶去市场买菜，刚到市场，迎面跑来一条壮得跟牛一样的大狼狗，苏琳娜下意识地向奶奶身后躲，谁知大狼狗还是向她扑过去，苏琳娜吓得没了知觉，醒来时躺在医院里。爸妈脸色苍白，他们说，苏琳娜整整昏迷了一星期，多亏奶奶给她做的棉袄厚，否则肩膀肯定会被狗咬个大窟窿。苏琳娜这才感觉左肩膀有点儿疼，看了一眼，见整个肩膀用厚厚的白纱布包着。打那以后，只要一紧张，苏琳娜的头就疼得像被人用电钻钻一样，所以包里时常备着止痛片，以防不测。

苏琳娜打开包，去找小瓶子，找了半天没找到，却找出了给婆婆买的安眠药。她昨天下午本想给婆婆送去的，因同学来D市，晚上陪同学吃饭，把给婆婆送药的事忘得一干二净。

苏琳娜的头像要炸开似的，她擂在头上的拳头像雨点一样密集，却丝毫不解决问题。车走不了，这疼如何能止住？雨下得邪乎，眼看积水就要冲进苏琳娜的车里，她想，一定是自己作恶，触怒了老天，它才使劲儿下这么大的雨。

苏琳娜顺手拿起座位上的半瓶矿泉水，拧开瓶盖，准备把倒进手心的白药片送进嘴里。就在那一刻，电话急促地响起来，是她儿子打来的，儿子说，奶奶被送往医院抢救了。苏琳娜忘记擦干眼泪，翻出手机通讯录中平常很少联系的一个男同学，拨通他的电话时，男同学上来就一句："美女，想我了？"平常苏琳娜极为恶心听此话，此刻顾不了那么多，她"嗯"了一声，告诉同学她撞车了，请他过来帮着拖车。

苏琳娜来不及等电梯，哼哧半天爬上十三楼。医生交给她婆婆的病危通知书，孙灏却一个劲儿追问苏琳娜去了哪里。

别看苏琳娜平常不吭声且胆小如鼠，可在大事面前从不乱阵脚，她并不回应孙灏的问话，她感觉孙灏有点过，觉得他没有资格问自己。苏琳娜大步流星跑到对面中国银行柜员机取出两万块钱，又换了一张建行卡取了两万，做完这些后，分别给闫姐和小英打电话，让她们抓紧时间给婆婆买衣服，又让孙灏去准备冥钱、蜡烛和白布，自己守候在婆婆床前。

苏琳娜问婆婆有没有要交代的。其实她是多余，去年婆婆脑出血已经失语，已经不能开口说话。迷迷糊糊的婆婆看了看苏琳娜，似乎有什么要交代的。苏琳娜握住婆婆的手，婆婆张了张嘴，一扭头脑袋歪向了一边。苏琳娜没有哭，她知道，婆婆希望她跟她儿子和好，她还知道，苏琳娜不会亏了她的儿子和孙子。

11

苏琳娜回忆这段往事时，看见马建新几次想打断她，韩队长把右手食指放在嘴唇上对他做了一个"嘘"的动作。直到苏琳娜被妈妈的来电打断后，韩队长才不紧不慢地对苏琳娜提出了质疑："因为闹矛盾你就想到了自杀？小苏，这不是你的作风啊！"说完，他拿那双又黑又大的眼睛盯着苏琳娜。

苏琳娜很镇定地反击韩队长："怎么不可以？在我看来，自己是个失败的女人，被老公抛弃了，蒋钦又不和我结婚。"

苏琳娜原本以为，这样自嘲可以把韩队长搪塞过去，谁知韩队长像黏在苏琳娜身上的狗皮膏药一样，想扯也扯不下来。

“不会吧？你跟蒋钦提出结婚要求了？别隐瞒了。你到底和蒋钦之间发生了什么？”

苏琳娜表面不露声色，实际上内心十分紧张，她飞快地寻找着可以为自己圆谎的理由，大脑一片空白。即便到此刻，她依旧不怀疑蒋钦是花心男，在她心中他依然是完美的，任何男人与他相比都黯然失色。

“小苏，说实在的，我理解你和他之间的感情，也相信你不是一个思想狭隘的女人，否则，你早就找到他单位去闹了。你绝对是个识大体、顾大局的女人。如今他被人杀了，在最后时刻，竟然调出你的电话，只是没有拨出去……”

韩队长这番话一出口，击中了苏琳娜的又一道精神防线，这是她做梦也想不到的，也是她预料之中的，只是感觉这种信任来得太晚。一个人在弥留之际还想着另一个人，可知这个被想的人对即将踏上黄泉的这个人有多重要。

苏琳娜哭了，这一次她是为蒋钦而哭。

眼看台历已经翻过 7 月，依旧没有书上所描述的“七月流火”。苏琳娜拎着从海澜之家买来的浅灰与深蓝小方格 T 恤衫，匆忙来到蒋钦的办公室，推门的一瞬间，看见封君君站在蒋钦身边，具有二级心理咨询师资格的苏琳娜，知道男女之间的距离意味着什么，但她是一个始终保持着风度的女人。封君君身穿黑蕾丝的小西服，里面是快要露出“馒头”的白吊带，下面是刚到膝盖的黑裙，丰满白皙的腿一条在蒋钦办公桌外面，一条紧紧贴着蒋钦的腿。

苏琳娜装作什么都没看见，故意把视线投向茶几上那个别致的玫瑰花篮。

“谁送的？真漂亮！”

“别动！”蒋钦大声阻止苏琳娜伸出去的手。

然而一切都来不及了，花篮提手的竹篾突然弹了出来，让苏琳娜意识到花篮坏在她手里了。

“怎么样，坏了吧？”

苏琳娜认识蒋钦多年，从没见过他对自己如此大声，不知哪里来的怒气，她将手中的袋子冲蒋钦摔过去。蒋钦也不示弱，把桌上一沓报纸扔在地上。

“苏姐，你俩是咋了?”封君君忽闪着她那双水汪汪的大眼睛看着苏琳娜，似乎想从苏琳娜的表情中看出什么秘密。

苏琳露出笑脸，对封君君说：“没事，我们习惯这样了。”

怕被出出进进的人看到，苏琳娜强忍眼泪，回到自己的办公室。蒋钦意识到苏琳娜真生气后，不停地给她打电话，在气头上的苏琳娜一次又一次地按了“拒绝”。

“嘀嗒”，苏琳娜打开短信一看是蒋钦发来的：“醋劲儿不小啊！也不想想，你老公我是什么人!”

苏琳娜并没意识到刚才的情绪失控，反而给蒋钦回复短信：“你心里没鬼，干吗要解释?我们还是结束吧。”

苏琳娜发出这样的短信，无非希望蒋钦能说他错了，不该对她发火。谁知蒋钦没有后续，反而一个劲儿打电话。苏琳娜关了手机，心里乱成了一团麻，于是就有了她开车出去撞死狗然后又想自杀那桩事。

12

苏琳娜再回到单位时，是她办完婆婆丧事后。一天，小郭上气不接下气地跑到苏琳娜跟前说：“苏主任，出事了，快去看看吧!”说完拽起苏琳娜就往车间跑。

眼前的一幕吓得苏琳娜半天没缓过劲来，机关科科长王思兰倒在白花花的玻璃碎片中，脸上都是血。“快，快打，打110。”苏琳娜紧张得把急救中心的电话说成了110。

车间里顿时乱成了一锅粥，管安全的副厂长孙廷在救护车之后赶到车间，看到一地的碎玻璃，他质问苏琳娜：“玻璃咋堆放在这儿了?”

苏琳娜心里乱得像一团麻，本想打电话找蒋钦，转念想起自己正与蒋钦闹别扭，便把手机装进衣兜。

要不是孙廷让苏琳娜写检查，苏琳娜也绝不会发那么大的脾气，她在领导和员工心目中的形象是淑女，是大家闺秀，此刻，苏琳娜扯开嗓门咆哮道："我凭什么写检查？我有什么错？多年来，玻璃一直放在那里。谁出过事？"

苏琳娜这一吵，把孙廷的火点燃得更旺。他跳起来，指着苏琳娜的鼻子说："苏琳娜，你别以为有蒋钦护着，就无法无天，今天这检查你写也得写，不写也得写。"

苏琳娜知道孙廷与王思兰是同学，听说当年他们还处过对象，是王思兰当军区司令员的父亲讨厌孙廷油嘴滑舌两人才分了手。

尽管很多人感觉苏琳娜和蒋钦关系不错，但没人当面揭短，被孙廷这么一说，苏琳娜顿感自己矮了半截，她恨不得找个地缝钻进去。

苏琳娜知道孙廷和蒋钦不和，几年前，蒋钦因为报销路费的事，与当时当会计的孙廷红过脸，没想到好几年过去了，孙廷还记得这档子事儿。

临下班时，苏琳娜在厂门口遇到王厂长，她看见蒋钦眼睛盯着自己，却故意和王厂长距离很近，并把声音压得很低。蒋钦看到后，一脸的怒气，蒋钦一向如此，他不允许苏琳娜与其他男人走得近。

就在当晚，苏琳娜刚睡下，听见蒋钦叫门，她知道蒋钦进不来，她反锁了门。苏琳娜本想不予理睬，蒋钦又跑到楼下大喊她的名字，把苏琳娜弄得哭笑不得，她开了门，蒋钦醉醺醺的，一头栽倒在床上。

自从孙廷和苏琳娜在车间发生争吵后，车间工人见到苏琳娜就嘀嘀咕咕，乃至整个厂子的人也都对她指指点点。苏琳娜知道这意味着什么，冶金厅正在考察蒋钦，如果不出意外，他要高升到那里当副厅长了。

13

夕阳西下，洁白的病房里被染成一片金黄。韩队长和马建新对苏琳娜似乎不再那么陌生，苏琳娜也不再像开始接触时那么紧张和排斥他们。苏琳娜接着她的话题往下讲。

有好几年苏琳娜的心前区总会在暗夜中不定时地悸动几下，那段时间尤为频繁，她去了医院，检查各项指标均正常，可她还是感觉有什么事要发生似的。之前有这种感觉时，蒋钦告诉她是他在想她，黑夜里在情不自禁地喊她的名字，后来苏琳娜确实证实了这一点。

深秋，北京有个订货会，王厂长让苏琳娜和他一起去。临行前，苏琳娜把这个消息告诉了已经是省政府副省长的蒋钦，恰好蒋钦也要外出，陪省委书记去青岛考察一个项目。他们约好回来一起去看菊花展，蒋钦喜欢菊花，他说，他对她的好感，萌发于菊花绽放的季节。

两天的会很快结束了，回程时，苏琳娜给蒋钦打电话，他说，顺便再去威海看看风景，一半天返程。

在这一半天的时间里，苏琳娜几乎是在一阵一阵的心悸中度过的。她担心蒋钦出了什么事，拨了他的电话。

“是不是身体不舒服？我心里跳得难受。”

蒋钦沉默了半天后说：“没有。”

“你怎么这么有气无力的？出了什么事吗？你一定有事瞒着我。”

蒋钦是那种一天到晚激情四射的人，苏琳娜了解他就像了解自己身上哪里有个黑点哪里又有块疤一样。

“我有别的女人了！”

“别开这种玩笑，你骗谁呀？”

苏琳娜咋会相信？多年来，蒋钦有个习惯，不论去哪里他都会告诉苏琳娜，包括这次在青岛的行程安排，也告诉了苏琳娜，他不想让她担心。苏琳娜感觉蒋钦故意骗她，就继续追问："到底咋了？"

"我不是说了吗，事情来得太突然。"

"什么太突然？"

苏琳娜还是不相信蒋钦说的话，在她看来，蒋钦不会变心，他是一个对自己的誓言负责的人。

"我真的爱上别人了！"

此刻，苏琳娜才感觉到蒋钦说的是真话！她的天塌了。苏琳娜除了哭还是哭，哭过后，便疯狂地给蒋钦发短信："别离开我，我可以与你结婚，可以为你生孩子，可以为你改掉我的坏毛病，总之，我愿意为你改变一切。"

是不是蒋钦已经真的投入了另一个女人的温柔怀抱？苏琳娜感觉，他回短信的速度已经不再像之前那么迅疾了。

第二天，蒋钦的短信姗姗来迟，他说："一切都晚了。这么多年，你从来没提过与我结婚的要求，你心里根本就没有我。"

"真是天大的笑话！我不想把幸福建立在另一个女人的痛苦之上，所以没提出让你离婚。为了不让你左右为难，我打掉了我们的孩子……"

"什么？你打掉了我们的孩子？这更证明你不爱我。"

"难道你忘记你的信誓旦旦？你说过，你即使到弥留之际，最惦念的人还是我。难道我就没一点让你留恋的？"

苏琳娜搞不明白蒋钦离开她的真正原因。再后来，蒋钦的短信除了"对不起"三个字外，无力与苏琳娜作太多的解释了。

苏琳娜步步紧逼："一句对不起，能换来我们十年的爱情？"

"真的对不起，是我背叛了我们的爱情。"

以苏琳娜对蒋钦的了解，他不好色，不出入那些乌七八糟的场所，甭看身居高位，一直保持着读书的习惯，在交友方面也很谨慎，不会说爱上别人就爱上别人的。

苏琳娜实在不知道自己败在了哪个女人手中，忍不住又给蒋钦发去一条信息："那个女人比我优秀？"

大约过了一个小时，蒋钦回了短信："我想要个孩子。"

这是多么可笑的回答。

多年来，蒋钦一直告诉苏琳娜，说自从与她有了肉体接触后，再也不愿碰妻子。

苏琳娜哭过后，担心蒋钦因处理不好与妻子和另一个女人之间的关系而丢了公职，便发短信再次劝蒋钦："别离婚，她毕竟是你的结发妻子。她父亲帮过你，她为了你的事业，甘愿当家庭妇女。再者说，你让一个人老珠黄的女人以后怎么过？"

苏琳娜几近疯了，不吃不喝不睡，躺在床上，活像个死人，她的泪干了，几天下来，整个人瘦了一圈。

两天后，同样的信息苏琳娜又发给蒋钦。

连续一周苏琳娜没合眼，只要有点睡意就急忙把手机调至静音，然后能睡多久睡多久，顾不上是白天还是黑夜。星期一，苏琳娜去单位上班，第一个看见的是王厂长。他盯着苏琳娜看了半天后，说："是小苏啊，咋变了个人似的？身体不舒服还是咋了？"苏琳娜泪水顿时冲出眼眶，把王厂长吓得不知该怎么安慰她才好。

苏琳娜十多天没上班，上班后自然有很多事处理，等她处理完工作回到办公室时，才发现有七个蒋钦打来的未接电话。中午开车回家的路上，苏琳娜一厢情愿地认为，蒋钦说爱上别人是恶作剧，不然他不会打来这么多电话。

"只因为在人群中多看了你一眼，再也没能忘掉你的容颜，梦想着偶然能有一天再相见，从此我开始孤单思念，想你时你在天边。"这首彩铃还是蒋钦给苏琳娜设置的，并且专门设置成他打给苏琳娜的。

手机铃声一遍又一遍地响起，可是苏琳娜没胆量去接，她怕蒋钦推翻她的一厢情愿。

1 个，2 个，3 个，4 个未接电话。

苏琳娜终于按下了接听键。

"你是活得腻烦了呢，还是嫉妒我过得比你好？"

苏琳娜的心被蒋钦手中的利刃刺得流了好多血。

"只因为在人群中多看了你一眼，再也没能忘掉你的容颜，梦想着偶然能有一天再相见，从此我开始孤单思念，想你时你在天边。”这首《传奇》唱了一遍又一遍，苏琳娜没有胆子再去接听。

一晃就是多半年，半年来，苏琳娜拼命工作，拼命地想拾起儿时的爱好，可心里还是忘不了蒋钦，眼里、梦里都是他。春节回老家过年时，她爸妈问苏琳娜是不是身体不舒服，怎么气色如此之差。苏琳娜摇摇头。她爸妈又问苏琳娜是不是一个人过得不舒心，她还是不说话。除了睡觉和上网与不认识的人瞎聊外，苏琳娜就像个哑巴。

浑浑噩噩中，又过了两个月，苏琳娜忘记了她爱姹紫嫣红，之前每到春暖花开的季节，她都会拿起相机拍遍 D 市的犄角旮旯。

苏琳娜的心死了，被蒋钦伤得只剩下具空壳。

14

“小苏，你好好想想，蒋钦与封君君是否也保持暧昧关系？”

韩队长把“也”字说得很重，那一刻苏琳娜感觉自己受了奇耻大辱，很快又恢复平静。

“以我对蒋钦的了解，他不是那种轻浮的男人。”

“那你说他与封君君是什么关系？”

“这……”

苏琳娜开始质问自己：要说蒋钦不是那种花心的男人，那么他与封君君的距离怎么解释？

苏琳娜说：“他爱谁不爱谁，已经和我没任何关系了。”

“封君君身高和你差不多？”

苏琳娜摇了摇头。

马建新问苏琳娜：“你知道蒋钦想结婚的女人是谁吗？”

“这个，我真的不清楚。一个被他淘汰出局的女人去问他的新欢是哪个，你不觉得很荒唐吗？”

“再问你一个问题：昨晚你在哪里？宾馆服务员说，有个身高 1 米 7 多，气质很优雅的女人进了 888 房间。”

“你们怀疑我?”

韩队长去叫护士，因为瓶子里的葡萄糖所剩无几。马建新站起来看着窗外的风景。

苏琳娜想起自己昨天中午做的梦，几乎很少做白日梦的她梦见她驾车从环城路过时，看见蒋钦躺在血泊中，急忙下车。蒋钦拉着她的手求她救救他，她吓得大哭，醒来时，眼泪还挂在脸上。

苏琳娜想给蒋钦打个电话，又感觉自己多余，不等下班，早早回了家，饭没吃，躺在床上睡着了，醒来时已经半夜。苏琳娜感觉肚子空空的，径直到阳台箱子里拿了苹果，一抬头发现窗外还晾着汽车座套，赶紧伸手去摘，不料有个清脆的声音喊了一嗓子：“你已进入警戒范围，请退出!”

苏琳娜感觉好奇，探出头寻找声音来源，一看不要紧，一阵刺耳的警报声划破黑夜，她急忙关紧窗扇，三两分钟后，听见邻居有人打开窗户破口大骂，“是谁家的破警报，还让不让人睡了?”警报声持续了三分钟才停，这期间，苏琳娜一直站在窗前，见对面六楼的一个男人拉开窗户，好像是查看停在楼下的车。

护士给苏琳娜挂上一大瓶子药水，苏琳娜问是什么药，护士冷冰冰地说了声“都是营养液，好好输吧”，便推着小车出去，为她掩上了门。

苏琳娜不等韩队长开口，便说：“昨晚我在家，1单元3楼西户安装警报器的那家可以证实。”

韩队长没有搞懂，他说：“警报器又不是监控，怎么能证明你在家?”苏琳娜重复了那天的流水账。

韩队长没在这件事上矫情，又揪住另一个问题问苏琳娜：“你怎么确信是警报器?”

“我早晨专门留意过，有半尺长，红色的，安在1单元3楼西户。”

为了证明苏琳娜没说谎，韩队长拨了姜所长电话，很客气地请他问一问沁河园小区的治安员，1单元3楼西户窗户上是不是安了什么东西。大约10分钟后，韩队长的手机响起，在一个个“啊”、

“好”、“知道了”等短字符中收了线。

15

韩队长对苏琳娜说了声“谢谢”，随后递给她询问笔录。苏琳娜一目十行地看了下，感觉与她所说没有出入，便签了名，并用食指在猩红的印泥上沾了沾，摁在笔录上。

马建新没说话，只是对苏琳娜点了点头，算是感谢她的配合。之后，两人一前一后地出了门。

病房外的王厂长、孙廷和刘阿姨以及知道苏琳娜住院的同事、工友像潮水一般，一下子涌进室内，一看到他们，苏琳娜顿时眼前一黑，又晕了过去。

如果警方在一半天内很快找到杀害蒋钦的凶手，那么网络媒体绝不会把此事炒得沸沸扬扬。这一炒，苏琳娜成了名人，有的人说是她雇凶杀人，还有人说是她自己干的。

“苏主任，我门卫，有个叫胡丽丽的找你，让她进去不?”

“她找我啥事?”苏琳娜若有所思地想了想，还是说了声，“让她进来吧。”

苏琳娜站在窗前，向门口眺望，只见一女子长发披肩，戴着墨镜，着一身黑色衣裤，步子不温不火，向办公楼走来，颇像镜子中的自己。

苏琳娜装作若无其事的样子，故意背对门口，左手端着紫砂杯，右手拿起小铲子为君子兰松土，其实她的耳朵一直听着从远及近的高跟鞋声，哒—哒—哒—哒，声音舒缓，仿佛不像在走路，而是在刻意寻找节拍!

声音在苏琳娜办公室门口稍作停顿后，走了进来。苏琳娜没有回头，她能冷静地面对警察，却不能冷静地面对胡丽丽。

“啪、啪、啪”，有节奏的掌声响了三声。苏琳娜回头，要不是门卫提前说是胡丽丽，她无论如何也认不出眼前这个女人，乌黑的头发似瀑布，白皙的皮肤散发着瓷器一样的光芒，对了，那双被遮在墨镜后的大眼睛苏琳娜没有见过。胡丽丽是单眼皮，眼前女人的眼皮宽得有两厘米。还有那身高，不低于自己。

苏琳娜感到精神有些恍惚。

“呦，还挺有闲情雅致的呀！瞧这花长得和你的脸蛋一样水灵！”

胡丽丽摘下墨镜，背着手，站在了苏琳娜右侧，从苏琳娜的头顶打量到她的脚尖，口中还不时地发出咂舌声。

门外没人，但苏琳娜知道，隔壁肯定有好几双耳朵。苏琳娜担心胡丽丽做出极端行为，赶紧向门口靠近，门后有把长把扫帚。

“别怕。早知今日，何必当初呢？”

“我不知道你在说什么！”

胡丽丽的吐字和她走路一样不紧不慢，嘴角上扬，那是一种叫作嘲讽的微笑。眼睛似把带利刃的刀，直逼苏琳娜内心。

“看着面熟对吧？没错，从我知道你和死鬼有一腿那天起，我就盯上了你，还花大价钱复制了你和死鬼的手机卡。我关起门来学你走路，学你的穿着打扮，想不到有一天竟然派上了用场。”

“可我们早分手了。”苏琳娜不想再听下去，她的心疼得像被刀割。

“分手了？说得挺轻松！”

“爱信不信！”

“你叫我怎么相信？”胡丽丽步步紧逼，逼得苏琳娜几次张口，又不得不闭上，她心想，蒋钦已经死了，何必再翻出过去的恩恩怨怨？可胡丽丽那架势显然是不想放过她。

“他说他有了别的女人。”

“哈哈哈哈……”胡丽丽冲着天花板发疯似的大笑，然后围绕着苏琳娜转了一圈后，狠狠地唾了一口，又问，“我就纳闷了，你那么喜欢死鬼，为啥不跟他结婚？”

“还是那句话，我不想把自己的幸福建立在你的痛苦之上。”

苏琳娜说完，泪水浸满双眼，她试图用抬眼看天花板和咬紧嘴唇来阻挡眼泪滑落，但眼泪还是夺眶而出。

室内一片死寂。“啊，呜呜……”胡丽丽转身失控地号啕大哭，而后咕咚一声跪在地上，把苏琳娜吓了一跳，她不知道自己该不该劝胡丽丽，劝她什么。哭声戛然而止，胡丽丽将一封信交给苏琳娜。离开时，她双腿像灌了铅，很吃力地一步一挪。

苏琳娜抽出信笺，没有称谓，上来开门见山：我忍了你们九年，已经忍无可忍，决定把蒋钦从你身边抢回来，恰好你们两个分别出差回来。我知道你们会约会，就扮成你的模样去了绿岛咖啡厅。连服务生都误认为我是你，把我领到靠窗的一个位子上，这正合我意。我又打电话找来高中时追我的男同学，他离婚不久，待他来后，我借口去卫生间，用路边买来的号给蒋钦发信息，说看见你跟一个男人在绿岛咖啡厅，然后就一直盯着他的车出现。果然他来了，面带怒气。此刻，我故意对男同学说眼睛飞进了小虫子，请他帮我吹一吹，他吹了几次，我说还是不行。我知道蒋钦从背后看到的是“你”与男人近距离接触，弄不好像是接吻。回家后，我又用复制的蒋钦的卡给你发信息，说有别的女人了。

那晚他回家后，主动找我做那事，做起来相当卖力。我成功了，我用复制的两个卡，一会儿扮演你给蒋钦发信息，一会儿扮演蒋钦给你发分手信息。

我原打算就此放过你，从此井水不犯河水，各自过各自的日子，谁知有天蒋钦酒后非要和我做那事。哪里是在做爱，简直是发泄。我忍无可忍，把他推下床，他爬起来想继续，我不从，再次用力推他，结果他后脑勺磕在地板上，疼得半天没吭声，他缓过劲儿来，说的第一句话就是要跟我离婚。我很诧异，质问他是不是还想着你，他说，他一直爱着你。

仇恨让我用复制的你的卡约他到宾馆叙旧，他竟然赴约。我打开浴室水龙头，造成一种洗澡的假象，待他急忙脱去衣服，进浴室时，躲在窗帘后面的我用铁锤朝他的头砸过去，他当场休克。我把我的手机连同复制的卡，放在他手心里，还刻意调出你的电话号码。

4·18 杀人案很快告破，杀死蒋钦的正是胡丽丽。

16

苏琳娜没等儿子参加完高考，就向单位递交了辞职报告，回到了爸妈身边。爸妈已经知道苏琳娜离异，但他们没再追问女儿出于什么原因，这让苏琳娜又过上了读书写作的日子。在学校上学时，她的小说曾不断出现在校刊上，如果她从那时一直坚持到现在，肯定会有所成就的。一切都像佛教讲的“轮回”那样，折腾了多年，她又回到了起点。

父亲读出了苏琳娜的生活，他说，从开始她就把爱情撒错了地方。苏琳娜苦笑着回答：“爸，你女儿不是圣人，难免会落常人的俗套。”父亲说：“那就请你原谅孙灏。”

17

小女儿：爸爸！

爸爸：哎！

小女儿：太阳出来月亮回家了吗？

……

《吉祥三宝》的彩铃打断了苏琳娜的思绪，电话是苏琳娜爸爸打来的，让她去机场接孙灏，苏琳娜答应了一声“好的”，人未动，心先行，她像离弦之箭一样飞快地向机场方向驶去。苏琳娜远远看见孙灏从机舱走下来。

中篇小说

朝晖夕阴

任振千

一

岳一鸣今晚的酒喝得有点儿多。喝酒的原因是政史地教研组集体聚餐，为同事杜潇送行。喝多的原因就复杂了，可能是岳一鸣酒量真的不行，也可能是他真心为自己的小学同学高兴，更可能是他看到杜潇这样似乎风光无限地实现了人生的华丽转身，心里有些落寞泛酸……岳一鸣踉踉跄跄地回到家里，坐在沙发上对着缤纷的电视屏幕发呆。妻子方婕问他怎么了，他也不说，后来嘟囔了几句，方婕也没听清，好像是在感叹着什么。

第二天下午，岳一鸣又在办公室里沉思了一

个多小时。坦白说，他的内心深处还真是隐隐有些落寞泛酸。他和杜潇从小学到初中都是同窗，关系一直很好，后来岳一鸣考入重点高中，杜潇只考了一所普通高中，联系开始减少。三年后，岳一鸣顺利考入楚北师范学院政法系，而杜潇痴迷于文学创作，耽误了学习，在高中的校园里混了五年才侥幸考上大学。巧的是杜潇也被楚北师范学院政法系录取，两人正好“前赴后继”，岳一鸣卷铺盖毕业，杜潇抱铺盖入学。

岳一鸣毕业那年，是地方师范院校实行两年大专学制的终结年，也是国家对师范院校毕业生实行双向就业选择的第一年，虽然明里说都不包分配，但政府还是预留了部分内部指标。岳一鸣的父亲请客送礼，上下疏通，总算给儿子争取了一个。半年后，岳一鸣被分配到县里一所农村高中担任政治老师。通知上班时，岳一鸣已经南下深圳打工。见识了高楼大厦车水马龙霓虹闪烁，吹了几个月海风后的岳一鸣，有些不愿回家从事号称阳光下最高尚的职业，但父亲一天几个电话，苦口婆心地劝说，后来又找亲朋好友轮番轰炸，威逼利诱，岳一鸣只得束手就擒，乖乖回来报到上班。

岳一鸣人很聪明，面见校长报到时顺手送上几盒捎带的南方特产，虽然并非名贵品，但校长也很高兴地“笑纳”了。新老师都是从高一教起，岳一鸣也不例外。寒来暑往，一年过去，学生的期末考试成绩证明了岳一鸣的教学水平绝非平庸，校长很高兴，立即就给他压了担子，让他跟班到高二教辩证唯物主义哲学，同时担任高二（一）班的班主任。领导赏识，事业顺利，岳一鸣似乎看到了美好的前景在面前徐徐展开，工作起来也更加勤勉积极。也就在这一年的元旦，岳一鸣与学校同事——教英语的方婕结了婚。又过了一年，岳一鸣被校长宣布为政史地教研组副组长，这虽然不是什么官衔，但也体现了领导的认可和自己的价值，岳一鸣忍不住在心底偷偷小乐了一阵。

这年暑假，岳一鸣在老家的镇上偶然遇到杜潇，这才想起杜潇今年正好大学毕业，便关心地问起工作的事。杜潇叹口气说，还没着落，不行的话就出门打工。现在上大学不就是混个文凭，毕业不就等于失业吗？岳一鸣忽然想起，学校今年扩招，估计要新进一批老师，就问杜潇愿不愿意到他所在的农村高中先屈就一段时间。杜潇正在家里闲得慌，连说愿意愿意，接着又问，不是说今年县里没有招教计划吗？岳一鸣说，你可以先当代课老师，以后遇到机会再上编转正啊。杜潇叹了口气说，那也只好这样了。

岳一鸣回到学校就去找校长，把自己“青梅竹马，两小无猜”的同学杜潇很是表扬了一番。校长说，那就定个时间让他来试讲一下吧，差不多的话就留下。岳一鸣赶紧给杜潇打电话，让他好好准备一番，等通知来学校试讲。在临近开学的一天，学校通知了二十多个应聘的老师试讲，最后留下十个，杜潇是其中之一。

杜潇也是先从高一经济常识教起。因为大学刚毕业，知识面比较宽，杜潇讲课不是不仅仅局限于对书本知识的照本宣科，还经常对国内国际经济政治热点信手拈来，纵横联系，深度解析，课自然也讲得风生水起，好评不断。但一到月底发工资，杜潇就有些自惭形秽了。说来说去还是个临时工，同样的工作，同样的付出，工资比正式在编老师能低将近一半。比如，岳一鸣每月一千一百多元，而杜潇只有区区的六百多一点儿，遇到同事红白喜事请客送礼，或者教研组聚餐平均凑份子，都是一样的标准，没人会说，杜潇工资低少出一点儿吧。

杜潇每个月都入不敷出，还得经常回家伸手要补贴，弄得很不好意思，本想着大学毕业了要自食其力，结果还是断不了父母的供给。穷则思变，后来杜潇得知全省公安机关公开招警，就报了名，报考单位跨过县城直接填了上大学所在的地级市楚北市公安局。他本来只是抱着试一试的心态，谁知笔试、面试、体检、政审，一路下来，居然被顺利录用。消息传来，杜潇家里和单位一片沸腾。教务处副主任、政史地教研组组长陈文林当即表态，这是杜潇老师，哦不，应该是杜潇警官的大喜事，也是我们政史地教研组的大喜事，我提议从我们紧张的教研经费中拿出500元来聚餐，为杜警官祝贺送行，大家都要参加，我一定要跟杜老弟好好碰几杯。

杜潇离开学校的前一天晚上，送行宴会如期举行。杜潇和陈主任并排坐在主宾位，接受各位同事的碰杯和祝贺。岳一鸣特意在最后敬酒，他站起身，拿着酒瓶情深意切地回忆了两人从小学一年级开始到同事一年的点点滴滴，并对杜潇表达了最真诚的祝贺，然后提出要和杜潇连碰三大杯，杜潇自然也是豪情万丈来者不拒。“砰、砰、砰”的碰杯声似乎是开启美好新生活的礼炮，杜潇和岳一鸣甚至眉头都不皱一下就把三大杯白酒灌下肚去。

从那天晚上起，岳一鸣对当老师的生活开始厌烦，越来越厌烦。

每天都是按部就班踩着时间节点在宿舍、教室、办公室穿梭，今天是昨天的复制，明天又是今天的翻版，单调、枯燥，找不到任何激情和成就感。“混到主任封个侯，当上校长到了头”，这无非就是校园小天地的辉煌顶点了，但又有几人能从普通老师混到一校之长？岳一鸣越想越悲观，越想越黯淡，恍惚中似乎看到了自己两鬓斑白，一身粉尘，腋下夹着教科书，踏着夕阳走在校园林间小道的情景……太可怕了！岳一鸣觉得这绝非自己想要的生活，也绝不应该是自己最终的归宿。“天生我材必有用”，他从心底相信，会有更广阔的人生舞台在等着自己。

二

杜潇到楚北市公安局报到后被分到交警支队当了一名交通警察。

岳一鸣在杜潇上班一年零一个月后，终于有了一次到楚北市出差的机会。办完公事之后已是下午 5 点多，岳一鸣站在市教育局大门前给杜潇打电话告知了自己的到来。杜潇倍感惊喜，说立即过来接他。不到二十分钟，一辆黑色的奥迪 A6 轿车疾速驶来，车尚未停稳，杜潇就拉开车门跳了下来，然后很夸张地和岳一鸣握手拥抱。坐到车上后，杜潇给岳一鸣介绍开车的司机说，这是袁宏大袁老板，手里有好几台跑广州、深圳长线的客车，是个很义气的大哥，我俩正打台球，接到你的电话就立即赶过来了。

看看吃饭时间尚早，袁老板拉着他们到楚北市最漂亮的清江之滨兜风。正是暮春时节，车窗外杨柳拂堤，和风荡漾，宽阔的水面波光粼粼，几只不知名的水鸟掠水盘旋，再加上点缀其间的游船画舫，真是此情如诗美景如画。杜潇望着车窗外感慨地说，一座城市有水就有了灵气，要是楚北没有这条清江，我可能也不会喜欢上这座城市。岳一鸣附和道，是啊，清江之滨确实漂亮，大学时我也经常来这里玩。袁老板插话道，是经常带着小学妹来玩吧？大家都大笑起来。

天快黑了，袁老板和杜潇商量了几句，就把车直接开到了“万家渔火”酒店的停车场，从车后备箱拿了两瓶茅台酒和几盒中华烟。

这是一家建在游船上的酒店，倚桥傍水停泊在清江岸边，坐在豪华雅间，可以凭水临风，一边举杯，一边尽览霓虹闪烁、流光溢彩的清江夜景。杜潇让岳一鸣点菜，岳一鸣推托着不点，袁老板说，都不点了让我来安排，随即不看菜谱点了六菜一汤。

菜是好菜，酒是好酒，又是老朋友见面，三人吆五喝六，觥筹交错，气氛自然热烈。袁老板要开车，酒喝得少些，杜潇和岳一鸣每人喝了七八两的样子，但居然都不是太醉，真是酒逢知己千杯少啊。

走出酒店，岳一鸣说，头有点儿晕，回宾馆睡觉吧。袁老板说，急啥？早着呢。兄弟好不容易来一趟，再找个地方消遣消遣去，然后不由分说，就把车开到了“曼哈顿国际娱乐会所”。袁老板跟大堂的美女经理显然很熟，一进大厅就嚷着订包厢叫美女。他们到包厢坐定，服务生敲门进来，单腿跪地把一大堆果盘、啤酒摆上。很快，一排穿着性感短裙的陪酒 MM 也进来了。袁老板说，一人一个，客人先挑，不准亲嘴，可以搂腰。MM 们一听，笑得花枝乱颤。

岳老师哪曾见过这阵势，吓得直摆手，算了，算了，咱自己随便玩会儿吧……袁老板说，三个大男人玩有啥意思。你们不点我帮你们点。小美女们，都站好，摆个造型哥哥看看。好，就你了，你，还有你，这三个留下，其他的 MM 明晚再见。袁老板一把揽过一个 MM 坐在腿上，又大声交代其他二位美女，一定要陪好这两个哥，不放倒他们不给小费，听见没有？

歌不知道唱了几首，啤酒倒了一打又一打。岳一鸣豪放地碰了一杯又一杯，喝了一罐又一罐，渐渐地眼前有些恍惚了。陆离缤纷的灯光，温柔妩媚的娇笑，摇曳生姿的短裙，岳一鸣仿佛置身于飘飘然的童话世界中，很快就什么也不知道了……

三

如果说送行宴会之后的岳一鸣对当老师只是厌烦的话，那楚北之行后的岳一鸣对当老师简直就是憎恶了，就如同乡下人张三进城之后，发现本是同村的光屁股穷兄弟赖四居然也过上了灯红酒绿的日子一样，岳一鸣越比心里越失落。

人的心境心态一变，整个世界也就物是人非了。现在的岳一鸣看什么都不顺眼，甚至连学生喊他老师他心底都隐隐有些不舒服。

然而人生就是一条向前奔涌的河流，有时候看似前边山穷水尽，行至跟前却柳暗花明。岳一鸣命运的转机还是出现了，出现在一个再平常不过的中午。那天，妻子方婕回娘家，岳一鸣独自在客厅里吃午饭时，县电视台漂亮的女播音员用圆润动听的声音播出了一则公告。

那是县委组织部、人事局联合发布的招考公告，招考的职位是 20 名副科级领导岗位，报名对象是全县 26 周岁以下行政事业单位在编人员。这次前所未有的招考的背景，据说是楚北市前不久面向全市公开选拔一批副处级领导干部，有一个重要条件是必须 28 周岁以下，结果本县科级干部中竟无一人符合条件。此事让新来的县委书记大为震惊，于是很快就有了这次直接选拔副科级干部的考试，而且把年龄又降低两岁。岳一鸣今年正好 26 岁，教育系统财政全供事业编制，完全符合报考条件。岳一鸣暗暗记住了报名日期。

在截止报名的最后一天下午，岳一鸣悄悄到人事局报了名。他不想声张，怕给领导和同事们留下好高骛远、不安心教书的印象，况且谁知道最终会是个什么结果呢？在还没参加考试之前，一切的自信和乐观都是浮云。

岳一鸣买了两本公务员考试辅导教材，放在办公室学习。别的老师还以为岳老师在备课做教辅呢，只是感觉他最近来办公室更早，走得更晚了。

两个星期后，岳一鸣信心满怀地走进设在县委党校的考场，参加了行政职业能力测试和申论两场考试。走出考场，岳一鸣感觉不错，文科出身的高中政治老师参加这样的考试，还是比较占优势的。

没过几天，面试名单公布。有些意外，也有些伤心，岳一鸣看到自己排第二十一名。按一比三的淘汰率，进入面试的是六十人。谁都知道，像这种考试，笔试成绩就基本决定了你是否出局，面试之后有可能变动的也不过上下浮动三两个名次而已。要么你面试回答得非常精彩，要么你面对考官紧张得语无伦次，除了这两种极端，入围名单变动的可能性极小。

面试名单一公布，岳一鸣就藏不住了。他虽然是第二十一名，同事们还是纷纷祝贺说，岳老师马上就是领导干部要当局长镇长了。岳一鸣只好赔着苦笑，差一名次，有戏没戏还很难说啊。其实对这件事真心不满的是妻子方婕，因为方婕知道这件事不但不比其他老师早，甚至比他们还要晚。学校有同事看见方婕，说，你家岳老师马上就要高升当局长了，方婕还莫名其妙不知所云。

中午到家，方婕一脸愠色，讥讽道：岳大领导，祝贺你啊。准备瞒我到啥时候呢？是不是准备学陈世美瞒着说还没结婚好再换个老婆啊？岳一鸣只好赔笑脸，对不起夫人。你咋也跟着瞎起哄？不是故意想瞒你，实在是八字没一撇的事让更多人知道了不好，另外也怕你不同意我报考……岳一鸣劝了半天，方婕还是气呼呼的，岳一鸣，咱俩已经结婚快三年了，我咋有时候还是感觉你很陌生呢？

面试定于周六上午 9 时在县委党校小礼堂举行。岳一鸣为了能更从容地参加面试，特地提前一天在党校附近的花洲宾馆订了一个房间。午休之后，岳一鸣感觉神清气爽，想起不远处以前破败的花洲书院刚扩建整修完毕，决定去游览一番。

花洲书院始建于北宋庆历年间，北宋著名政治家、军事家、文学家范仲淹，因“庆历新政”失败从参知政事（副宰相）被贬至此地任知州时，重修了览秀亭，新建了春风堂，并在东边聚水为湖，湖中小洲遍植百花，花洲书院由此得名。庆历六年（公元1046年）秋，范仲淹面对好友滕子京差人呈上的一幅大气磅礴的《洞庭晚秋图》，在此挥毫写下千古名篇《岳阳楼记》。而花洲书院也因了范仲淹，因了《岳阳楼记》，从此成为天下文人雅士凭吊景仰的一处文化圣地。

出宾馆向西不到二里地就到了花洲书院，新修建的山门巍峨庄严，到跟前一看，竟然已有了售票处和门卫。岳一鸣暗自笑了一下，县里扩建整修花洲书院因工程浩大，资金紧缺，他和所有吃财政饭的人一样，发工资时还“被捐款”了 500 元。现在参观自己也曾捐资修建的地方，还要买门票，岂不是有点儿滑稽？

20 块钱一张的门票虽不算贵，但也不算便宜了。岳一鸣进到里边才发现变化真大，跟整修之前比起来可以说是天壤之别。历经千年风雨侵蚀和天灾人祸，以前的花洲书院只剩下春风堂、览秀亭、藏经阁等几处破破烂烂的古迹，而且还是县一高校园的一部分。岳一鸣记得，上学时春风堂门前就是学生食堂，开饭时览秀亭周围一圈的栏杆上趴满了吃饭的学子，不时还会有谁的馒头、饭碗掉进水塘里，引得大家哈哈乱笑。就是这样的环境，一高每年总要出几个考入北大、清华的高才生，考入重点大学的更是数不胜数。可能是千年文脉绵绵不绝吧。

现在的花洲书院被独立隔开，完全一派江南园林风格，灰墙淡瓦，绿树碧水，处处飞檐挑拱，隐隐亭台楼榭，行走其中，让人恍若置身苏州园林。岳一鸣逛了一圈，又回到春风堂前的小广场，这里正中矗立着范仲淹的雕像，雕像身后是一堵影壁，正面镌刻着原籍本县的一位著名书法家用正楷撰写的《岳阳楼记》：庆历四年春，滕子京谪守巴陵郡。越明年，政通人和，百废具兴，乃重修岳阳楼，增其旧制，刻唐贤今人诗赋于其上。属予作文以记之……这篇文章岳一鸣初中时就学过，至今仍能出口成诵，岳一鸣看着看着就忍不住读出声来：……不以物喜，不以己悲。居庙堂之高则忧其民，处江湖之远则忧其君。是进亦忧，退亦忧。然则何时而乐耶？其必曰："先天下之忧而忧，后天下之乐而乐"乎！噫！微斯人，吾谁与归？是啊，千年前的范仲淹在遭受打击、抱负难展的时候还感慨知音难觅同道难寻，此刻又有谁能理解我的心呢？岳一鸣摇摇头，沿着小径慢慢往回走，快出山门时，他的目光又被一块镶嵌在假山上的文字所吸引，还是那句流传千古的名文"先天下之忧而忧，后天下之乐而乐"，是草书，狂草，写得酣畅淋漓，笔走龙蛇。岳一鸣站在那里怔了半天，才踏着斜阳踱回宾馆。

第二天的面试 8 点进场，抽签决定顺序。岳一鸣抽到了一个吉利号，6 号。岳一鸣在候考室忐忑不安地等了 40 多分钟，听见工作人员大声叫道，6 号进场，7 号准备。

考场正中间摆放有一桌一椅，是考生的位置，对面呈半圆形坐有十名考官，后边还有几排县直属各部门各乡镇参加观摩的领导。岳一鸣刚坐下，正对面的县委组织部常务副部长就朗声道，6 号考生请听题：请你从从政的角度谈谈"先天下之忧而忧，后天下之乐而乐"的现实意义。请注意，本次面试连思考带回答一共十分钟，超时扣分。

岳一鸣一听题目，心情豁然轻松，昨天游览花洲书院已经思绪万千感慨良多，现在无非总结归纳一下而已。他轻轻吁口气，平息一下紧张的心情，然后用稍带生涩的普通话语速缓慢地回答起来。岳一鸣认为，范仲淹"居庙堂之高则忧其民，处江湖之远则忧其君"的封建士大夫忧乐天下的家国情怀，放在今天就是要牢固树立正确的权力观、价值观、人生观，要全心全意为人民服务，认真践行胡锦涛总书记提出的三句话总要求，真正做到"权为民所用，情为民所系，利为民所谋”，忧人民之所忧，乐人民之所乐，只有这样我们的党才能永远得到人民群众的拥护，中国特色社会主义建设事业才能永远繁荣昌盛。毋庸置疑，岳一鸣回答得相当精彩，因为胡锦涛总书记刚刚向全党提出的“新三民主义”被他完美地引用了，这体现了他的政治眼光和敏锐性，更是面试得高分必须具备的“亮点”。

不出所料，面试成绩出来，岳一鸣排名第一，总成绩也因面试时的出色表现往前移了五个位次，位居第十六名。这下岳一鸣才算吃了颗定心丸，接下来的体检、政审就几无悬念了。

四

一星期后，拟录用人员和拟任职务就公示了，岳一鸣拟任职务为丹源镇镇长助理，其他十九人多为各乡镇工会主席。镇长助理到底是个啥职务，岳一鸣似乎有些不明白，忽然想到高中时开全校大会时主席台坐最边上的就是校长助理，虽排名比较靠后，但好歹也是个副校级。又往大处想，如果在国务院，副镇长就相当于副总理，镇长助理大概就是国务委员了，想着想着，自己就笑起来了。

公示期满，岳一鸣由县委组织部一名副部长送往丹源镇正式报到。因还要送其他新任科级干部到岗报到，副部长与丹源镇领导简单寒暄后就乘车离去了。岳一鸣跟着镇党委书记赵宏武重新回到他宽大的办公室。赵书记再次与岳一鸣紧紧握手，一鸣老弟，热烈欢迎你回丹源镇来工作。你面试时我也在场，对你印象非常深刻，你的回答很精彩，很有水平，真是一鸣惊人啊！我们的干部队伍现在就缺你这样的人才，只要你好好干，将来一定会大有作为的。说得岳一鸣都有点儿不好意思了，赵书记，别夸了，我以前是老师，现在转行到行政上，可以说是啥也不懂的新兵，您一定要多多批评指导啊。赵书记大手一挥，那没问题，工作生活上有啥问题了只管来找我，在丹源镇还没有我办不了的事。赵书记说着话锋一转，这样吧，一鸣，快年底了，这段时间就不给你安排具体工作了，你先跟着江海镇长熟悉熟悉全镇的情况，明年再做具体分工，你看咋样？岳一鸣点点头，一切听从领导安排。赵书记打电话叫来了管机关后勤的党政办主任刘明善，说，这是咱新回来的岳镇长，你抓紧时间把办公室和宿舍安排好，天已经转冷了，看房间空调制暖效果咋样，不行的话就买两个电暖扇。刘明善连连点头称好，然后和岳一鸣握手问候。岳一鸣看看没事了，和赵书记道过别，跟着刘明善出来了。

因为没分配具体工作，岳一鸣还是比较悠闲，除了开开会，处理书记、镇长交办的一些杂事，或者陪着镇长下村转转，大部分时间就是待在办公室喝茶看报纸，一份《楚北日报》翻来覆去地看，连报缝的小广告甚至征婚启事都细细看了，时间还是用不完。实在没事了，岳一鸣就开始琢磨行政机关的特点，别说，还真琢磨出一些东西。譬如，现在领导说话很艺术，到一个新地方任职，都说“回”而不说“到”，似乎来任职是来续一种缘分似的，让人倍感亲切。再如，称呼副职都不加“副”字，李副镇长就直接叫李镇长，甚至镇长助理也叫镇长；还有，行政机关特别重视根据职务级别来排序，镇领导的排序本来是书记、镇长、人大主席、党委副书记、纪检书记、三个副镇长，然后是工会主席，这下可好，来了个最年轻的镇长助理，而工会主席是一位已经五十多岁的老干部，开会时该给他排在工会主席之前还是之后呢，党政办主任刘明善拿不定主意，只好请示县委办。县委办一位副主任一锤定音，工会是党和政府领导下的群众性组织，不能排在政府之前。就这样，岳一鸣排在工会主席之前，成为丹源镇的“九把手”。开会时，岳一鸣坐在主席台最左边，工会主席坐在最右边，弄得岳一鸣觉得可对不住老干部了。

太阳依旧东升西落，日子一天一天过着，有一天，岳一鸣忽然发现，桌上的台历显示已经农历腊月十六了。又快过年了，岳一鸣在心底叹了口气，说心里话，现在过年不但没有了以前的欣喜和新鲜，反而觉得是一种负担，吃喝得身体疲惫，鞭炮声又让人徒生韶光易逝的感慨。岳一鸣想起自己小时候一进腊月门就掰着指头盼新年的情景，过年可以穿新衣服放鞭炮，还能走亲戚收压岁钱，真是高兴啊！那么大人中哪些人喜欢过年呢？应该是手中握有一定权力的领导吧，下属或者求他办事的人总要借过年去表达一下心情，以前送烟酒，现在与时俱进了，都改送购物券或礼金了，去时揣在兜里，走时往桌上一放，不容易被别人发现还不好推辞，于是皆大欢喜。想到这里，岳一鸣开始考虑要不要借过年之机给赵宏武书记送礼。

通过这两个多月的接触观察，岳一鸣发现，赵书记在丹源镇拥有绝对的权威，赵书记说往东，没有人敢说往西，赵书记说上天，没有人敢说入地。虽说书记和镇长同为正科级别，理论上一个党委“一把手”，一个行政“一把手”，但在实际工作中，在一个工商业欠发达的乡镇，又有多少行政工作能撇开党委的领导呢？赵书记不但对组织人事工作牢牢掌控，就连镇长具体负责的行政工作也时时插手，事事询问，弄得镇长朱江海也没办法，只好以一切工作都要坚持党委领导来自嘲和自我宽慰。镇长尚且如此，可想而知其他的副职们对赵书记会是怎样唯命是从了。

每年春节过后，镇党委政府第一道工作会就是安排各位镇领导新一年的工作分工。组织原则是“党管干部”，所以党委书记对此可以说是一言九鼎。民主一点的党委书记还可能和镇长商量一下，霸道的党委书记就完全是“一言堂”了。为了和书记搞好关系，争取被安排称心如意的分管业务，各位副职逢年过节都要到书记那里“略表寸心”。如果书记被惹得不高兴，来年工作会上直接宣布让你协助镇长工作，你就完了。不抓具体的业务口，一个副镇长也稀松，不但工作上没人找你请示汇报，更实际的是买点儿东西发票都没地儿报，想吃肉喝酒也没人请，完全一个披着副镇长外衣的空架子、纸老虎。岳一鸣可不想要这样的结果，他决定，年前一定要给赵书记送份厚礼。

送什么呢？想来想去还是送人民币吧。送多少呢？岳一鸣凑来凑去只凑了一万元，但他觉得一万元有些拿不出手，于是跟妻子方婕商量，你找你哥再借一万块钱吧。你现在支持我，等我混发达了，班也不让你上，你就光坐在家里当官娘子吧。方婕扑哧笑了，说，我才不稀罕当啥官娘子，你别学陈世美就行。方婕于是给在深圳开公司的哥哥打电话，借了一万元让岳一鸣送礼。

岳一鸣腊月二十八晚上敲开了赵书记的家门。赵书记的妻子和女儿见来了客人，打过招呼后，自觉进了卧室关上门。赵书记给岳一鸣沏了一杯西湖龙井，岳一鸣站起身恭敬地接了，然后两人闲聊起来。聊了将近二十分钟，岳一鸣觉得该告辞了，该来的时候一定要来，该说的话一定要说，该走的时候也绝不能拖泥带水，这个火候必须掌握好。他站起身说，赵书记，时候不早了，我就不打扰了，然后从口袋里掏出一个厚信封，顺手放在桌子上，来的时候匆忙，也没买啥东西，这是一点儿心意，让嫂子买点年货吧。赵书记也站起身，不急，再坐会儿嘛。哎，看你弄这干啥，来了我就很高兴了。说着，把岳一鸣送到门口，打开防盗门。岳一鸣走出门。告别时，赵书记握了握他的手，有意或无意地说了一句，好好干。

五

正月初七，春节假期后上班的第一天，丹源镇党委书记赵宏武在全体镇党委委员和政府班子成员参加的工作会上，正式宣布了岳一鸣的工作分工，分管文教、宣传和招商引资。赵书记说，考虑到一鸣同志是教师出身，故让他分管文教和宣传，又考虑到一鸣同志比较年轻，适合经常出差，所以也让他分管招商引资。大家听后都微笑，并报以热烈的掌声。

没过几天，丹源镇教办室主任周育安给岳镇长打电话，邀请岳镇长参加全镇教育工作总结表彰大会。岳镇长爽快地答应了。

丹源镇一中大礼堂主席台上，岳一鸣被安排到最中心的位置。周育安主任介绍完岳镇长后，台下响起一阵雷鸣般的掌声。岳一鸣起身致谢，望着台下黑压压的三四百名教职员工，他心中不由得涌起一丝满足和激动，心想，自己如果不是跳出教育系统，很可能永远是台下森林般人群中的一片普通的叶子，恐怕一辈子只有鼓掌点头的份儿了。

会议议程不少，最后一项是为上一学期优秀教师颁奖。欢快的音乐声中，获奖老师依次登上主席台站成一排领奖。等获奖教师站定转身，岳一鸣才发觉自己面前竟然是一位长发披肩的美女。岳一鸣与她对视一眼，竟然有些慌乱，急忙转移目光与她握手道贺，把奖品递给对方。等获奖教师转过身照相，岳一鸣才大胆地盯着后边看了几眼。眼前的美女教师亭亭玉立，上身穿着亮红的长绒毛衣，下身是黑呢短裙和黑色长筒靴，大俗即大雅的色彩搭配使其如一朵娇艳的腊梅绽放在春意初露的枝头。

颁奖完毕，岳一鸣的目光不由得追随着这朵“腊梅”往主席台下看去。快下主席台时，对方居然回过头，让岳一鸣的目光无处可躲。目光交汇的一刹那岳一鸣的心里就像过电一样悸动了一下，他看到对方嘴角似乎也流露出一丝浅笑，然后轻甩下额前的碎发，走回座位去了。岳一鸣拿起获奖教师名单，看到了一个名字，柳琳菲，丹源镇中心小学音乐老师。

大会结束时已经中午 12 点多了。周育安主任无论如何也要挽留岳镇长吃顿饭，岳一鸣推辞不过就恭敬不如从命了。岳一鸣非常清楚，乡镇教办室是县教体局垂直管理单位，镇政府对全镇教职员工的工资职称、晋级调动等实际并没多少发言权，但因为镇财政每年都有一定的教育经费拨付，是给 10 万还是 20 万，关键就看教办室主任和镇主管领导玩得咋样了。现在刚换了镇主管领导，周主任当然不敢怠慢，为了以后公事好办，也一定要趁此机会拉近一下私人感情。

宴席设在丹源镇最好的丹碧楼大酒店。岳一鸣和周育安坐在主宾位，其他教办室领导在下首陪着。席间自然又少不了对岳镇长年轻有为、前途不可限量的夸奖赞颂，也不知是听得还是喝得，岳一鸣有些飘飘然了。他拉住周育安的手：你是周主任，更是老大哥，咱也曾经同行过，丹源镇教育上不论有啥事，你只管来找我，我一定给你解决。去年镇里给你们拨多少钱……20 万吧，今年我保证超过这个数，至少给你们……25 万，够不够？不够你再说……岳一鸣伸着手比画着。周主任眉开眼笑，连连说，镇长老弟，再碰一杯，再碰一杯。

六

天气一天一天转暖了。水碧了，草绿了，花开了，雁归了，人的心情也随之轻快起来。

一个周五的下午，岳一鸣在办公室起草一份文件，一投入就忘了时间，等草稿初成，站起来打个哈欠伸伸懒腰，走廊东头卫生间开闸释放一趟，才发现整个办公楼已经人走楼空。岳一鸣在空荡荡的走廊里挥挥胳膊踢踢腿，还故意把脚步踏得啪啪响，似乎一名没有老师监督的小学生一样轻松自在。

岳一鸣关了电脑，锁上房门，走出办公楼。春日周五下午的政府大院一片寂静，工作人员都急着回城和家人团聚去了，谁还严格遵守 5 点半下班的作息时间。岳一鸣看看无车可蹭，只好到街上的公交班车站点碰碰运气。很不巧，最后一班车刚开出不到五分钟。岳一鸣有点踌躇了，还要不要回城，回的话怎么回，不回的话找谁组织个小饭局？

岳一鸣站在路边东张西望，掏出手机，正想给妻子方婕打电话，这时，一辆红色的奇瑞 QQ 轿车停在他面前，副驾驶座车窗玻璃摇下，甜美的声音飘了过来：岳镇长，回城吗？岳一鸣有些意外，迟疑地说，是啊，班车错过了。他俯身往车里一看，心脏猛地一跳，这位美女好面熟……他正努力回忆曾经在哪里见过，车门已经从里边打开了。上来吧，我也回城，请你搭个顺风车。岳一鸣犹豫了一下，坐进了车里。

QQ 平稳地行驶在新翻修的柏油公路上，车窗外夕照如金春景如梦，车内两人对视一眼后却一时无话，气氛渐渐有些尴尬。还是美女先打破沉默，岳镇长，还记得我吗？

岳一鸣不好意思地笑了一下，呵呵，刚才猛一下只觉似曾相识，现在想起来了，音乐老师柳琳菲，我给你颁过奖。没记错吧？

柳琳菲睨视岳一鸣一眼，还行吧，你要是记不起来，我就不拉你了，或者要你掏车费。

那你准备要多少呢？

当然越多越好啦。我一眼就认出你了，你要是记不起我，那多不公平，你肯定要大大地补偿我了。

呵呵，怎么会呢，如果连你都记不起岂不是对美丽的最大亵渎？

有佳人相伴的时光过得就是快，三十多里地一晃而过，似乎还没说几句话，车已进城。行至人民路口，岳一鸣说，就到这里吧，我要下车了，谢谢柳老师。柳琳菲问，你不是说你家在前边的小巷里边吗？这不还有几百米呢。不用送了，我到农贸市场买点儿菜，岳一鸣辩解道。柳琳菲撇撇嘴，是怕嫂子看见有美女相送回家让你跪键盘吧？岳一鸣脸一红，哪能呢，你嫂子很开明的。哈哈，算了，看你脸都红了，不和你开玩笑了，我走了。周一早上你要是还想搭顺风车就给我打电话哦。柳琳菲按按喇叭，开车走了。望着远去的车影，岳一鸣伸手摸了摸自己的脸，心想，真的红了吗？不至于吧？

他回到家，方婕已经把稀饭熬好了。岳一鸣兴致不错，围上围裙亲自下厨炒了一荤一素两个菜，又开了一瓶红酒，找了半天也没找到高脚玻璃杯，只好用茶碗一人倒了一碗。方婕絮絮叨叨说些单位的事情：学校买了一辆二手桑塔纳，校长一人霸占，谁也不让坐一下；教化学的王昌平这次没评上高级职称，和校长大吵了一架；教务处主任董宇正在活动往城里调，主任也不想当了……岳一鸣喝了一口红酒，说，管他们呢，咱先干好工作，随后也活动活动把你调回县城。

周日中午刚吃过饭，岳一鸣就接到高中同学王大伟的电话，说这边有个大工程，结钱及时绝不拖欠，我们几个等你来商量商量入个伙。岳一鸣对这个到处包工程的同学还是有点了解的，他有些将信将疑，不过想想下午也没啥事就答应了。他赶到王大伟的小公司时，只见一台自动麻将机上麻将牌已码得整整齐齐，王大伟、县纪委的林平、城关派出所的宋鹏在旁边的沙发上正品着茶。岳一鸣哈哈大笑起来，原来是“修长城”啊，大工程，真是大工程！王大炮果真名不虚传！王大伟也哈哈大笑，不这样说你会来？现在当上领导了，也不常过来跟兄弟们玩了啊。岳一鸣说，这算啥领导，整天瞎忙而已，然后和林平、宋鹏握握手。四人就各据一方酣战起来。

从下午1点多开始，一直到吃晚饭时间，岳一鸣都没咋赢，到最后一把牌，岳一鸣又给王大伟点了一炮。王大伟哈哈大笑。岳一鸣把牌一推，说，不玩了，手气霉透了。你这个王大炮，为富不仁，宝马都开上了，还让我这小公务员给你作贡献。哈哈，我请客，我请客，吃饭去，王大伟开车拉着几人到饭店，点了一桌子酒菜。

王大伟和岳一鸣是高中同班三年的同学，关系自不必说，林平和宋鹏与岳一鸣一攀谈才知也是高中校友，甚至林平与岳一鸣还是大学同系校友。几个人越说越近，越聊越热，吃得尽兴，喝得热闹，没多大工夫，三瓶泸州老窖就报销了。酒场还没散，王大伟又提出到新开的金丽莎 KTV 唱歌。身为副所长的宋鹏一听，说，这小意思，我来安排。他掏出手机给金丽莎老板打电话，简单几句后，就说，搞定，李总给咱留218大包，十来个人都没问题。

到218包间刚坐定，王大伟就张罗着要叫美女来陪唱。谁知道今晚生意过于兴隆，他们等了半天大堂经理也没有叫来。宋鹏掏出手机又要给李总打电话，被岳一鸣拦住。算了，李总给咱安排房间，又送啤酒和果盘，已经够意思了。要不……咱自力更生？说完，借着酒劲就给柳琳菲打电话。柳琳菲正在家闲着无聊，问清地址就说，好啊，马上到。王大伟凑过来问，叫的谁啊，这么爽快？岳一鸣说，嘿嘿，才认识的一个“表妹”。好像现在出来玩，叫不来一两个“表妹”就是一种人生的失败似的。林平说，这事还是要统一，要叫老婆来都叫老婆，要叫表妹都叫“表妹”。几个人就开始打电话，不通了换个再打。不出半个小时，四位漂亮时尚的“表妹”居然都赶到了，各找各的“表哥”投怀送抱，开始唱歌、喝酒、摇骰子，一片灯红酒绿纸醉金迷。

岳一鸣唱了一首《向天再借五百年》，然后又和柳琳菲合唱了一曲《知心爱人》。几位听得都惊呆了，该豪放的豪放，该柔情的柔情，想不到音乐水准如此之高。王大伟乘兴非要拉着柳琳菲唱一首《爱是你我》。扭捏作态地唱完后，王大伟附到岳一鸣耳边说，还是你的“表妹”最漂亮、最有气质，哥我看中了，开个价转让给哥吧？岳一鸣捣了他一拳，你以为我是拉皮条的。你这家伙已经三妻四妾了，还吃着碗里眼馋别人锅里？正说着，王大伟的“表妹”过来，拧着他耳朵扭到那边沙发上去了。大家都看得哈哈大笑。

周一早上，岳一鸣醒来后妻子已经起床。他睁着眼躺在床上，仍然觉得头有点晕，身子轻飘飘的，正努力回忆昨夜是如何回家时，手机来短信了，柳琳菲发的：接你上班吗？岳一鸣听着妻子在厨房叮叮当当地忙活，心里隐隐有些愧疚，想了想，回了短信：上午到县政府办点事，你不用等我。很快他就收到柳琳菲回的卡通头像：一个噘着嘴巴、满脸失望的小女孩。

七

岳一鸣在办公室浏览网页时，一条新闻引起了他的注意：邻省某山区有一对留守儿童，因想念远在广东打工的爸爸妈妈，七岁的姐姐带着四岁的弟弟瞒着年迈的奶奶出走，结果三天后人们在悬崖下找到了姐弟俩残缺的尸体。岳一鸣盯着屏幕心里久久不能平静，的确，留守儿童的健康成长现在已经成了严重的社会问题。岳一鸣百度了一下，发现网上有全国留守儿童数量的保守估计，5800 万，数目大得让人吃惊。

岳一鸣拿起电话给教办室周育安主任拨了过去：周主任，我是岳一鸣。哦，岳镇长，镇长老弟，有啥指示？我想了解个情况，现在我镇总共有多少学生？不包括幼儿园总共有中小学生 3890 多名。那父母都不在家的留守儿童有多少？这个……这个，我们还没有正式统计过。咱们这里外出打工的人比较多，应该有百分之三四十的比例吧。那麻烦你们统计一下，尽快给出一个准确的数据，随后再选出十名品学兼优、家庭条件比较差的留守学生。我向书记汇报下，看镇里能否组织个活动，从经济等方面扶持资助一下，唤起全社会对留守儿童健康成长方面的重视，你看好吗？太好了，太好了，周主任兴奋地说道，我们也早就有这想法，但因为种种原因一直没落实。现在岳镇长亲自提出，我立即安排落实。岳一鸣也笑了，说，我也马上去给赵书记汇报，想了想又交代道，确定十名留守儿童要尽量找穿得干净整齐、看起来比较机灵懂事的学生。周主任笑着说，那是自然。

下午没什么事，岳一鸣和焦副镇长、镇工商所王所长到金兴隆超市老板蔡生金办公室斗地主。岳一鸣手气不错，玩了四五个小时，赢了 650 块钱。岳一鸣要请客，蔡老板说啥也不让，说，都是尊贵的政府领导，能来小店已经让小店蓬荜生辉了，咋能让领导再破费请客。他开着新买的现代途胜越野车，把他们拉到十几里地开外丹江水库边上一个名叫“秀水居”的乡野饭馆，点了一个清炖鱼、一盘黄焖柴鸡，每人再来两只麻辣卤羊蹄，外加三个山野素小炒，又分了两瓶白酒。四人吃喝得满嘴生香，直呼过瘾。

回到宿舍，稍有醉意的岳一鸣睡不着，电视上乱七八糟的肥皂剧也看不进去，和衣躺了一会儿，还是睡不着，索性出去走走。外边月色朦胧，微微的春风让夜色也变得更暧昧了。岳一鸣走着走着不经意就走到了丹源镇中心小学门口。他忽然想起了柳琳菲，自上次 KTV 唱歌之后就没见过她了，后来柳琳菲倒是给他打过两次电话，发过几个短信，他都没有约着见面。丹源镇太小，他怕两人接触多了发生不该发生的事情，更怕遭人非议影响仕途。但现在，看看校园寂静无人，岳一鸣借着酒劲给柳琳菲打了电话：睡了吗？我在你们学校门口……柳琳菲迟疑了一下：那你进来吧，我住东边宿舍楼一楼最南边的房间。

他刚走到门口，门就开了。岳一鸣一闪就进了屋。房间不大，但很整齐。岳一鸣坐在床边的椅子上，柳琳菲穿着粉红色的睡衣坐在床沿上，有些疑惑又有些幽怨地望着岳一鸣。岳一鸣有些不好意思，刚喝过酒，睡不着，出来走走就走到你们学校门口了……感谢岳镇长百忙之中还能记起我这个小女子……别刺激我了，岳一鸣尴尬地说道，酒喝多了，口干，能给我倒杯水吗？柳琳菲起身倒了一杯水。就在她俯身往旁边的小桌上放杯子时，岳一鸣无意间从柳琳菲低垂的领口处看到了两个雪白浑圆的乳房，没戴胸罩，岳一鸣可以肯定。岳一鸣看得有点眩晕，甚至下身还有了一点点生理反应，自然也越发口干舌燥了。为了掩饰自己的窘态，他只好不停地喝水，然后没话找话地问柳琳菲，你老公呢？咋也不常来看看你？唱歌那天晚上不是给你说过吗，他是海员，一年有大半年都在大洋上满世界漂呢。哦，那天喝醉了，没记住，那你们咋不要小孩呢？真该死，话一出口岳一鸣就后悔了，净问些愚蠢的话题，岳一鸣第一次觉得自己原来如此枯燥乏味。他觉得不能再待了，再待下去只怕会说些更无聊可笑的话。他站起身说，我该走了，你也早点休息吧。柳琳菲抬眼看了看岳一鸣，没有作声，走到门口开了门。

岳一鸣回到宿舍，脑海里一直是那两个又白又圆的乳房在晃悠，翻来覆去还是睡不着，干脆把电视音量开大，躺在床上强迫自己看电视里的动物世界，不知什么时候居然睡着了。

第三天上午，教办室主任周育安来到岳一鸣的办公室，拿来了全镇留守儿童统计报表和十名遴选出的留守儿童的照片及情况介绍。

岳一鸣看着统计数据，得知全镇学生只有单亲在家的留守儿童比例为42.6%，父母双亲都不在家的也高达28.9%。数目庞大啊，岳一鸣心里有些震撼。再翻看十名留守儿童的照片和情况介绍，岳一鸣又一番感慨，有父母双亡的，有爹死妈改嫁的，还有孤寡老太太捡弃婴养大的……几乎每个留守儿童背后都有一个令人心酸的故事。

岳一鸣仔细看完，对周育安说，周主任，教育系统战斗力强啊，才三天，你就把如此详细的统计资料拿过来了。我抓紧和赵书记汇报，等定出具体的资助扶持标准和办法，我再联系你。好，好，等你电话，周主任和岳一鸣又闲扯几句就告辞了。

送走周主任，岳一鸣就给大学同学、《楚北日报》记者郝文打电话：郝大记者，又在哪儿敲诈勒索呢？谁呀……哦，岳镇长啊，多日不见，听说你升官发财了，正准备到你那里打秋风去呢。好啊，好啊，我正要邀请你来呢。丹源镇山清水秀人亲，临近南水北调中线源头丹江水库，还有刚发现的杏山楚国古长城，可以登高楚长城，畅游丹江水，你不想过来采采风，顺便看看老同学？说得郝文心驰神往，立即答应前来。

周六上午10点，郝记者带着漂亮的女助手小卢开着一辆无牌的白色轿车如约而至。刚下车，郝文就被岳一鸣拽到了镇政府会议室。这里显然在搞一个什么活动，郝文拿着相机站在边上听岳一鸣简单介绍完情况，就知道自己该干什么了。等到镇党委书记赵宏武讲话，郝记者早就手不离快门地“咔嚓”开了。

领导们讲话都离不开“三”，赵书记也主要讲了三点：一是留守儿童的学习生活、心理状况已成为社会焦点问题，要唤起全社会都来关注、关爱留守儿童，要从实际事情做起；二是召开全镇专项工作会，专门对各村留守儿童的家庭情况进行详细摸底排查，镇直属各部门和各村要制定措施和计划，及时跟进帮扶；三是对现场这十名家境贫寒、品学兼优的留守儿童代表，不但要给予物质和经济扶持，还要从心理上、感情上进行抚慰。说到这里，赵书记顿了一下，我的想法是，镇里主要领导正好十人，每人选一名留守儿童进行一对一的帮助，当他们的“代理家长”，你们看如何？大家一听自然都非常支持，欢快的掌声拍得“啪啪”响。

赵书记望着十名留守儿童代表，正不知道挑选谁，一名大眼睛的小姑娘站起来说，赵伯伯，你当我的“代理家长”好吗？赵书记立即满脸堆笑，好，好。你叫什么名字？几岁了？我叫赵采宁，快七岁了。哎呀，你也姓赵，看来我们还真是有父女缘分啊。说着，赵书记拿了一个粉色的书包和一个装有1000元钱的红包走过来，把书包给小采宁背上，把红包递到她手里，又抱起她。小采宁毫不怯场，趁势在赵书记的脸上亲了一下，惹得大家都哈哈大笑。郝文的相机一直对着赵书记，抓拍下了这珍贵的一刻。

中午，镇政府招待所准备了几桌丰盛的午宴，十名留守儿童和自己的“代理家长”一起吃过饭后，就由教办室周主任安排送回去了。

下午，岳一鸣约上柳琳菲，陪着郝文和小卢尽情游山玩水，直到夕阳西下。

岳一鸣把晚饭安排在前几天刚吃过的“秀水居”。清炖黄焖，家常小炒，吃得郝记者赞不绝口。老同学相见，酒自然是少不了的，本来想着分一瓶正好，谁知郝记者带的漂亮助手小卢原是巾帼豪杰，也要和岳镇长拼酒，于是商定由柳老师驾车，其他三人均分。很快两瓶白酒见底，小卢已显醉态。岳一鸣故意问，美女，还喝不喝？小卢把桌子一拍，喝……为啥……不喝？姐怕了谁？岳一鸣说，好好，我去拿酒。他给郝文使了个眼色，二人前后出来。

岳一鸣说，今晚住镇政府招待所吧，刚装修过，虽不及楚北市的星级宾馆，也算干净整洁。郝文说，客随主便，听你安排，说完看岳一鸣在对着他嘿嘿坏笑，忍不住问道，你不怀好意地笑啥？小卢挺漂亮啊，看着像个学生，你咋勾搭上的？啥叫勾搭？狗嘴吐不出象牙，人家小卢可是刚分到报社实习的大学生……不过，跟着我这两个月来，我看现在的大学生可真厉害，啥都懂啊。哈哈，啥都懂，我说你俩不清白吧。郝文赶紧辩解，你这人咋这么龌龊，不是那意思。好了，好了，不逗你了，你只说一会儿回去给你开几个房间吧，一个还是两个？郝文顿了一下，推推眼镜，说，你看着办吧。如果连这个小事都安排不好，你就不要在官场上混了。岳一鸣又是嘿嘿一笑，我明白。我看小卢还欠火候，再去陪她碰两杯。

把郝文和烂醉如泥的小卢送回镇政府招待所后，自恃还清醒的岳一鸣开着郝记者的车要送柳琳菲回学校。柳琳菲说，没多远，你也喝不少酒，别送了。岳一鸣说，我有把握，李太白斗酒诗百篇，我喝点酒车开得更好、更稳。

车缓缓行至镇中心小学附近路灯下法国梧桐斑驳的阴影里，停住了。岳一鸣扭过头，一言不发地看着柳琳菲。车内很静，只有发动机空转时微微颤抖。柳琳菲感觉到了岳一鸣越来越灼热的目光，她抬了抬眼，然后略带羞涩地垂下长长的睫毛。看着朦胧灯影下显得愈加妩媚动人的柳琳菲，岳一鸣突然伸出胳膊搂住她的肩膀，有些粗暴地扳过她的头，迅即用嘴压住了她温润的双唇。柳琳菲似乎毫无防备地“啊”了一声，然后用手轻推岳一鸣，结果岳一鸣搂得更紧，甚至把舌头也伸进了柳琳菲嘴里搅腾起来。渐渐地，柳琳菲呼吸急促起来，双手从后边把岳一鸣越搂越紧……

足足过了三分钟，柳琳菲才推开岳一鸣说，你要把我闷死呀。

八

很快，《楚北日报》头版刊发了署名为本报记者郝文、实习生卢春娟、通讯员岳一鸣的长达两千多字的通讯《“代理家长”情意浓，留守儿童笑开颜》，并配有小采宁亲吻赵宏武书记的照片。

岳一鸣把样报送到赵书记办公室。赵书记连看了好几遍，高兴得眉开眼笑，直夸一鸣好样的。岳一鸣说，呵呵，书记能上头版是咱丹源镇的荣耀，我们都盼着你赶紧高升县长、市长呢。

到10月份，岳一鸣这批副科级干部任职就满一年了，县委组织部安排考核组下来逐人进行考核。赵宏武书记非常重视这件事，不但专门开会安排接待考核组吃住行诸事宜，还特别交代大家如何应对考核组的民意调查和个别座谈，并声色俱厉地强调，绝不允许有不同声音出现，一定要确保一鸣同志顺利通过考核。

优秀的岳一鸣同志果然顺利通过考核。两个月后，“助理”二字也被去掉，岳一鸣正式晋升为丹源镇副镇长，成为他们这一批二十名镇长助理、工会主席中，唯一一名在一年后荣升为副镇长的科级干部。

春节过后，赵宏武书记把土地和村镇建设工作也调整给了岳一鸣来抓。在基层乡镇这可是肥得流油的差事，岳镇长俨然成了赵书记跟前的红人，变得更忙也更踌躇满志了。他办公室经常坐满前来汇报、办事、闲聊的人，回到县城也是饭局一个接一个，偶尔在家吃顿饭，方婕就“受宠若惊”了，不无讥讽地说，领导还知道家在哪儿啊，这不就是旅馆吗？

岳一鸣说，其实我也很无奈啊，给你转个短信看看吧。方婕打开手机：革命的小酒天天醉，喝坏了党风喝坏了胃，喝得老婆分开睡，告状告到纪检委；领导说，该喝不喝也不对。方婕把眼一瞪，咋，也准备喝得老婆分开睡？你看你，我是让你看最后一句，该喝不喝也不对。譬如今晚，王大伟上午已经打过几次电话，约我出去吃饭，说有事要找我帮忙，你说我去还是不去？去的话就不能在家陪你，不去的话得罪老同学，以后见面免不了要被冷嘲热讽。王大伟你又不是不认识，那张嘴啥话都敢说……你去吧，去吧，赶紧去吧，反正你的领导、同学、朋友，永远比你老婆重要！方婕气得一摔门进卧室了。

晚上的饭局是王大伟召集的，但请客的却是王大伟表哥的同学路晓。王大伟介绍说，这是我表哥秦成功，这位是表哥的同学，叫……叫啥啊，对，对，路晓。岳一鸣起身和二位握握手。王大伟继续说道，趁还没开始喝，先把事情说了，一会儿喝酒的时候只说杯中物，不准说事。是这样，路晓的老婆在丹源镇当老师，现在不想站讲台了，你看能不能帮她调到镇教办室，好歹也算机关，清闲些。路晓连连点头，是啊，是啊，我当海员成年不在家，她一个人太辛苦了。岳一鸣一听“海员”二字心里猛地一惊，不由得端起茶杯呷了一口，掩饰下自己的心虚。停了一下，岳一鸣故作平静地问道，你老婆叫啥名字？在哪所学校？叫柳琳菲，在丹源镇中心小学教音乐。哦，岳一鸣沉吟道，你们也知道，镇教办室是县教体局垂直管理单位，镇政府对他们的人事调动起不了多大作用，我不敢给你打包票能办成……不过，我和教办室周主任私交还不错，又有大伟、秦兄这关系在这里放着，我尽力而为吧。路晓一听，急忙说道，让岳镇长费心了，多谢多谢！

酒足饭饱道别之时，路晓拿出一个红包往岳一鸣口袋里塞。岳一鸣说啥不收，拉扯一会儿，看对方意志坚定，岳一鸣只好收下。

第二天，岳一鸣到办公室拆开，里边是两千块钱，他很无奈地笑了笑，把钱扔进了抽屉。

岳一鸣拿起办公桌上的电话，想给柳琳菲打，刚拨了两个键，又扣下了，重新拨了教办室主任周育安的电话，说，中心小学的柳琳菲老师是一个关系特别好的同学的妹妹，自己也是刚知道这关系，她身体不太好，拜托周主任给调一个清闲点儿的岗位。周主任略微迟疑一下说，这不是问题，不过要找合适的机会。

没隔几天，岳一鸣约了几个能侃能喝的朋友，在县城最豪华的古城宾馆专门宴请了周主任，最后把周主任喝得坐椅子乱晃走路扶墙，嘴里还嘟嘟囔囔要去 KTV 找姑娘。

不到半个月，周主任就给岳一鸣打电话说，柳琳菲老师今天正式到教办室上班了，以后她主要负责教办室档案资料管理以及和镇政府岳镇长的业务对接了，还特别强调了“业务对接”几个字，说完自己就哈哈大笑起来，笑得内涵很丰富的样子。岳一鸣只好跟着哈哈哈，心想，你真是个老狐狸！

岳一鸣随即给柳琳菲发短信祝贺，又问，想调动这事为什么不直接跟我说呢？柳琳菲回短信：你又不是我老公，我为什么跟你说？我傻呀！岳一鸣想想，觉得柳琳菲这样做还是有她的道理的。岳一鸣最后又给柳琳菲发短信：你老公那天晚上给我送了一个红包，里边是两千块钱，你过来还给你吧。柳琳菲说：我不要，又不是我给你的，我凭什么要啊？

过了几天，岳一鸣要到楚北市土地局办事。正好镇长出差，座驾新捷达在家闲着，岳一鸣找司机要来钥匙就开走了。刚出丹源镇，他忽然想起什么似的给柳琳菲打电话，约柳琳菲一起去楚北市玩。柳琳菲已经回县城，岳一鸣到县城接上柳琳菲，沿着国道向楚北市疾驰。赶到楚北市已经快中午了，岳一鸣说，咱先吃饭，下午再办事。因为到行政机关找人办事的最佳时间应该是上午 10 点到 11 点，早了人没到，晚了人走了。

岳一鸣运气不错，下午很顺利地找到了科长和主管副局长，不到一个小时就把事情办完了。车开出土地局大门，岳一鸣看了柳琳菲一眼，说，半年都没来楚北了，要不咱逛逛？柳琳菲眨眨眼，说，好啊，去人民路中心广场附近吧，那里是商业圈，人多热闹。

周五下午的楚北市中心，人声鼎沸，车水马龙，岳一鸣转了两圈才在路边找了个空位把车挤进去。停好车，两人就往楚北市最豪华高档的金统百货大楼走去。

上电动扶梯时，柳琳菲顺手挎住岳一鸣的胳膊，把头靠在他的肩膀上，在商场轻快悦耳的钢琴曲《致爱丽丝》背景音乐声中，缓缓上升，俨然一对沐浴爱河的情侣。

两人信步闲逛，走到三楼一卖女包的专柜前，岳一鸣看中一款米黄色带镀金饰链的女包，一看售价五千多。不过导购小姐说，现在在做活动，打折后也就三千块钱左右。岳一鸣问柳琳菲，怎么样？柳琳菲翻看一下说，很不错呀。岳一鸣就说，那就买了。美女，开票吧。柳琳菲又似乎很随意地问，是给嫂子买的吗？岳一鸣嘿嘿笑笑，说，是给嫂子的漂亮妹妹买的。柳琳菲一听杏眼圆睁，啊，真不要脸，你和你小姨子还有一腿啊！还没有，还没有，不过快有一腿了，说着，岳一鸣凑近柳琳菲耳边，悄声说道，小姨子姓柳名琳菲，准备今晚就和她正式有一腿……柳琳菲一听双颊绯红，伸手拧了岳一鸣大腿一下，你想死吧！

女人一逛街就像鱼儿见到了水，游得水花四溅也不会累。柳琳菲拽着岳一鸣又到附近的商业步行街一家店一家店逛了半天，直到华灯初上才回到车边。打开车门刚要往车里坐，岳一鸣忽然看到前挡风玻璃上夹了一张小纸片，取下一看原来是交警贴的罚单。岳一鸣这次来楚北本不想联系杜潇的，无奈车辆幸运中彩，只好给杜潇打电话。杜潇说，这个小意思，我立即给你解决，你原地等着。我马上过去，请你吃饭哦。没等岳一鸣推辞，杜潇就挂了电话。很快，杜潇就带着漂亮的女朋友出现在岳一鸣的面前。

杜潇看到岳一鸣身边的柳琳菲，眼神闪过一丝疑惑，接着呵呵笑起来，美女，你好，欢迎欢迎！杜潇的女朋友不明就里，亲热地过去和柳琳菲拉手聊天。寒暄完毕，杜潇的女朋友提议去吃西餐，于是几人就往不远处的流金岁月西餐厅走去。路上经过一处便利店时，杜潇进去买了一瓶52度的泸州老窖藏在怀里，拿进餐厅用喝柠檬水的杯子和岳一鸣一人一半分喝了。

吃过西餐，杜潇到附近的怡秀宾馆给岳一鸣开房间，在前台办手续时，杜潇扭过头眨了一下眼睛，笑着说，不好意思，我VIP卡上的钱只够开一个房间，委屈你们了。岳一鸣没说话，嘿嘿笑了一下，心想，环境真是改变人啊，这家伙现在也变得会来事了。

杜潇和女朋友到房间里闲聊了一会儿就告辞了。刚一关上房门，岳一鸣就迫不及待地扑上前去，抱住正拿着电视遥控器乱摁的柳琳菲倒在床上。

柳琳菲微闭着眼，半推半就地抵抗着，随着岳一鸣饥渴如婴儿般乱拱的嘴唇带来的触电般的感觉，柳琳菲象征性的抵抗越来越弱，呼吸也逐渐急促起来。岳一鸣的右手不老实地滑进了柳琳菲的上衣里边……

激情过后，岳一鸣温柔地搂着柳琳菲，忽然发现柳琳菲的眼角滚落几颗泪珠。你怎么哭了？岳一鸣有些惶恐地问道。柳琳菲没有说话，只是紧紧地抱住岳一鸣，轻叹了一口气，过了好一会儿，用他的肩膀擦了擦眼泪，然后轻轻咬了一口，柔声说道，我也不知道，就是想流泪。

九

岳一鸣正在办公室看报纸，王大伟忽然闯进来，门也没敲，吓岳一鸣一大跳。哎，你个王大炮，从哪儿冒出来的？也不打个电话，好给你举行个欢迎仪式啊。哪敢，哪敢，你们这政府衙门，草民我能进来不被赶走就不错了，还敢奢望镇长大人亲自去迎接？说着，王大伟却不客气，直接坐到了岳一鸣刚起身的座椅上，说，我也感受下当镇长的滋味。坐了半分钟，他又站起来，连说头晕头晕，镇长的宝座果然不是我这等草民能坐得了的。二人哈哈大笑起来。

王大伟端起茶杯喝了一口，才正式说道，老同学，我这次来真的想找你合伙搞个项目，给你招商引资和村镇建设工作添砖加瓦。岳一鸣微微一笑，说说你的想法。王大伟滔滔不绝地讲开了，老同学，你知道现在干啥最赚钱？房地产！地能生金啊，把地一圈就是钱，盖房卖掉更赚钱，福布斯富豪榜前十名有八个都是搞房地产的。不瞒你说，真是暴利呀！我去年在县城西郊盖了座住宅楼，成本不到800万，你知道卖了多少吗？卖了2000多万！别看你是堂堂国家干部、副镇长，那点工资你啥时间能挣100万？就算你既贪污又受贿一年能捞多少？养家糊口都紧巴巴，更别提包小蜜养二奶了。到星级饭店你敢自费请顿客，不得你三个月扎住脖子不吃不喝才怪，对不对？

岳一鸣端杯喝了口茶，笑着说道，你铺垫忽悠得也差不多了，说吧，我们这小镇上能有啥引起你兴趣的项目？暂时还没有，王大伟坦率地说，但我们可以创造一个，譬如……开新街。他说完，盯着岳一鸣看他的反应。岳一鸣身子不由得往前一倾，开新街？这个我倒真没想过。王大伟得意地说，我们是干啥的，商人，商人就要操商人的心，就是一泡屎我也想着能不能用来腌制臭豆腐，更别提这个了。哈哈，那你看丹源镇上哪里能开新街？岳一鸣问道。现在我哪里知道，咱一起去镇上实地转转看看，考察一番后再说吧。

丹源镇像中国千千万万个其他乡镇一样普通，主要街道就两条，呈十字架布局。这几年人们都一窝蜂似的往主路两边盖新房，结果使丹源镇的城镇化就体现在十字架一横一竖地迅速拉长上，不过整个中心镇区容貌倒没有太大改观。

王大伟开着宝马拉着岳一鸣在镇街上慢悠悠地转了一圈又一

圈，最后在208省道自东向北拐弯的地方停了下来。王大伟眯着眼看了半天，然后兴奋地用手比画，老同学，你看，咱们如果沿着208省道的方向自东向西然后再南北向开新街，不但能造出两条街，还将彻底改变丹源镇镇容、镇貌建设落后的局面……岳一鸣笑了笑，不置可否。他太清楚了，王大伟的设想听起来很美好、很宏伟，但如果按照他的思路规划建设，丹源村至少五百多亩基本农田将被占用。变更基本农田的性质要一直上报到国务院，在下边随意胡批乱建的责任谁敢承担？

王大伟似乎看出岳一鸣的顾虑，说道，一亩地你种粮食一年能挣多少钱？两千块顶天了。可是把它开发了一亩地就是几十万上百万。你怕啥？我开发的地方多了，各地都是这样。放心，老同学，我不会让你独自担这个责任的，说实话，你也不一定担得起，你只需要给我出出主意，在你职权范围内尽力相助就行了，王大伟说着，亲热地拍拍岳一鸣的肩头，笑了笑，我不会亏待你的。

几天后，赵宏武书记把岳一鸣喊到办公室，谈起了乡镇规划建设的事。赵书记说，要改变集镇面貌需要开阔思路大手笔，最好另起炉灶开新街。赵书记用手在地图上比画着，一鸣你看，我们顺着208省道的方向开一条东西街，然后往西五百米的地方南北方向再开一条街，丹源镇中心集镇就由“十”字架变成了“井”字形。我们把新开的街道硬化、绿化搞好，路两边装上路灯，房子也建得漂漂亮亮，丹源镇的面貌就会有一个翻天覆地的变化。岳一鸣在赞叹赵书记高屋建瓴设想宏伟的同时，也在心里骂王大伟，好你个王大炮，这么快就把赵书记买通了！

回到办公室，岳一鸣就给王大伟打电话，王大伟毫不掩饰地说，前几天确实见了赵书记，已经把开新街的宏伟设想成功推销给了赵书记。赵书记非常热心，非常支持。岳一鸣气呼呼地说，赵书记现在把任务砸给我了，你说我咋办？好办，王大伟不紧不慢地说，我知道这个项目要占用不少基本农田，所以我们遇到这种情况一般都不会去报批土地性质的改变，而是租地，以租代征。租地等于是土地流转，符合国家政策。租他个二三十年，一亩地先付一年租金一千元，我们就可以动工建设了，房子框架一起就有人买，资金一回笼再把剩余租金一清，就等着数票子了。岳一鸣忍不住插话道，那二三十年后呢？王大伟哈哈大笑，二三十年后谁知道是啥形势，谁知道我王大伟还在不在这个世上呢。咱只管眼前有钱赚，哪管得了那么多！一席话听得岳一鸣如醍醐灌顶，心想，王大炮真不愧是王大炮，怪不得人家能发大财！

镇里很快成立了新街工程指挥部，赵宏武书记亲自任指挥长，岳一鸣任副指挥长兼办公室主任。因为岳一鸣也分包丹源村，与村民协商租地的工作主要还是靠岳一鸣来完成。王大伟后来给岳一鸣送了个红包，里边装了一万元钱，说是一点活动经费，并许诺新街建成后将在中心地段送给岳一鸣一套门面房。虽然是空头支票，岳镇长也听得心花怒放。

经过三个多月艰苦的反复谈判协调，总算把所有的租地协议都签了下来。王大伟特意找大师择了一个良辰吉日，在丹源镇举行了盛大的开工典礼。

仪式由岳一鸣主持。现场锣鼓喧天，鞭炮齐鸣，彩旗招展，人头攒动。赵宏武书记、王大伟作了热情洋溢的讲话，给丹源镇人民描绘了一幅美好生活的锦绣画卷。

十

岳一鸣最近明显感觉到柳琳菲对自己越来越依恋，感情也越来越炽热了。他经常在开会或跟客人谈事时，接到柳琳菲的短信：亲爱的，干吗呢？想我了没有？短信还好说，更让人哭笑不得的是有次他正跟赵书记汇报工作，柳琳菲电话打过来说，昨夜我做了个梦，梦见我们一起凭海临风，远处海鸥飞彩云飘，可浪漫了……岳一鸣赶紧说，我正忙着，过一会儿给你打。他刚挂断电话柳琳菲又打过来，岳一鸣挂了，柳琳菲还打，岳一鸣干脆关机了。

这可不应该是一个聪明女人的做派，岳一鸣心里隐隐有些不安。岳一鸣觉得自己还是很理智的，他不能说不喜欢柳琳菲，恰恰相反，他非常迷恋柳琳菲的身体。在和柳琳菲独处的时光里，他总是紧紧搂着她，吻得柳琳菲都有些不好意思。但他一回到正常工作中，立刻就会找回一名基层领导干部的状态和威严，把一切风花雪月的事情暂时抛在脑后。这一点常让他自鸣得意，认为自己是一名能够掌控好生活与工作界限，情感上收放自如，不会为儿女情长所累的男人。

都说热恋中的女人是傻子，柳琳菲似乎正处于热恋状态，电话、短信一天总要互动好几次，弄得岳一鸣疲于应付，回家之前总要仔细检查一遍手机，把有关蛛丝马迹删掉后才敢进门，到家后也要把手机调成震动，放在触手可及的地方。

一天深夜1点多，岳一鸣正睡得迷迷糊糊，感觉到枕边的手机在“嗡嗡”震动，抓过来一看，柳琳菲发的短信：亲爱的，我睡不着，你来抱着我睡好吗？岳一鸣吓得要死，赶紧删了短信然后关机，转过头看妻子呼吸均匀睡得正酣，岳一鸣这才放下心来，但从此也养成习惯，一回到家就把手机关掉。

岳一鸣后来见柳琳菲，让柳琳菲聪明理智点，别有事没事就打电话、发短信，说，你这是玩儿火，弄不好就会把我俩都烧死，又引用秦观《鹊桥仙》中的一句词来安慰她，“两情若是久长时，又岂在朝朝暮暮”。柳琳菲很委屈的样子，我不管那么多，我就是想你，想跟你说话想听听你的声音，想见你，你说咋办？岳一鸣听后，心底暗生悔意，本想蜻蜓点水般地玩儿个两情相悦，如今却感觉像是陷入了感情的泥淖，无法挣脱也不敢挣脱。

有的女人第三感觉是很灵敏的，对丈夫是否在外拈花惹草，回来闻一闻嗅一嗅就明白个七八分；有的女人似乎对此很愚钝，亮牌后总是哭着说，自己是最后一个知道的。方婕是一个聪明的女人，其实早就察觉到丈夫岳一鸣的反常举动，但她一直没有大吵大闹，一是自己确实也没抓到什么把柄，二是岳一鸣的隐瞒说明他还顾着这个家，顾着这份夫妻感情，所以，方婕也懒得去主动找事，闹得鸡飞狗跳。不过看几个月来岳一鸣一直没有幡然悔悟，也没有主动坦白的意思，她还是决定敲打敲打他。

周五的晚上，岳一鸣难得在家吃顿饭。方婕似乎很高兴，围上围裙，在厨房一阵忙活，很快端上来四菜一汤，都是岳一鸣最爱吃的。岳一鸣说，哎呀，老婆搞得如此隆重，真是受宠若惊啊！方婕莞尔一笑，要想拴住男人的心，首先要留住男人的胃，我要让你知道，最疼你的永远是你的糟糠之妻。岳一鸣感觉妻子话里有话，只好打哈哈，那是，那是，知冷知热结发妻嘛。

吃着吃着，方婕忽然抬起头问道，有个关于男人的段子，你听过没有？你说说看，岳一鸣嘴里正嚼着菜，含混不清地说道。方婕似笑非笑地说，是四句顺口溜，说男人出轨的种种表现：单位经常加班，短信看完就删，回家手机就关，裤头经常反穿。我看你已经占了三条，裤头反穿暂时倒还没发现。方婕盯着岳一鸣的脸看他的反应，你说，你在外边是不是有了别的女人？岳一鸣心里咯噔一下，但外表依然波澜不惊，哈哈，老婆，咋可能的事。你也知道，最近丹源镇搞开发，我是现场指挥，工地上已经忙得焦头烂额，回来了就不能把手机关了图个清静？解放区的天还是晴朗的天，五星红旗永远迎风飘扬，别想多了哦，想多了会伤身体的。说着，岳一鸣夹起一块肉放在方婕碗里，老婆，多吃点，养养身子，我还指望你抓紧给我生个白胖儿子呢。方婕“扑哧”笑了，今天我就不深究了，要是哪天让我抓住证据，你可小心你的命根子！

十一

周一上午的班子会一般情况下都是由赵宏武书记召集主持，最后由镇长具体安排，但今天的例会赵书记竟然前所未有地缺席了。镇长只是面无表情地说了一句，宏武书记临时有事，今天的会议由我主持，然后就开始开会了。

岳一鸣隐隐觉得不对劲，但看大家都若无其事地听着镇长安排工作，只好也拿起笔在本子上胡乱画着。

散会回到办公室，岳一鸣犹豫半天后还是拨了赵书记的手机，但话筒里悦耳的女声提示：你拨打的电话已关机。想了想，他又拨了王大伟的电话，居然也是关机。岳一鸣心里顿时有了不祥的预感：赵书记不会是出事了吧？

向谁打听了解一下呢？岳一鸣走出办公室，想找个人随便聊几句，看到走廊里空无一人，又折回来了。现在啥都一无所知，甚至连传言都没有，就是旁敲侧击都不知道问什么好。唉，不想那么多了，岳一鸣抓起当天的《楚北日报》，强迫自己看起来。

吃过午饭，岳一鸣回到宿舍想休息一会儿，也不知道是心里有事还是天气太热，岳一鸣翻来覆去睡不着，感觉浑身燥热难受，把空调温度调至最低也无济于事。他正烦躁着，手机响了。岳一鸣拿起来一看是一个陌生号码，顺手扔到床上。谁知没过两分钟，又打过来了。岳一鸣看着它响了一会儿才不情愿地抓起，按下接听键。话筒里传来一个极力压低嗓门的声音：你只管听着别说话，大炮因为土地案件被立案，你们老板收他 20 万已被纪委带走调查，从大炮办公室搜出来的账本上也有给你的一笔钱，你要当心……话没说完对方就匆匆挂断了电话。是谁打的呢？岳一鸣回忆着并不陌生的声音，忽然恍然大悟，是林平！

虽然话说得很隐晦，但事情已经很明朗了。岳一鸣顿时浑身发凉，有一种接近世界末日的感觉。他呆怔了片刻，大脑接着又飞速运转起来，检索到一条宝贵信息后他立即找了一辆车，带上两万块钱赶往楚北市。

他要去找郝文。还在大学同窗时他就听说，郝文的亲叔是楚北市纪委的一位领导。当时听了没啥感觉，现在在行政上混了才觉出这实在是一笔巨大的财富。

他见到郝文说明了原委。郝文满不在乎，一万块钱多大个事啊，我叔现在是市纪委常务副书记，肯定能给你说上话。走，这就去见他。岳一鸣心里轻松不少。岳一鸣问，给咱叔带点啥见面礼？买点东西还是直接送钱？郝文笑了，我带你去你还用送啥钱，你钱真多了给我，算中介费。第一次去拜会，总不能空着手吧？岳一鸣有点不好意思地说，你说说咱叔有啥爱好，要不买个礼物？嗯，也好，郝文略作沉思，我叔喜欢下象棋……岳一鸣一听，拉着郝文就往国际玉雕城跑，逛了几个店铺，相中了一副墨绿色象棋，独玉质地，老板报价两万八，最后以一万八千元成交。

拎着玉雕象棋走出店门，郝文感叹道，你小子真快成精了，在官场混你这么会来事儿早晚还会上去的。岳一鸣叹了口气，唉，现在哪敢想那么多，只要能平稳渡过这一劫就万幸了。

7 点 40 多分，郝文带着岳一鸣来到郝书记家中。郝书记五十来岁的样子，很和蔼地和岳一鸣握手。寒暄几句后，郝文把象棋放到郝书记面前的茶几上打开，叔，一鸣听我说你喜欢下象棋，非要给你买下，说是第一次来空手没礼貌。郝书记看着墨绿色的独玉棋子，眼睛似乎一亮，说道，小岳太客气了。岳一鸣赶紧说，侄儿一点心意，不成敬意，郝叔别见笑。

郝书记捏起一枚棋子把玩片刻，轻轻放下后，缓缓说道，小岳，你的事情小文已经在电话里给我说了。王大伟的案件是国土部通过卫星遥感发现的，交给市里督办的一起土地案件，已经秘密调查一段时间了。他抬眼看着岳一鸣，小岳，你确定你只收了王大伟一万元吗？岳一鸣坐直身子，确实只有这一万元。我俩是高中同学，我不要，他坚持要给，说算借给我的，我才收下。郝书记点点头，端起茶杯抿了一口，小岳，你和小文是大学同学，不到三十岁就当上了副镇长，也算是同龄人中的佼佼者。我也不拿你当外人，你记住两句话，一是年轻人经点风浪波折不见得是坏事，你们以后的路还很长，一定要把握好自己；二是正确对待这件事情，这一万块钱尽快退回，组织调查也要积极配合，说着郝书记停顿了一下，县纪委那边我会同他们说的。你回去后还要好好工作，等着组织上作出最终处理决定。嗯，侄儿记下了，岳一鸣已经有些泪眼模糊。

从郝书记家出来时快 9 点了。郝文挽留岳一鸣住在楚北，岳一鸣心中不静，连夜赶回了县城。

第二天上午，岳一鸣接到通知，10 点钟到县纪委报到。都说现在领导干部有四怕：一怕伟哥失效，二怕小蜜被撬，三怕赃款被盗，四怕纪委报到。说实话，岳一鸣在往纪委赶的路上心里也是非常忐忑不安的，他第一次感到个人在组织面前是多么渺小，就像一只小蚂蚁漂在大海上，永远不知道前面是怎样的惊涛骇浪。

岳一鸣被带到城郊一座不起眼的宾馆，这里应该就是传说中的县纪委的“双规”基地了。一位领导模样的人让岳一鸣好好想想有什么问题要交代，然后就出去了。又进来两位年轻人，一句话也不说，只是坐在靠门口的床上摆弄着手机，不时用眼睛的余光扫视着岳一鸣的一举一动。

挨到夜深人静不知几点时，进来两位工作人员，开始对岳一鸣进行询问。岳一鸣爽快地承认收了王大伟一万块钱，但纪委工作人员后来风头一转，又问起涉及赵宏武书记作风、经济等许多问题，包括是否给赵宏武送过礼等，似乎意有所指。岳一鸣要么答不知道要么很坚决地否定了。

一直到第三天快中午了，岳一鸣才被允许回家，并保证以后要随叫随到，配合调查。

十二

不到周末，妻子方婕还没回来。岳一鸣坐在客厅发了一会儿呆并破天荒地抽了一根烟。在飘散的淡蓝色的烟雾中，眼前的一切也缥缈模糊起来，岳一鸣这才意识到自己已经三十多个小时没合眼了。岳一鸣想睡一会儿，但精神仍然很亢奋，并无一丝睡意。他到书房的抽屉里翻找了几颗舒乐安定片吃了，躺在床上看了一会儿书才迷迷糊糊睡着。

也不知睡了多久，岳一鸣忽然醒了，确切地说，是被噩梦惊醒了。梦中，自己正春风得意地站在一座高山之巅欣赏如画美景，指点如海苍山，脚下却忽然一空，跌入万丈深渊，任凭他恐惧、呼号、挣扎都无济于事，深渊谷底燃着熊熊火焰，眼看就要葬身火海……忽地就吓醒了。岳一鸣坐起后心脏还在怦怦乱跳，他怔了怔，擦了一下额头的冷汗，长叹了一口气。

惊魂稍定，岳一鸣打开了一直被关着的手机。“叮叮咚、叮叮咚……”几十条来电提醒和短信蜂拥而至，最多的是柳琳菲的电话和短信：“亲爱的，这两天怎么不给我打电话？”“老公，你怎么关机了？”“开机后速回电话，有要事相告！”“呜呜……我可能怀孕了，你也不管我！”最后一条短信看得岳一鸣心惊肉跳，他顾不上多想立即给柳琳菲拨了过去。柳琳菲一听他的声音，“哇”的一下就哭开了：你这几天跑哪儿去了？电话关机，人也不见影……岳一鸣只好说，别哭别哭，我这就去找你。

岳一鸣到药店买了两条早孕试纸，急匆匆往柳琳菲家赶去。柳琳菲的家在县城东边的一个高档小区，宽敞豪华，虽然经常只有柳琳菲一人在家，岳一鸣也只来过两次，而且没有做出过分亲密的举动。可能岳一鸣从心底觉得把人家老婆用了已经够过分了，再在人家家里做那样的事情于情于理于己都接受不了。

已是下午四五点钟光景，室内没开灯，光线有点暗。柳琳菲孤零零地坐在沙发一角，脸上挂着泪珠。岳一鸣走近一看，顿生愧疚心疼之意。他坐过去，给柳琳菲抹去眼泪，搂住她的腰，轻声道，傻孩子，哭什么？我这几天有事到外地没来得及给你说，这不好好地在你面前嘛。柳琳菲把头靠在岳一鸣胸前，带着撒娇的口气说，电话打不通，人也见不到，还以为你出什么事，不要我了呢……岳一鸣轻轻拍着柳琳菲，含含糊糊道，怎么会呢。

两人相拥了一会儿，柳琳菲情绪平稳多了，岳一鸣这才凑到她耳边问，你说你怀孕了，真的吗？我也不知道，反正大姨妈快两个月都没来了，感觉饭量也增大了……岳一鸣一听，暗叫糟糕，心想，这下看来真中标了。和喜欢的人做爱是多么令人如沐春风的事，可恨的是却常常伴着怀孕的副产品。岳一鸣从口袋里拿出早孕试纸，哄道，乖，你到卫生间测一下吧。柳琳菲不想测，但经不住岳一鸣好说歹说，只好拿着试纸进了卫生间。过了几分钟，柳琳菲把试纸拿出来，岳一鸣一眼不眨地盯着，结果显示条变为红色呈阳性。岳一鸣又拿另一试纸测试，结果一样。岳一鸣心里一沉，叹了口气，躺在沙发上，半晌没说话。

过了好一会儿，柳琳菲凑上前，晃了晃岳一鸣，亲爱的，你说咋办吗？岳一鸣顿了一下，很坚决地说出两个字：做掉！柳琳菲把头摇得像拨浪鼓，我不做，我不做，我要和你结婚，给你生个儿子……岳一鸣一听头更大了，事业已经风雨飘摇，感情还要横生枝节，这不是要天下大乱的节奏吗？不行，一定要做掉这个副产品！岳一鸣知道，现在不能来硬的，只能哄。

岳一鸣温柔地搂着柳琳菲，轻声道，宝贝，其实你怀孕了我真的很高兴，我结婚也六七年了，我妻子却一直没能生个一儿半女。现在我最爱的女人为我怀孕了，你说我能不高兴不激动吗？但仔细想想，我们现在还不能把孩子生下来，因为时机不成熟。你老公马上就要回来了，我妻子对我们的事情也一无所知，我们就是结婚也得先同他们离婚呀，而这需要一段时间。我们只有先把孩子做掉，把这些实际问题处理好，我们才能永远在一起，你说对吗？看柳琳菲低着头默不作声。岳一鸣又加重分量地说道，其实，这两天我是在纪委接受调查，虽然事情并不很严重，但我也不能为其他事情再分心。“留得青山在，不怕没柴烧”，如果我被免职开除，或者锒铛入狱，你怎么办？柳琳菲眼里渐生了一丝惊恐，岳一鸣知道，效果已经达到，事情八九不离十了。

当天晚上，岳一鸣第一次在柳琳菲家住了一夜，但睡得很不踏实，总觉得有人在窗外偷窥似的。

第二天一早，岳一鸣给妻子方婕打电话说要出差两天，然后就带柳琳菲前往楚北市妇幼医院做流产手术。

没想到做人流手术的人真不少。在手术室边的等候区排队等待时，柳琳菲变得很紧张，连连说，我害怕我害怕，咱不做了，回去吧？岳一鸣只好搂着她不停地安慰。这时，边上一个看起来稚气未脱的小姑娘引起了他们的注意，小姑娘短裙丝袜，打扮成熟性感，但看起来也就是十六七岁的样子。她身边围着三个和她年龄相仿的小伙子，低眉顺眼地听她低声骂道：算老娘倒霉，去年流掉一个，今年又被哪个早泄鬼给种上了，肚里这个反正就是你们三个中某一个的种，老娘也记不清了，你们都得给老娘拿钱、赔罪！三个小伙子异口同声答道，是，是。岳一鸣听得差点笑出声来。岳一鸣对柳琳菲说，你看这个小妹妹多勇敢，你也学着点。小姑娘可能听到了，扭过头对柳琳菲说，姐姐，别害怕，很快的，也不算疼。女人嘛，受这点罪很正常。柳琳菲不好意思地点点头。

柳琳菲被推到手术室不到十分钟就出来了，喝了一杯医院准备的红糖水，又躺了半个小时，岳一鸣扶着柳琳菲到附近的快捷酒店开了房间。

柳琳菲迷迷糊糊地睡了将近两个小时，随着麻醉药效力的散去，她开始扭动着身体呻吟，疼……疼……岳一鸣赶紧坐到她身边，握紧她的手。柳琳菲还是眼也不睁地乱蠕动。过了一会儿，柳琳菲嘤嘤地哭开了，她掐着岳一鸣的手，呜呜，我杀死了我们的儿子……我看见一个小孩子……在我面前哭着喊妈妈……呜呜……

岳一鸣听得浑身发紧，他抚摸着她的头安慰道，别胡思乱想了，有我在呢。

第二天下午，柳琳菲好多了。岳一鸣把她送回家，给她买了一堆补品，又做了一碗鸡蛋挂面，然后亲了亲她的额头，宝贝，我得走了，你安心在家调养身体，我过两天再来看你。柳琳菲满眼的不舍与依恋，但仍强忍着泪水点了点头。

十三

“屋漏偏逢连夜雨，船迟又遇打头风。”一贯精明谨慎的岳一鸣因为自己少有的疏忽大意又遭受了一场更大的暴风骤雨。

可能是这段时间太紧张疲惫了，岳一鸣从楚北市妇幼医院给柳琳菲结完账，顺手把发票塞在了裤兜里，本想出门就找个机会处理掉，结果忘得一干二净，直至到家脑海都没有泛起一丝记忆的波澜。

第二天早上，方婕醒来，看岳一鸣睡得正酣，也没有叫醒他，就把他脱下的衣服拿去洗，一掏衣兜，发现一张发票，仔细一看内容，顿时气得心慌气短头晕目眩。她走进卧室，忽地把被子掀在地上，对着岳一鸣“啪啪”就是两耳光，打得岳一鸣猛地坐起，连问咋了咋了？方婕把发票摔在岳一鸣面前，厉声讥讽道，真有本事啊，把人家肚子都搞大了！干吗做掉？多可惜呀，生下来我给你养着，我还省事儿呢！

方婕又扑过来要抓岳一鸣的脸，岳一鸣一骨碌翻下床躲过，方婕坐在床边哭开了。岳一鸣想到跟前劝解，方婕骂道，滚远点，我现在看见你就恶心！岳一鸣只好关了门窗，陪着她坐着。方婕哭够了，抹了抹眼泪，起身一言不发地收拾行李。岳一鸣也不敢阻拦，眼睁睁地看着妻子装了一大箱自己的衣物，拉着往外走，岳一鸣赶紧说，你听我解释好吗……方婕头也没回，冷冷地丢过来一句话，没什么好解释的，离婚吧。

房屋虽在，家已破碎。岳一鸣一个人呆坐在空荡荡的屋里，第一次有种想大哭一场的感觉。曾几何时，岳一鸣抱怨过妻子一个接一个的催促电话，厌烦妻子有事没事的唠唠叨叨，可当妻子真的拂袖而去时，岳一鸣的心里却感到不可名状的悲凉。

方婕搬回单位宿舍已经六天了，岳一鸣发了无数短信，打了无数电话，方婕要么不接，要么就一句话：想好了没有？啥时间去办手续？岳一鸣只好动员同事、好友轮番去劝说，结果都失败而归，方婕绝口不提和解的事。

一个周日的黄昏，岳一鸣和母亲来到方婕的宿舍。方婕一看到婆婆，喊了一声“妈”就哭开了。岳一鸣的母亲一边劝儿媳妇，一边数落儿子，说到恨处，“啪啪”打了岳一鸣两巴掌，儿子，从你记事起我就没打过你了，今天我这当妈的必须打你几下才能解我心头之恨，也才能给婕儿出气。你说你干这丢人事该打不该打？说着，母亲又扬起巴掌来。方婕上前拉住了，妈，你也别再打他，我的心已碎了，我俩不可能再和好，你们还是趁早回去吧。

岳一鸣一听，着了急，对着自己的脸“啪啪”就是两下子，老婆，我错了，真的错了，我不该放着好日子不过，在外边胡搞。我保证，从此和她一刀两断，类似事情以后永不再犯！另外，还有个事情，上次我拿回家的一万块钱是王大伟送我的，现在纪委正在调查，这个关键时期你一定要帮帮我。老婆，你就原谅我一次吧！岳一鸣的母亲一听更是怒不可遏，上来又是两下子，你想作死哩，当屁大个官还受起贿来了！不过，她马上又心疼起儿子来，央求儿媳妇一定要给岳一鸣一次机会。

方婕低头想了半天，叹了口气，算是答应了。

尾声

后来，岳一鸣又被纪委叫去两次，主要还是询问有关赵宏武书记的一些事情。岳一鸣越来越感觉，赵书记这次恐怕是凶多吉少在劫难逃了。

又过了十几天，岳一鸣的处分下来了：党内严重警告、行政记大过、停止执行职务六个月。还好，没有移送司法机关处理。

岳一鸣心里的石头落了地，开始忙碌起来。他先给方婕办了病休手续，让她到深圳她哥家调养一段时间。他在家耽误了几天，私下会会好友，看看领导，交接一下工作，也买了前往深圳的火车票。

一个秋日的夜晚，岳一鸣独自一人踏上了南下的火车。汽笛长鸣，列车徐徐开动。望着窗外缓缓后退的小城的万家灯火，想起这几年风风雨雨的历程，岳一鸣的眼眶湿润起来。

他拿出手机，给柳琳菲发了最后一条短信：你我注定只能是彼此生命中的匆匆过客，我无法兑现给你的承诺。对不起，忘了我吧。摁完发送键，岳一鸣抠出手机卡，毅然扔到车窗外无尽的黑暗中。

路还很长，就像脚下的铁轨，跋山涉水之后，尽头必然是繁华。

纪实文学

指尖上的行走

——记新中国指纹学奠基人刘少聪教授

郭 帅

刘少聪，1936年9月生，广东兴宁人，教授，专业技术一级警监，享受国务院政府特殊津贴。1959年毕业于司法部司法鉴定科学研究所研究生班。曾任中国刑事警察学院痕迹检验系副主任、海南省公安科技研究所所长兼科技处处长。

刘少聪组建了刑警学院痕迹检验系指纹学教研室及实验室，培训专业人才7000余名，亲自检验鉴定痕迹、指纹千余件，还参与各省市400余起疑难指纹的“会诊复核”鉴定。先后进行多项课题研究，发表论文20多篇，出版专著和参编著作十余部。其主编的《手印学》教材多年来一直是学院的规定教科书。他被誉为新中国指纹学的开拓者与奠基人。

中国古典文学名著《水浒传》第八回《林教头刺配沧州道，鲁智深大闹野猪林》中，林冲因高太尉与高衙内的处心积虑设计陷害而持刀误入白虎堂，随后被高太尉借此刺配沧州道。万般无奈之下，林冲不得已一纸休书休弃林娘子。休书写道："东京八十万禁军教头林冲，因身犯重罪，断配沧州，去后存亡不保。有妻张氏年少，情愿立此休书，任从改嫁，永无争执。委是自行情愿，即非相逼。恐后无凭，立此文约为照。年月日。"林冲在年月下押了花字，打了手模。

"押了花字，打了手模"，小说中一个小小动作的细节描写真实地反映了我国古代使用指纹的历史。中国是世界上最早使用指纹的国家。

在刑警学院65年波澜壮阔的发展史上，有一人因指纹而声名鹊起。他组建了学院指纹学教研室及实验室，编写了权威的指纹学教材，培养了无数的专业人才，缔造了学院指纹学在全国的优势地位，被业界誉为新中国指纹学的开拓者与奠基人。他就是刘少聪。

一

"架飞舟，迎激浪，兴宁儿女情系家乡，奋发图强。"这是广东省兴宁市的市歌。兴宁市被誉为"岭东首府"。1936年9月27日，刘少聪即生于此。他是客家人的后代。客家人历来重视教育，期待孩子有朝一日可以修身养性齐家治国平天下。他即受益于此传统，从小接受了系统的小学、初中教育。

新中国成立后，中高等教育陆续恢复发展起来。1952年，16岁的刘少聪参加了当地的高中入学考试。考试成绩出来之后，幸与不幸同时出现了。幸运的是，他榜上有名，有机会继续接受教育；不幸的是，那时候家庭维艰，不足以支持其继续读书。他内心无比纠结。在家辍学期间，只能守望着美好的未来。苍天有意怜英才，命运之神垂青于他。同年10月，沈阳市卫生学校（沈阳医学院前身）来广东省招生。这一次让他与千里之外的沈阳结下了一生的不解之缘，更是其人生最重要的转折点。他顺利地被沈阳市卫生学校录取了。这年年底，他背起行囊，踏上北上的火车，来到了遥远的东北，来到了沈阳这片热土。在卫生学校的三年里，他同那个年代的青年人一样意气风发，挥斥方遒。在校园内格外珍惜美好时光，夜以继日地勤奋学习。从卫生学校毕业之后，在留校与继续学习之间毅然选择了赴司法部法医研究所法医专科训练班学习。一年的学习转瞬而过。基于其在训练班时期的优异表现，他与仪桂琴、贾玉文、乌国庆、陈鸣光、陈锡鹏等人被选拔进了司法部司法鉴定科学研究所研究生班。这些人是共和国刑事侦查、刑事技术工作的开拓者，是未来公安科技事业的中流砥柱。他与这些人结下了深厚的友谊。而且，他与其中一人的友谊最终升华为了爱情。这个人就是仪桂琴，她与他相识于黑土地上，相恋于黄浦江畔，在上海永结同心。

在研究生班期间，刘少聪撰写了“显现乳突花纹痕迹中彩色粉末的应用”等论文。小荷才露尖尖角，在那个时期，他在指纹学领域的天赋与才华开始显现出来。在研究生班期间，时值中苏关系的“蜜月期”，刘少聪与其他同学系统地学习了苏联专家柯尔金、柯勒马阔夫的先进理论与丰富实践。采访期间，二老不时流露出对苏联专家的感激之情，期待着有朝一日可以赴俄罗斯、乌克兰拜访二位恩师，共叙当年师生情。1960 年，司法部司法鉴定科学研究所整体并入公安部第一人民警察干部学校（学院前身）。二人从上海又一次回到了阔别已久的沈阳，在皇姑区塔湾街二段三里一号定居下来，一住就是三十年。

二

自 20 世纪 60 年代以来，公安部第一人民警察干部学校一时停办，一时恢复，一时又停办，一时又恢复。学校在曲折中缓慢发展。在这期间，刘少聪陆陆续续地参与了学校的技术培训工作，为共和国的公安事业尽最大努力奉献着无悔的青春。

1981 年 11 月 25 日，教育部发出关于增设中国刑事警察学院的通知。学院设置刑事侦查、痕迹检验等八个专业。1982 年招收第一批本科生。那时，刘少聪在痕迹检验技术系工作。在科学的春天里，被压抑了许久的科研工作者们，一方面从事着繁重的教学工作，另一方面又积极进行科研工作，撰写科研论文，编写科研著作。在这期间，我院涌现了“三刘”、“四大金刚”等先进典型人物。所谓“三刘”，是指痕迹检验技术系的刘恩素、刘长清与刘少聪三位专家。据刘少聪介绍，“四大金刚”的提法源于《半月谈》的报道，指当年我院从事足迹痕迹检验研究的吴旭芒、从事枪弹痕迹检验研究的金玉书、从事工具痕迹检验研究的刘长清与从事指纹鉴定研究的刘少聪。这些人参与组建了痕迹检验技术系各教研室，同时成立了相关实验室，与其他教师共同奠定了我院“东方福尔摩斯的摇篮”的坚实基础。刘少聪是学院评定出的第一批副教授，当时总计有 17 人。这些人是学院 20 世纪八九十年代教学科研办案的精华，也是学院在刑事技术领域领先的最大保障。

20 世纪 80 年代初，勤于钻研的刘少聪在《中国刑警学院学报》等刊物上陆续发表了“关于指型的探讨”、“显现血潜手印的新方法”、“利用手印判断身高的回归方程”等学术论文。1984 年，其 20 多年来的心血结晶《手印学》与《手印实习教材》由学院出版。这两本教材为学院本科痕检教学工作的顺利进行奠定了坚实的教材基础。其后，这两本书随着时代的发展不断更新内容，成为学院的规定教材。由他主编的《手印学》累计发行了近两万册，其同年出版的《新指纹学》是新中国成立以来我国出版的第一本指纹学专著，是新中国指纹学的扛鼎之作。

刘少聪在指纹学上的主要贡献表现在以下七个方面：第一，提出了指纹学发展的三阶段理论，即探索时期、科学化时期与现代化、自动化时期；第二，提出了指纹六步分类法，即从整体结构、内部形态、倾斜流向、长短高低、中心线数与三角远近对指纹进行分类；第三，第一次详细阐述与统计了中国人掌纹诸区乳突纹线的结构、流向特点与纹型的形态、分布及出现率；第四，主张扩展对乳突纹线细节特征的应用，提出了 23 个细节特征的名称与含义，打破了传统的 9 个细节特征范围，提出了应用“组合特征”与“特征细纹分析”的概念；第五，提出了手的外形结构特征亦是人各不同的观点；第六，提出了分析现场手印遗留部位的三个步骤与手印鉴定结论必备的三条根据；第七，创造性地提出了用手印长宽与身高相关的平均系数法和回归分析法推算作案人的身高，获得了一元、二元和多元回归方程。

刘少聪是学院指纹学的开拓者与奠基人，也是新中国指纹学的开拓者与奠基人。他见证了指纹学从无到有、由小到大、由弱到强的发展历程。可以毫不夸张地说，中国绝大多数从事指纹工作的人员或多或少地从他那里、从他的著述中汲取过营养。1991 年，他入选了由中国劳动出版社出版的《中国法学家辞典》。2008 年 4 月 18 日，由江苏警官学院筹建的国内唯一的指纹主题博物馆南京中华指纹博物馆正式开馆。指纹博物馆是凝固的指纹历史，是珍藏中华指纹技术文明成果的重要场所。在博物馆内，当代学者中重点提出的有两位，其中一位是刘少聪，另一位是赵向欣。在博物馆内，可以看到刘少聪老师在博物馆成立时留下的手印。这是学界对他 50 多年来从事指纹工作最大的认可。

据统计，刘少聪培养的各类专业技术人才达 7000 余人。这些人分布在长城内外、大江南北，成为地方与军队刑侦、刑事技术骨干与主力。他用生命诠释着教师这一伟大而又神圣的职业，如春蚕，又如蜡炬，无私地奉献着。其一生桃李满天下，江苏省常州市公安局副局长刘持平是其中的杰出代表。刘持平曾师从于他，从他这儿开始逐步成长为一名专家型公安局长，曾出版《指纹的秘密》《指纹无谎言》《世界指纹史》等著作。

三

改革开放之前，我国社会治安基本上处于较平稳的状态。在当时的社会状态中，犯罪，尤其是重大刑事犯罪发生之后，公安机关相对容易寻觅到线索与锁定犯罪嫌疑人。犯罪嫌疑人确定了，如何认定在大多时候就成了最棘手的问题。此时，就是刘少聪等老一代刑侦、刑技专家们大显身手的时候了。在犯罪现场，任何蛛丝马迹都逃不过其火眼金睛。

美国学者费希尔在《犯罪现场勘查技术》一书中认为，“犯罪分子在作案时，不可避免地要留下指纹痕迹……”“指纹和掌纹在一起案件的现场是最有价值的线索之一”。所以，在刑事侦查领域，指纹是刑警办案接触最多的证据。

20世纪70年代初，湖北省荆州市发生了一起命案。那时，三线建设在祖国大地上如火如荼地开展着。其中，贵州省的一支安装工程队在荆州市一大山深处为三线建设奉献着美好的青春。安装队中有很多青年男女，有一天，工程队发现其中一个女孩失踪了。经多日寻觅，终不见踪影。又一天，工程队在工地附近的池塘边发现一具浮上岸来的女尸。经辨认，此人正是失踪的女孩。与女孩曾经有过交往的一个小伙子被当地公安机关列为重大犯罪嫌疑人。与此同时，当地公安机关也认定了第一犯罪现场：山顶上一所小房子。此外，在房间内发现了少量的血迹与清楚的指纹。当地公安机关第一时间对小伙子进行了讯问，提取了其指纹。随后，将其指纹与犯罪现场小房间墙壁上遗留的指纹进行比对，发现二者惊人地相似，但是墙壁上的指纹多了一小点儿。这个小点儿特征清楚，明显与小伙子的指纹不符合。当地公安机关为审慎起见，未作出同一认定结论，倾向于二者是不同的人所留。当地公安机关将指纹送湖北省公安厅做鉴定，省厅也倾向于否定结论。后来，荆州市公安局将指纹照片邮寄到了公安部人民警察干部学校，请求支持。当时，刘少聪等人认为，其他特征相符，只存在一特征不符，也未下肯定结论。此外，小伙子有案发时不在现场的证据：吃饭时与工友们在一起，吃饭之后洗漱也与工友们在一起，夜晚休息时也在一起。因此，小伙子被排除了作案嫌疑。因侦破别的案子工作繁重，此案又无重大进展，被暂时搁置下来。

1977年夏天，刘少聪等人利用暑假赴湖北省进行调研并修改教材。荆州公安机关获悉此消息后，特邀请他们到犯罪现场进行实地勘查。刘少聪在犯罪现场认真地检验，且交换左右手灯光观察，不放过任何蛛丝马迹。突然之间，他恍然大悟了。事情原来是这样的：指印照片与犯罪嫌疑人所捺的指纹之所以不同，是由于墙上纹线中有一小颗粒。由于光照方向和角度不同，小颗粒的投影方向产生差别，因而照片上纹线会出现差异。刘少聪至此认定，作案人就是那个贵州安装工程队的小伙子。荆州公安机关迅速赶贵州将犯罪嫌疑人缉拿归案。犯罪嫌疑人在见到警察的那一刻，就知道一切结束了，逍遥法外的日子一去不复返了。在证据面前，小伙子的心理防线崩溃了，对犯罪事实供认不讳。

原来这些年轻人当时大多在 20 岁上下，时值青春豆蔻年华。朝夕相处的时间多了，男女之间不可避免地逐渐萌生了情愫。其中，一个小伙子私下里暗恋上了一位女孩。小伙子对女孩一往情深，可惜的是，女孩对小伙子无意，小伙子的一片真心付诸东流。诚然如此，小伙子仍期望可以重拾感情。一日，小伙子将女孩约到这一隐秘的小房子内。二人之间展开了激烈的争论，小伙子期望二人的关系继续发展下去，女孩则希望对方断了念头。小伙子越说越激动，用双手将女孩的脖子掐住。后来，小伙子见女孩鼻孔流血，且没有了呼吸，顿时恐惧万分。为了掩盖事实真相，小伙子匆匆忙忙赶去食堂吃饭，和伙伴一同洗澡、上床睡觉。午夜时分，小伙子趁着月色溜出宿舍，来到了小房间，将女孩的尸体拖出去，将其尸体与大石块捆绑之后弃于工地附近的池塘中，然后赶回宿舍躺在床上，等待和工人们一起起床、吃早饭、上班。

通过指纹查询比对快速锁定犯罪嫌疑人是公安机关预防和打击犯罪的一把利器。刘少聪主张，利用指纹自动识别系统，采用正查法、倒查法、协查法等方法，最大限度地在第一时间锁定犯罪嫌疑人。

2011 年 10 月 29 日颁布、2012 年 1 月 1 日施行的《中华人民共和国居民身份证法》第一章总则第三条规定：居民身份证登记的项目包括：姓名、性别、民族、出生日期、常住户口所在地住址、公民身份号码、本人相片、指纹信息、证件的有效期和签发机关。公民申请领取、换领、补领居民身份证，应当登记指纹信息。与此同时，公安部要求，依照《中华人民共和国居民身份证条例》领取的居民身份证，自 2013 年 1 月 1 日起停止使用。听到这些信息之后，刘少聪欣喜万分。这些规定对他这个从事了 40 多年指纹工作的研究者而言是重大的好消息，意味着将来有更多的指纹信息被录入数据库中，有更多、更完整的可比对对象。指纹工作者将会大有用武之地，指纹技术在案件侦查中也将会发挥越来越大的作用。公安机关将运用先进的技术手段和科学的管理方法，对指纹信息进行采集、管理和应用，为侦查破案、打击犯罪提供证据，为社会治安管理等工作提供信息支持。

四

1991 年，刘少聪调任海南省公安厅，组建了海南省公安科技研究所，开展公安科技研究，负责全省公安科技工作管理、社会公共安全产品和技术防范工作管理，承担科技咨询和技术鉴定、培训科技干部，为海南公安科技进步打下一定的基础。在海南工作期间，他还主持开展了海南省少数民族指纹特点的研究。此外，他还编辑出版了《海南公安研究》不定期刊物。1992 年，他获得海南省有突出贡献的“优秀专家”的荣誉称号，同年还获得了国务院政府特殊津贴。

旅游是刘少聪与仪桂琴二老退休之后最大的爱好，在最美好的夕阳红时期可以领略祖国的大好河山、欣赏世界的旖旎风光。吉林长白山天池、黑龙江哈尔滨太阳岛、甘肃敦煌鸣沙山、新疆吐鲁番葡萄沟等地曾留下二老共同的美好回忆。英国泰晤士河畔、法国香榭丽舍大街上、荷兰大风车边、德国莱茵河畔记录着二老一同漫步的身影。遥远的俄罗斯、美丽的乌克兰是二老目前最向往的国家。在那里，有他们的老师柯尔金与柯勒马阔夫。

我只愿面朝大海，春暖花开。1991 年，刘少聪离开了为之工作、为之奋斗 30 多年的中国刑事警察学院，来到了海南，来到了天涯海角，继续追寻人生的梦想。在这儿，他实现了海子“面朝大海，春暖花开”的梦想，在大海边拥有一套房子，可以尽情享受老年生活。清晨，在海边慢跑，迎接远处地平线上升起的第一缕朝霞；中午，在海边小憩，聆听波浪追逐沙滩的声音；傍晚，在海边漫步，近观海平面上与浪花嬉戏的海上精灵。

《诗经》有云：“言念君子，温其如玉。”宗白华在《美学散步》中曾说：玉的美是绚烂之极归于平淡的美。刘少聪犹如一块温润的玉，宠辱不惊，闲看庭前花开花落；去留无意，漫随天外云卷云舒。“竹杖芒鞋轻胜马，一蓑烟雨任平生”，正是其一生真实的写照。

小说接龙

背后有眼

（一）

初曰春

夏日正午，雨后的天气异常闷热，天上没有云，阳光锐不可当。街上的行人把手放在额头搭成凉棚，抵挡扑面而来的热气。事实上，在这样的天气里，即便是遮阳伞和太阳帽也都只是摆设。

郑一走出执勤楼，不由自主地打了个哆嗦。长时间待在冷气十足的房间里，猛地被热浪裹挟，骤然而至的冷暖交替很容易让人产生一些生理反应。空气中的潮气还没退去，夹杂着一股土腥味儿，让郑一紧接着又打了个喷嚏。他摸摸有些发烫的脸，把目光投向不远处的训练塔。

一群兵正围在训练塔前大呼小叫，郑一知道，这群兵又干起架来了。刚到城区中队的头几天，郑一觉得，这群兵疯起来令人不可思议，可中队长王小虎却不这么认为，他就喜欢兵们这样可劲儿造，不打打擂台拼个输赢，那一个个还不全成怂蛋了？很显然，在王小虎这里，干架不是脸红脖子粗、拳打脚踢的那种，他只是喜欢看兵们比赛。王小虎最见不得的就是兵们蔫头耷脑，没个精气神儿，就像刚到中队任指导员的郑一，瞅一眼就心烦。

先前郑一在支队防火处任参谋，业务能力有口皆碑，可是在支队机关干得好好的，怎么就到基层中队了呢？很多人都在猜测。有的说，人家的准岳父是支队长，到基层无非想提拔得快一点儿。也有人说，郑一摊上事儿了。刚开始，后一种说法传播的范围很小，言辞也比较委婉，但没几天的工夫，就在私底下传开了。王小虎更相信后者，因为自打郑一到中队以后，就没见过他外出，更没见过支队长的女儿来找他。

王小虎倒不是好事之人，嚼舌头的事儿他从来不干，他是瞧不上那种跟权势攀亲想一步登天的人。年轻人不靠本事吃饭，净瞅着那些机会削尖脑袋往里钻。王小虎只比郑一大两岁，唯一不同的是，郑一是大学毕业之后入警，而王小虎是从士兵堆里成长起来的干部。郑一的军事业务可想而知，王小虎横看竖看都不顺眼。软塌塌的样子，真进了火场可咋办？

郑一知道王小虎看不惯自己，但他不想去琢磨这些烦心事儿。嘴巴长在别人身上，总不能伸手去把人家的嘴堵上吧，没必要在乎别人的看法。只有一个方法能消灭那些是非，那就是拼命工作，让别人知道，自己走到哪儿都是好样的。

中队指导员只是正连职务，但真想干好就得投入全部心思。政治教育、官兵思想，还有吃喝拉撒睡，都得了如指掌。郑一不善言辞，但他会暗地里使劲儿。既然军事训练不行，那就从别的地方下功夫吧。他把中队辖区的重点单位一个一个列在表上，挨个进行消防安全评估。这对于曾在防火处工作过的郑一来说，轻车熟路。

在如山一般的档案中，郑一刚瞅见鸿业中心大厦的资料，脑袋就有些发涨，脸也跟着火辣辣的。他心里憋屈，不得不走出执勤楼来透透气。

（二）

聂 耶

鸿业中心大厦是本市的标志性建筑，它楼高45层，由本市最负盛名的宏图科技有限公司花费20天时间建成。整个大楼采用可持续建筑模块化材料，类似乐高模型，90%以上的工程量是在室内完成的，减少了近12000车的混凝土用量。大楼外墙采用多种特有技术，比常规建筑节能80%。鸿业中心大厦建成后，引起了国内外广大媒体的关注。从楼层的高度到施工的速度，再到节能环保的技术，都在国内建筑界刷新了多项指标。这些过于耀眼的光环，让它从竣工的那天起，就成为社会各界人密切关注的对象，它的细节变化都能随时成为网络上的头条谈资。

郑一没有想过自己会和鸿业中心大厦产生那么多的交集。虽然他生活在这个城市里，每天要经过鸿业中心大厦所在的那条城市主干道，甚至在他上班的支队，站在窗口抬眼就可以看见这栋本市的标志性大楼，但郑一从未觉得这栋大楼对自己有多么重要，或者说，鸿业中心大厦和郑一的关系太过遥远，遥远到可以无视它的存在。

郑一那段时间正纠结在他的爱情之中。经朋友介绍，他认识了刚从国外留学归来的吴婷婷，一个满头鬈发、说话不时带出洋文的大眼睛“90后”小萝莉，她第一眼看见郑一就疯狂地迷上了他，就好像歌曲里唱的那样：“爱情来得太快，就像龙卷风……”“90后”的爱情狂野而直白，让郑一措手不及，他都不知道自己怎么会有那么多让这个小女孩迷恋的地方。“你知道吗？我特喜欢你穿制服的样子。”“你知道吗？你认真的样子特COOL，特MAN，我爱死了。”“你知道吗？……”郑一望着眼前这个小可人，一伸手将她揽在怀里。

也就是在那之后，郑一带着礼物去了吴婷婷家吃饭，他才发现，吴婷婷竟然是自己的顶头上司吴支队长的独生女儿。郑一不知道吴支队长是怎么看自己的，但这事让郑一在心理上背负了不小的压力。他是支队防火处的参谋，现在却在和支队长的女儿谈恋爱，虽然他在认识吴婷婷之前并不知道她的背景，可这话说出来，又会有谁相信？吴队长对于他和他女儿的关系也是含含糊糊，始终不表态，这就更让郑一的心里烦躁不安。

鸿业中心大厦竣工后，各项手续办理得很快，几乎一路绿灯。但唯独在消防这儿卡了壳，准确地说，是卡在郑一这里。一栋45层高的建筑，竟然只用20天就封顶，并且号称在3个月内就要投入使用，这在本市甚至是本省的历史上都是首次。郑一是个认真细致的人，他总觉得这件事不像表面上那么简单，但他又说不出问题出在什么地方。

周末的时候，吴婷婷打电话约郑一吃饭，她在电话里提到了自己的叔叔王国强，她说，叔叔知道自己谈男朋友，一定要请客吃个饭，地点定在了市中心的维多利亚大饭店。

王国强，他不是宏图科技有限公司的老总吗？他竟然是吴婷婷的叔叔？那么他和吴支队长又是什么关系呢？吴婷婷还在电话里面说着，但后面的话郑一一句都没有听进去。

（三）

周　旋

维多利亚大饭店是五星级酒店。在这个城市里，有身份的人办酒席首选就是维多利亚，一来是因为它装修得好，二是服务佳、口碑好。当郑一站在酒店门口时，保安显得有些紧张，他赶紧拿着对讲机跑到一边去，不一会儿又出现在郑一面前。“郑参谋长，今天又来检查工作？”郑一无奈地笑笑：“我可是参谋不带长啊！”保安瞪大眼睛，一脸严肃地说：“郑参谋长谦虚了，您可是我们的贵客！”郑一知道，无论说什么，他们也都有一箩筐热情洋溢的说辞。郑一告诉他，今天是为赴约而来，保安才暗暗松了一口气。

郑一原本以为，自己面对的是王国强或者几个无关紧要的人，谁知包间里的麻将桌旁跟王国强面对面坐着的却是吴支队长。郑一心想，果然被自己猜中了。而吴婷婷口中的叔叔，多半也不是血缘关系，一个姓吴，一个姓王，这不是明摆着的吗？郑一稍微往深处一想，肯定是跟什么事情有关。几天前，防火处处长当着所有人的面表扬自己，说自己工作努力，经常周末加班，还专门指定让自己负责鸿业中心大厦的手续办理工作。郑一在众人面前光荣地接过那厚厚的卷宗，当时的心情是愉悦的，感觉那么神圣，仿佛自己再次站在军旗下宣誓。他甚至把这件事情专门打电话告诉了父母，还告诉了吴婷婷。而此刻，坐在吴支队长旁边的不正是李处长吗？

而吴婷婷也安然地立在父亲身边，用一种略带娇嗔的口气和几个长辈说话，那个场景，似乎郑一已经见过无数次了，而每一次，都让他感觉陌生，因为自己骨子里的某些固执的东西根深蒂固，无法扭转。

吴婷婷会不清楚整件事情吗？很多个瞬间，当他在吴婷婷的眼中寻找那个答案时，都有些不寒而栗。那漆黑的双眸里，早已不再是单纯，有什么已经悄悄变质。那顿饭吃得索然无味。后来他仅仅记得几个不入流的重口味玩笑，还有那些似乎觉得一切都顺理成章的眼神。

一个月后，原本可以顺利通过的消防验收，因为郑一的坚持而延后了。他从建筑设计防火规范一条条摘抄出整个建筑致命的缺陷。按照郑一的观点，这幢原本博得众人关注的建筑面临着繁重的整改任务，那是一个庞大的工程，其耗资有可能赶超首建的投入。

吴支队长认真听取了郑一的意见，还高度肯定了郑一的工作。在不久后的支队全体干部会议上，吴支队长表扬了几个年轻人，吃苦耐劳很有可造性，其中就有郑一。也正是在这次会议上，支队宣布，为了积极响应总队关于将警力下沉基层一线的号召，机关几个年轻干部到基层任职。这其中还有郑一。

而前一天，郑一才刚向吴支队长汇报了自己关于鸿业中心大厦的整改计划，可现在都与自己无关了。刚刚踏入社会的郑一，在听到自己的任职命令时，一下子瘫坐在椅子上。原来“天真”这个词儿，正是形容自己的咧！

（四）

洛　风

鸿业中心大厦倒了。相比它20天的封顶速度，其倒塌只用了一晚，造成7死38伤，经济损失一时难以估量，同样刷新了国内建筑界的多项指标。

省、市各部门组成的联合工作组，以同样难以估量的速度调查事故原因，并迅速拿出初步意见：起火原因是由于无证电焊工违规操作引起的，还暴露了相关部门安全监管不力等问题，6名嫌疑人已经被公安机关依法刑事拘留。三天后，当地警方再次刑拘5名涉案人，包括提前进入大厦办公的工作人员。一个月后，在舆论的巨大压力下，吴支队长被纪委从家中带走。

自吴支队长出事后，所有官兵看郑一的眼神就不一样了，几乎一致认为，这是个有着巨大后台又极尽钻营之能事的人。看看人家这“先机”，早知道鸿业大厦会出事，不声不响就调到基层来了，避免了跟其有交集的各种验收签字，而且是“积极响应总队警力下沉的号召”；早知道吴支队长位子不长，不声不响就疏远了，连吴婷婷的美人计都不屑一顾。什么叫“人才”？这就是，不但业务强，步子稳，人际关系也理得头头是道，谁都不得罪，还把自己择得一干二净……

再见吴婷婷，郑一心中有着难言的揪痛。曾经的鬈发大眼睛小萝莉，现在不打底、不化妆，顶着两个沉重的黑眼圈，眼神涣散，甚至有些不聚焦。郑一站在门口，楼道的灯光给他身上涂了一层淡淡的光圈，仿佛身披阳光，那又COOL又MAN的样子让吴婷婷有一瞬间的恍惚，待看清来者，她突然悲从中来，号啕着扑向对方。

郑一的肩膀被她滚烫的眼泪灼得生疼，手心抚过她急剧消瘦后奇凸的背脊，半晌道：“你放心。”

此时的吴家已非旧时盛况，冷寂如无人一般，曾经的亲朋故旧避之如惧瘟疫猛兽，连窗台上的灰尘都积了寸许。终于，吴婷婷问：“你怎么来了？”

郑一抿抿嘴：“因为我不相信。”

此次大火虽为“人祸”，但大楼防火不达标的外墙保温材料“挤塑板”亦是帮凶之一；电焊工违规焊制金属材料的时候，高温星体落入擦窗机检修孔内，引燃检修通道内壁裸露的易燃材料；大火从外墙向内燃烧，其钢筋混凝土结构轻易倒塌，可见偷工减料已经到了天怨人怒的程度。郑一清楚地记得，自己写的《防火审核意见书》提出了29条消防整改措施，看来他们一条都没采纳。

听完郑一的“指控”，吴婷婷摇头，一脸平静到底的绝望：“我爸走后，不断有人给我打电话，让我管好自己的嘴，不该说的……”

郑一打断她：“有人希望吴支队长一力承担，你也希望吗？7死38伤是重大责任事故，就算是上级不追究，那些死难家属、围观群众，甚至媒体也会死咬不放的。”

“可是，一个月的时间，该销毁的早销毁了。”

“我那份《防火审核意见书》呢？”

“那么明显一份证据，怎么可能留着？”

郑一沉默半晌，他开始从心里回忆每一个细节。

（五）

初曰春

郑一返回中队，瞅了一眼墙上的训练配档表，就倒抽了几口冷气，因为上午要训练负重登楼，这是一个让他头疼的科目。当过消防兵的人应该知道，这虽然是一个基础的训练项目，但真正在一上午的时间，盯着这么一个项目重复操练，没有几个人能撑得下来。你想啊，每个人都得穿上厚厚的灭火防护服，身背空气呼吸器，手提两盘水带，不断地爬楼下楼，不累得吐血才怪。先前业务训练都是由中队长王小虎负责，可王小虎在这次火灾中受了重伤，还躺在医院。作为指导员，郑一必须把训练的事儿担起来。

值班班长一下口令，郑一就背着50多斤重的装备冲了出去，他扛着挂钩梯冲到攀登楼下，“哐”的一声把梯子挂在了窗口上，起身、攀爬、起跳、着地、挂梯、再上梯、攀爬……郑一恍惚片刻，险些从窗口摔下来。豆大的汗珠滑过了郑一的脸庞，他知道，自己是因为火灾的事儿分心了。

郑一卸下装备，离开队伍。他瞅着不远处的白杨树发呆。确切地说，郑一是在凝视枝头上的那些树叶。在烈日的肆虐下，大地蒸腾出的热气，把那些树上的绿叶熏烤得没了半点生机。郑一的目光又落在了树干上，他猛然觉得，杨树皮上的图案像是一只只硕大的眼睛，它们闪着诡异的光芒，一动不动地凝视着他。它们一定是在嘲笑自己，耻笑自己无能。

如果当时加快节奏，把鸿业中心大厦防火监管工作做到位，或许就没有那么大的损失了。可是，服从命令是天职，在那个节骨眼上支队宣布了自己的命令，自己就不能再越位。郑一反反复复地回想着曾经经手的那些材料，越琢磨越觉得这起火灾疑点颇多。吴婷婷告诉他一个细节，说开发商王国强现在很洒脱，好像事故跟他没有任何关系，照样出入各种场合，谈笑风生。但凡是正常人，这么大的事故摊在谁身上都会被压垮，王国强却能处变不惊，这实在令人难以置信。莫非他内心极其强大？不可能，绝对不会这么简单。否则，就不会有人让吴婷婷管住自己的嘴了。

郑一决定去寻找线索，不仅仅是为吴支队长翻案，更是要为那些死伤人员，包括病床上的王小虎在内，讨回公道。

趁着午休时间，郑一去了鸿业中心大厦的事故现场。还未清理完的建筑垃圾像一张巨大的嘴，仿佛要吞噬整个世界。正午的阳光洒在废墟上，那些经历了烈火的残垣绝壁黢黑锃亮，晃得郑一睁不开眼。

郑一顾不上擦汗，他眯缝着眼在寻找，他想找到有价值的线索，哪怕只是一个小小的碎片。目光在残砖断瓦间逡巡，他甚至看到了瓦砾上爬行的蚂蚁，还有两个裸露的钢筋上新结的蜘蛛网，但他就是找不到想要的东西。郑一猛然意识到，自己毕竟不是火灾调查专业，更何况大火已经把相关实物化为灰烬，这样做等于南辕北辙。那只有一条路可以走了，去找相关分包商，从他们那里取证。

对，去找分包商，现在就去。

（六）

聂 耶

不见了，几个分包商全不见了。他们有的去北京出差，有的在广州开会，还有的回了湖南老家，更有一个分包商在电话里说自己在外国旅游，其余的要么就是电话关机，要么就是无法接通。郑一一天跑了七八个地方，跑得两条腿都发麻，要找的人却一个也没有找到。

郑一沮丧地走在马路上，火灾、婷婷、纪委、防火审核意见书、分包商、王国强……这些符号在郑一的脑袋里窜来窜去，将他的脑子搅得稀乱。他在阳光下漫无目的地走着，脚下小小的身影跟随他的走动忽大忽小，像是在考验着他的耐心。郑一忽然间感觉有些可悲，自己就像眼前的影子一样被踩在脚下，被光线所左右。不，我不能做影子，我要让那些黑影无处可逃。

恍惚间，郑一走到医院门口。火灾过去一个月了，不知道王小虎的伤情恢复得怎样。郑一正准备上楼，裤兜里的手机响了起来。

"郑一，你在哪里？我有东西要给你看。"吴婷婷语气焦急。

"我在医院看望火灾中受伤的战友呢。你找到了什么东西？"郑一回答。

"是爸爸留下来的东西，我现在在你们中队门口，你看了就知道了。"

"门口人多眼杂，你在马路对面的咖啡厅找个包厢，我十分钟后就到。"

郑一赶紧走到马路边，伸手拦了一辆出租车，往单位赶去。

郑一走进包厢，吴婷婷弹了起来。

"是我。"郑一说道。

"你来了。"吴婷婷显得异常紧张。"你看。"吴婷婷从自己随身携带的女士挎包里拿出一个黑色的笔记本。"这是我爸的日记，他在出事之前藏在我衣柜衣服的口袋里，所以没有被搜走。今天上午我在清理衣服的时候才发现的。"

郑一接过笔记本，翻开第一页。“鸟欲高飞先振翅，人求上进先读书。”这句话是著名画家李苦禅先生说的，字是吴支队长自己写上去的，小楷，端正笔挺。

吴支队长有两大爱好是公开的秘密：一是爱读书，二是爱收藏国画。传言吴支队长被带走调查的同时，他家里的国画也悉数被收走，其中不乏齐白石、张大千、徐悲鸿等名家的珍品，价值无法估量。

郑一将笔记本翻到中间：某月某日，王国强来办公室说，鸿业中心大厦要通过验收，要特事特办。我当时就回绝了他。没想到，他请出了欧阳市长。欧阳市长说，王国强是贵宾，项目是国家重点扶持项目，政府要支持。王国强这个人不简单。

郑一再翻一页：某月某日，大楼建成，但心里总是忐忑不安，木秀于林，风必摧之。为什么很多人都不懂这个道理？

郑一接着往后翻：某月某日，婷婷在和郑一谈恋爱。郑一是个好孩子，就是书生气太重，不适应这个社会。鸿业终究是一个定时炸弹，我将郑一放下去，希望他能好好打磨。

郑一继续往下翻，他希望能在日记里找到更多的线索。

（七）

周　旋

郑一看着看着，眼泪就止不住哗哗地流了下来。

曾经他是有些怨恨吴支队长的，当他被同学或者同事嘲笑的时候，当夜深人静，他查完铺躺在中队床上的时候，他是多么怨恨那个曾经给过他温暖的人。不是每一个人都有义务让你不失望，可是当某个你寄托了很多期望的人让你彻底失望的时候，你的内心深处多多少少会有些伤口，也会随之产生怨恨。

而吴支队长的日记却让他对整件事情有了全新的看法：他一直知情！不仅如此，他还设法保护了自己！

因为这个发现，郑一原本以为黑暗的世界霎时亮了起来，原来是自己没有看清楚真相，只有寻得真相，自己所受到的还有吴支队长、吴婷婷所受到的伤才能痊愈。他下定决心，一定要找到罪魁祸首。

郑一心中已经有了一些答案，可是想要破解那个谜团，必定困难重重。首先该项目是国家重点扶持项目，一想到这几个字，郑一的头就开始发晕，这就代表，仅凭一己之力想要调查是完全不可能的，即使调查出来了，自己也会受到牵连，那么吴支队长就白作出牺牲了。不能这样，他想，自己还要好好地生活下去，还要代替吴支队长保护好吴婷婷。一想到这里，他浑身又充满了力量。

一连几日，郑一的调查都没有突破性进展。他费尽周折想要联系施工方，找到一些蛛丝马迹，可是这些人即使知道实情，估计也早就被买通。郑一本来以为有一两个可能松口，可是关键时刻，那些人都闭口不谈。

以前同在防火处上班的胡涛这一天找到了郑一。他们约在一个隐秘的咖啡馆。胡涛看四下无人，小声问："听说你最近还在调查那件事情?"郑一心头一惊："你从哪里听到的?"胡涛点燃一支烟，郑一指指墙上的禁烟标志。胡涛笑着掐灭了烟："你还是老样子，还这么轴，哈哈!"他的笑容转眼间就随烟飘散了，接着一本正经地说："别查了！查不出来的。"郑一纳闷地问："你知道什么？你一定知道什么!"胡涛凑近他，严肃地说："我肯定知道，吴支队长曾经跟我私下谈过这件事情。告诉你一件事情，建筑是没有问题的！或许偷工减料可能会让建筑存在安全隐患，可是吴支队长采用了你的意见，对曾经不符合防火设计规范的施工都进行了整改，所以你再死缠着那些分包商，也不会有任何结果。"

郑一不解地问："那你觉得我应该从哪里入手?"

胡涛压低嗓门对他说："吴支队长原本可以睁一只眼闭一只眼，但在节骨眼上他不点头对整个项目造成了巨大的损失。这是其一。"胡涛呷了口咖啡，接着说："还有就是，明明安全的建筑，不会因为意外施工就出现问题，所以那场火灾到底是不是意外呢？外人都在怀疑建筑在施工阶段就存在安全隐患，可是明明已经整改，所有人都把疑点放在了不对的地方，包括你!"

郑一忽然间恍然大悟。胡涛一脸严肃地留下一句话就匆匆离开了。

那句话是：别告诉任何人我找过你！

（八）

洛　风

市公安局、市委市政府的多个部门同时接到匿名举报信，举报宏图科技有限公司的王国强承包工程中贿赂政府人员，施工时偷工减料，存在重大安全隐患20多处，还罗列了王国强与几人的经济往来账目。匿名信写得有鼻子有眼，又因为王国强是市里的名人，正值鸿业大厦倒塌的敏感时期，市委领导班子不得不高度重视，成立调查组展开初步调查。

当晚，王国强就接到电话。他在电话里意味深长地笑："呵呵，存在重大安全隐患20多处？列得够详细嘛。"

不几日，调查组就初步掌握了一些证据，确实有分包商在施工过程中存在偷工减料行为，但建筑是安全的，并不存在所谓的"重大安全隐患"。这就给调查组带来新的困惑：明明安全的建筑，怎么会因为一场火灾就倒塌呢？阶段报告呈递上来，市委书记的批示很明确：一查到底。

于是对宏图科技的办公室展开搜查，并请所有参与火灾救援的中队队员和参与验收工作的防火处干部到调查组喝咖啡，王小虎和胡涛都无一例外接受了询问。

烟灰缸里已经密密匝匝码了满满的烟头，王国强还在不动声色地一根接一根地抽烟。几天过去了，没有收到任何消息，可以想见，自己在调查组的内线已被隔离。到底哪儿出了问题？这几年，他陆续把很多政府官员绑到自己的战舰上，他相信那些人的能力和魄力，也相信吴支队长会紧闭双唇，毕竟他还有女儿在外头嘛——对了，婷婷！

现在的吴婷婷已经不是一个月前只会哭着点头的小女孩了。电话里，她冷静地告诉对方，爸爸留给她一份证据——可以置人死地也可以让人死而复生的证据。交换条件是一笔巨款。

王国强终于掐灭最后一个烟头，笑了：“好办。”

夜里，小巷里没有路灯，趁着熹微的月色，长裙飘飘的婷婷缓缓走进小巷，夜风袭来，无端给她添了些鬼气森森的魅力。

来者稳稳心神：“吴小姐是吗？”

对方点头。

来者亮出鼓囊囊的纸袋，对方扬了扬手中的笔记本。突然，对方把笔记本用力向对方砸过去，紧随其后一把雪亮的尖刀。作为王国强的金牌打手，吴婷婷此举正中下怀，来者瞅准时机一抬脚，尖刀已经插入对方的身体。“这是你自找的。”他扔出几张百元钞票，捡起意料之中的空白笔记本，却惊讶地发现，地上那个苍白的脸是一张男人的面孔。

男子口中尽是血沫，眼中却难掩笑意：“你无法伪装成抢劫杀人案……婷婷已经去找调查组了……”

周围，几个公安民警向凶手逼近。

郑一被送进重症监护病房的时候，王国强的几处房产正被搜查，他本人也正在接受讯问：他解释不清半夜三更派人约谈吴婷婷的目的，解释不清凶手手提袋里的巨额现金，解释不清一招毙命的防卫方式，解释不清他其中一个保险柜里的秘密账本，为何跟吴支队长日记里的几笔记录遥相呼应……

尾声（一）

周 旋

吴婷婷消失了。

当郑一出院的时候，原本每天都来医院照顾他的吴婷婷忽然不见了。没有人知道她去了哪里。

吴婷婷留给郑一一封信：

经历过一些事情后，忽然发现自己的渺小。原本以为能够掌握自己的命运，可最后却成为了命运玩弄的棋子。我们都微不足道，渺如尘埃。忘记我。

郑一坐在人民广场的一个角落，那是他经常和吴婷婷约会的地方。他傻傻地坐在那里，看着灰色的天空，不曾下雨，却像是哭灰了眼睛。

吴支队长无罪释放。

时间要倒退一点，倒退到一年前，甚至更久。倒退到这个城市在炒房热潮下，各种高楼拔地而起的“井喷期”。

一个秘密调查组在市政府的组织下成立了。有一天，这个调查组找到了吴支队长，他们交给吴支队长一个任务，协助调查一家企业。

吴支队长将信将疑，当调查组把名单递给他看时，他忽然一惊：宏图科技有限公司。

王国强，这个熟悉的名字让他产生了一种不祥的感觉。这个老练的生意人最近经常出入消防支队，因为和政府的关系很近，各方面都为他开了绿灯。而作为支队的主官，自己也是在不断观察这个生意人。通过几次会面，吴支队长对他有初步的印象：在社交场所这人的手腕不一般，从他偶尔言行不一的情况可以看出，他背后肯定有一套不为人知的东西。除此之外，此人正在有意拉拢自己，本来不懂收藏字画的他，最近常常给自己带来珍贵的字画，还有意留下几幅让自己甄别，这是投自己所好。而他的目的也逐渐明朗，他的公司承接了大量的建筑项目，在招投标环节没出纰漏，现在只剩下关键的审批环节，其中消防审批就是摆在面前的关卡。知道这个情况后，吴支队长立刻返还了所有字画，并让防火处盯紧这些项目。

调查组了解基本情况后，直接告诉吴支队长：王国强在招投标环节的问题他们正在调查，现在让吴支队长协助搜集证据。

吴支队长并没有告诉任何人自己的行动，只是按部就班地做好分内的工作。

王国强前前后后试图贿赂吴支队长，吴支队长每次都向调查组汇报了情况，并上缴了款项。问题却出现了，当调查组准备根据证据逮捕王国强的时候，鸿业中心大厦却发生了事故。

经过层层筛查，调查组发现，王国强买通了关系，知道了吴支队长的所作所为，于是策划了鸿业中心大厦的纵火案，并栽赃吴支队长。他这种鱼死网破的做法原本就是想跟吴支队长同归于尽，可有些事情往往就是如此，无论如何费尽心机，背后始终有一双眼睛在盯着你，那或许是正义之眼，抑或不是。还是应了那句老话：要想人不知，除非己莫为。

支队机关政治处找到郑一，想把他再次调到机关上班，可郑一委婉地拒绝了。郑一已经习惯了中队的生活，习惯了和王小虎搭档做事。在中队，他感觉到一种朝气，每一次出警，每一次归队，战士们那种乐观阳光的态度，让他看见了生活本来的面貌。

人心就是如此，需要一些温暖，哪怕只有一点，也足以安慰受伤的心灵。

郑一在等，他知道，她和他是命中注定要在一起的。

尾声（二）

聂　耶

王国强的身上不止这一起案子，多项证据表明，他是本市最大的黑恶势力团伙的头目，他的秘密账本里记录了太多他和本市高官进行权钱交易的内容。他们利用法律的漏洞侵吞国家资产，利用威胁恐吓的手段垄断工程业务，他们经营地下赌场，放高利贷，甚至走私毒品。这几年来本市发生的好几起械斗和寻衅滋事案件，源头都指向王国强。而且，王国强的身上极可能还背负着血债。

因此案错综复杂，又牵涉到市里的一些领导，省纪委下派一个工作小组，要将此案拿回省里调查。市里的欧阳市长已被停职，消防支队的刘处长也已经被带走，市里到处人心惶惶，一副“山雨欲来风满楼”的架势。

在市里向省里交接案件及人员的前一天，王国强在监狱中服毒自杀，存放他的秘密账本的公安局保险库神秘失火。

所有的内幕被一场大火烧出了原形，但又迅速地被另一场大火烧得干干净净。

很多人松了一口气，但接着又更加紧张起来。这件事情的发展已经成了全国舆论的焦点，中央直接成立专案组进驻本市，对王国强留下的所有残余线索展开系统、具体的排查。

王国强的老婆傅帛玉浮出水面。

三十年前，傅帛玉与年轻的吴支队长相遇、相恋，但因为家境的巨大差距，吴支队长抛弃了怀孕的傅帛玉，转而选择了当时领导的女儿。那些年里，吴支队长倚仗岳父的关系，在官场上一路扶摇直上，顺风顺水地走到了支队长的位置。如果不是因为岳父的突然病逝，他还会有更好的前程。

傅帛玉被吴支队长抛弃后，伤心欲绝，流掉了两个月大的孩子。也就在这时，她遇见了刚刚生意小有起色的王国强。傅帛玉是个聪明能干的女人，还带着深深的恨意。她不择手段地帮助丈夫来发展生意，扩展业务，用近三十年的时间，在本市建立了一个巨大的金融帝国。她一直默默地注视着吴支队长，她就像一双眼睛，时刻盯在吴支队长的背后，她在等待一个机会，一个让吴支队长身败名裂永世不能翻身的机会。从不断地安排人以各种名义接近吴支队长送他字画，到搬动市领导逼迫吴支队长签字通过验收，到最后操纵鸿业中心大厦火灾，她所做的一切都是为了报仇，以雪当年被抛弃之恨。当然，后来王国强的自杀以及证据被烧毁，已经不需要她来安排了，自然会有那些天天如坐针毡的人去办理，她要做的都已经做了，她只想迅速离开这个是非之地。

专案组在香港机场抓获了傅帛玉，这个打扮时尚、气质非凡的女人有一双毒蛇般冰冷的眼睛。

吴支队长在一个月后无罪释放，官复原职。傅帛玉想不到，这些年来，她派人送给吴支队长的钱财，吴支队长全部匿名捐给了外地的希望小学，有票据为证；而在吴支队长家里搜出来的名人国画全是仿品，至于那些真品，吴支队长全部秘密捐给了省里的艺术馆收藏，家里的只是请人画的样品，留着自己品玩。

在这场风暴里，吴支队长就像是一个小岛，他扎实地钉在风暴的中心，却没有受到一点波及。

又过了一阵子，吴支队长开着车，带着吴婷婷去医院接郑一和王小虎出院。

外面刚刚下过一场阵雨，太阳从云缝里钻出来，欣然地打量着这个焕然一新的世界。

吴支队长想和郑一谈谈，谈谈女儿，谈谈工作，谈谈这次的经历。